戲非戲1

步步生蓮

卷十二

蓮花分秀萼

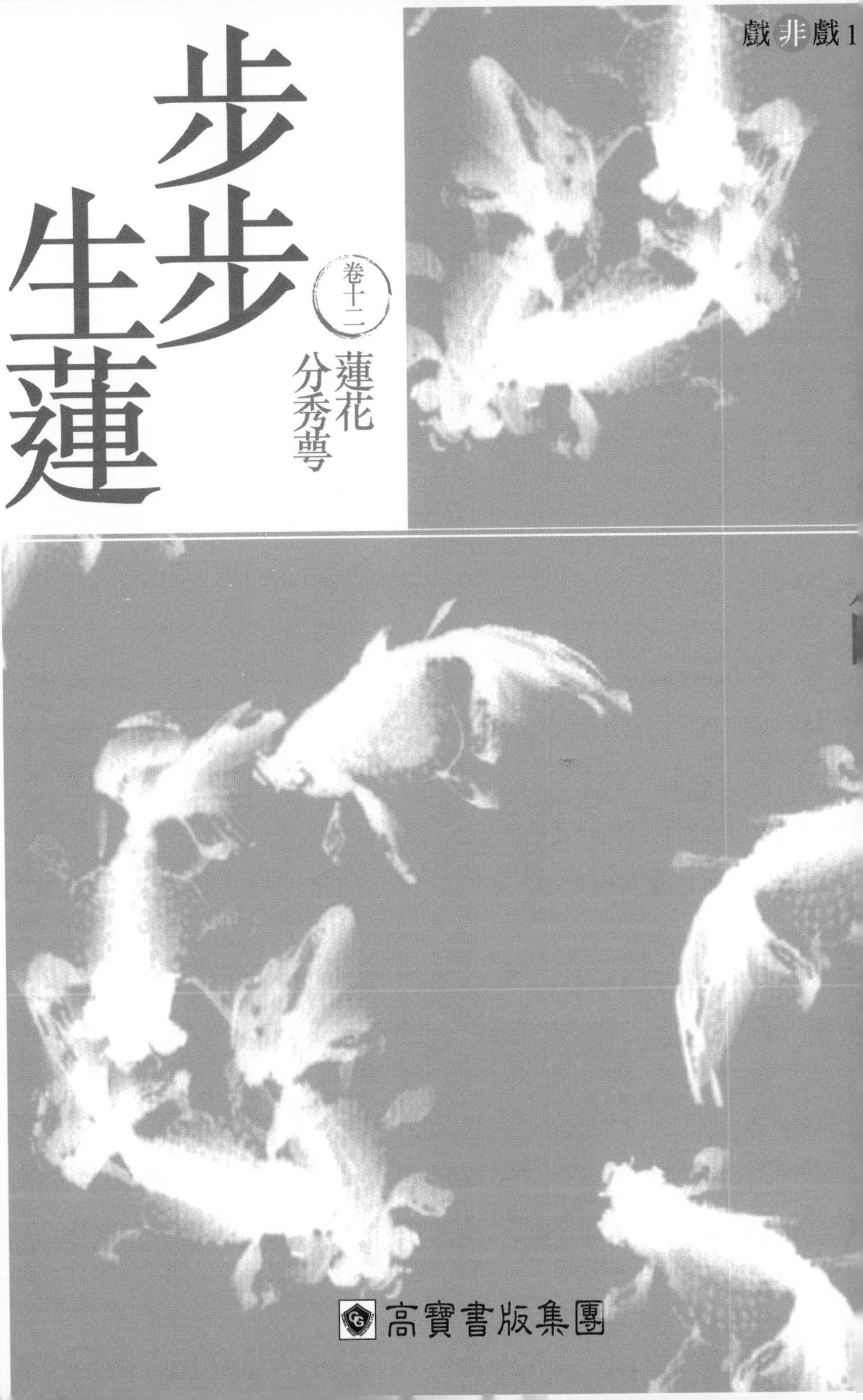

高寶書版集團

戲非戲 DN135

步步生蓮

卷十二：蓮花分秀萼

作　　者：月　關
責任編輯：李國祥
執行編輯：顏少鵬
出 版 者：英屬維京群島商高寶國際有限公司台灣分公司
Global Group Holdings, Ltd.
地　　址：台北市內湖區洲子街88號3樓
網　　址：gobooks.com.tw
電　　話：（02）27992788
E-mail：readers@gobooks.com.tw（讀者服務部）
pr@gobooks.com.tw（公關諮詢部）
電　　傳：出版部（02）27990909　行銷部（02）27993088
郵政劃撥：19394552
戶　　名：英屬維京群島商高寶國際有限公司台灣分公司
發　　行：希代多媒體書版股份有限公司發行/Printed in Taiwan
初版日期：2010 年 11 月

國家圖書館出版品預行編目資料

步步生蓮. 卷十二, 蓮花分秀萼 / 月關著. -- 初版
. -- 臺北市 : 高寶國際出版 : 希代多媒體
發行, 2010.11
面 ;　公分. -- (戲非戲 ; DN135)

ISBN 978-986-185-532-5(平裝)

857.7　　　　99020803

目次

三百三三　上兵伐謀

三百十一　有客迭來，不亦亂乎

「這幾天真是忙死了，什麼事都顧不上，焰焰和娃娃到現在還被我扔在普光寺呢，再不去接她們，焰焰又得火冒三丈了，一會兒弄點吃的來，下午咱們就去普光寺接人。」楊浩邊走邊道。

「唐姑娘也真是奇怪呀，幹嘛留在普光寺等著大人去接呢？反正離城不遠，她隨時可以來呀。」壁宿說著順手拿過一個茶杯倒了杯涼茶。

楊浩這單身漢的房間混亂不堪，而壁宿一個偷兒出身，這些事更是不講究，眼見杯中尚有殘茶，既不嫌髒，也不生疑，注滿一杯便灌進肚去。

「你不懂，呵呵，焰焰這丫頭……為我吃了太多苦頭，她這是向我撒嬌，我去接她，她才開心嘛。唉，說起來真的慚愧，我居然見了封書信就那麼懷疑痛恨……真是對不住她。」

唐焰焰被楊浩說破了心事，登時臊了個滿臉通紅，折子渝向她睨去時，她卻故意露出得意而歡喜的神色，折子渝立即不屑地扭過頭去，唐焰焰得意地皺了下鼻子，眼珠一轉，忽地又想：「他見了我哥哥偽造的那封書信懷疑痛恨什麼了？」

壁宿又倒上一杯，順手給楊浩也滿了一杯，一邊喝茶一邊說道：「嗯，說起來，唐姑娘真的不錯，性情爽快，胸無城府，對大人又是一往情深，得知了娃兒姑娘的事，也沒有大吵大鬧，很有大婦的樣子，家世又好，大人得妻如此，真是有福氣呢。」

唐焰焰被壁宿在心上人面前一通大讚，讚得她眉飛色舞，一張俏臉變成了小紅花，當然，那只有一半是因為歡喜，另一半卻是因為她「四蹄」攢起，嘴裡又塞了枕巾，呼吸血脈都不通暢的緣故。

楊浩接杯在手，輕輕啜了口茶，深以為然地點點頭。壁宿又道：「這就是緣了，當初大人與折姑娘相好的時候，屬下可萬萬想不到有朝一日與大人成就姻緣的卻是唐姑娘。唉，當初折姑娘負氣離去，大人牽腸掛肚，寢食不安，讓屬下一路追到中原，到處尋她下落，那一陣子可真是……

「誰也沒想到，她居然是折府大小姐。我就說呢，她哪怕是一身民女打扮的時候，對我笑得再溫和，再如何彬彬有禮，在她面前我都有種透不過氣來的感覺，原來她竟是折藩千金，大人……屬下說句不見外的話，以大人今時今日的地位，對這位折大小姐，您……確實有點高攀不上。」

折子渝聽他說起自己走後楊浩的反應，心頭不由一熱，眼睛忽然有點發瘔，她緊緊咬著下唇，嫩紅的唇瓣被她咬得失去了血色，娃娃一雙妙目始終盈盈投注在她的臉上，觀察著她的神色，折子渝忽有所覺，連忙扭過頭去，眨去眼中霧氣，重又露出堅強冷酷的神色。

「子渝嘛……」楊浩有些茫然，半晌才緩緩地道：「我初見她時，焰焰正跟秦逸雲公子在院中吵鬧，她穿一身玄衣，立於葡萄架下，冬陽照在她的臉上，她的臉比小雪初晴還要嫵媚，她正看著焰焰和秦公子吵鬧，掩口偷笑，一雙眼睛笑得就像彎彎的月牙……」

他輕輕笑笑，說道：「我和你的感覺不同，我那時和她聊得很開心，和她在一起，教人有種如沐春風的感覺，非常輕鬆。後來，我聽她說……她是折家的遠親，自己家裡還有一個牧場，那時我只不過是霸州丁家的一個家僕，不免自慚形穢，哪裡還敢向她表白情意。那時的我，以為這一輩子最大的成就也就是能有屬於自己的一處房產、幾畝薄田，人窮志短，哪來的雄心壯志？後來，我有了冬兒，這分情也就漸漸淡了，誰會想到，我們最終還是重逢了，可結局卻是……」

壁宿見他黯然神傷，不禁說道：「大人能有今日，還有什麼好傷心的？折姑娘雖棄你而去，可是你如今威風八面的官做著，富可敵國的唐家大小姐對你更是忠貞不渝，整個汴梁城不知多少男子漢被她迷得神魂顛倒的媚娃兒也成了你的女人，你還有什麼不滿意的？」

說到這兒，他擠眉弄眼地湊上前道：「人家都說，媚狐窟的姑娘，個個精擅一身迷死人不償命的媚功，娃娃姑娘是媚狐窟的大當家，一定更加了不得了。只是不知這江湖傳言到底是真是假，嘿嘿，如果是真的，其中銷魂滋味也只有大人自己才曉得了……」

楊浩沉聲道：「她如今叫吳娃兒，是我楊浩的女人，不是什麼媚狐窟的大當家！」

壁宿似有所覺，不禁乾笑道：「呃……屬下對娃兒姑娘並無不敬之意……」

「沒有不敬之意？」楊浩瞪他一眼，說道：「自從你我相識以來，怎麼從不見你對子渝和焰焰品頭論足、聊些近涉淫邪的東西？她們二人若論身材相貌，並不在娃娃之下吧？怎麼你說起娃娃時就可以這般肆無忌憚了？

「不知者不怪，已經說過的就算了，不過我今天與你說開了，就希望你能記住，她是我楊浩的女人，妾不妾的那是規矩名分，但是在我心中，她不是一個可以買來賣去的玩物，不是一件可以與人一起茶餘飯後品頭論足的東西，你明白嗎？」

壁宿訕訕一笑，說道：「好好好，大人莫要太當真，壁宿都記住了。」

吳娃兒把這番話聽在耳中，心中一時又酸又甜，她小巧的鼻翅輕輕翕動幾下，兩行晶瑩的淚珠已忍不住地流下來，折子渝睨她一眼，見她淚水順頰滑下，嘴角卻洋溢著甜蜜滿足的笑意，心中一時五味雜陳。

就在這時，門外忽地傳來一個女孩的聲音：「請問，楊院使在嗎？」

楊浩一怔，連忙起身道：「是哪位姑娘要找楊某？」

「喔，奴家鄧秀兒，不知可方便進來嗎？」

楊浩連忙向壁宿擺手：「去，弄些飯菜回來，吃過了飯咱們便去普光寺。」

壁宿會意退下，楊浩這才揚聲道：「原來是鄧姑娘，請進來吧。」

楊浩將鄧秀兒迎進來，打個哈哈道：「鄧姑娘請坐，不知姑娘因為何事來見本官啊？」

鄧秀兒如今的身分比較複雜，一方面她是犯官之女，如果被人撞見楊浩與她私室相見，難免會有種種猜疑，影響他的官譽，另一方面她又是魏王趙德昭心儀的女子，哪怕只是同僚好友心愛的女人，楊浩也不好板起面孔避而不見，何況那是當今皇長子，朝廷的親王，是以楊浩只得硬著頭皮請她落座。

「院使大人，我今日來，本來是想見見我二……哦，想見見劉向之、劉牢之、劉書晨和劉忠幾人，可是倉中看守的侍衛與衙差們對我說他們奉有大人您的嚴令，這幾人俱是最重要的嫌犯，未見大人親筆手諭，任何人不得私下與他們見面，是以……奴家便來求院使大人行個方便了。」

楊浩一呆，疑惑地道：「姑娘要見他們意欲何為？」

鄧秀兒清麗的臉龐上露出一抹為難之色，期期艾艾地道：「奴家去……去見魏王千歲，魏王千歲憐我父親只是為恣意胡為的親眷所累，是以……是以……」

「咳咳，這個嘛，我是知道的，敢問姑娘要見他們與此事有何相干？」

鄧秀兒鬆了一口氣，低聲道：「既然院使大人知道，那奴家便不瞞大人了，劉書晨侵吞、挪用的銀兩，俱都沒有帳目可查，他交與劉忠父子行錢購糧的大筆官銀，也沒有任何紙面上的憑據，奴家自船上回來，立即告知了母親，搜集家中全部錢財，又將能質押變賣的家私珠玉俱都清理出來，可還欠著極大一筆數目填補不上。我娘無奈，去向這些親戚家人索回這些挪用、貪汙的庫銀，可是我娘手中沒有憑據，他們本人又被關押在此，家中親眷是不承認的，所以奴家只好來此見他們，希望他們能出具手條……」

「喔……」楊浩恍然大悟，沉吟片刻，他便從桌上亂紙團中抽出一張紙來，抓過禿筆寫了一行字，又從袖中摸出小印蓋上，遞與鄧秀兒道：「本官明白了，若是追回這些銀兩，不只鄧知府可以減輕罪責，對朝廷、對泗州府也都是有利的，本官就破一回例，妳持我的便條去見倉中禁軍侍衛首領，要他安排一下便是。」

鄧秀兒臉上飛起兩抹激動的紅暈，趕緊雙手接過便條，向他連連道謝，待她低頭瞧見便條上楊浩那手獨步天下的書法時，不由為之一呆。

「鄧姑娘，我送妳出去吧。」

「喔，不敢有勞，奴家這就告辭了。」鄧秀兒微福一禮，正欲轉身離去，就聽一人漫聲道：「楊院使就住此處吧？」

隨即就聽壁宿應道：「啊呀，原來是程判官、程功曹，兩位大人快快請進，這裡正是我家大人臨時的居處……」

「程羽、程德玄來了？」楊浩臉色瞿然一變，他一把攥住鄧秀兒的手腕，鄧秀兒大驚，失聲道：「院使大人，你這是做什麼……」

「噤聲！」楊浩神色冷峻，緊張地道：「快，妳馬上躲起來，切勿讓他們看到，否則妳我都有麻煩。」

鄧秀兒見楊浩臉色如此凝重，不覺也緊張起來，她只道放自己去見幾個重要人犯是大大不合情理的事，是萬萬不可讓人知道的，不禁焦急地道：「我……我我……大人，我躲去哪裡才好？」

楊浩不敢讓鄧秀兒與程羽、程德玄碰面，卻是因為程羽和程德玄是晉王趙光義的人，而鄧知府卻是宰相趙普的人，這兩派鬥得不可開交，彼此的勢力涇渭分明。自己現在可是打著晉王府烙印的，要是讓這兩人看見自己與鄧知府的女兒私下往來，那可真成了豬八戒照鏡子，裡外不是人了，是以才要鄧秀兒趕緊迴避。

鄧秀兒一問，楊浩往四下一瞅，見只有帷幄低垂的榻上可以藏人，便推她道：「快，妳先躲到榻上去，他們二人若是不走，千萬不要出來。」說完急急一撣袍袖，哈哈笑著便迎了出去。

鄧秀兒跺跺腳，急急便往榻上奔去……

＊　＊　＊

楊浩怕壁宿嘴快說出鄧秀兒在此，叮嚀了鄧秀兒一句便趕緊迎出門去，朗聲大笑道：「啊哈，原來是程判官、程功曹，這是什麼風把兩位大人給吹來啦？楊某有失遠迎，恕罪、恕罪。」

房中，鄧秀兒急急衝到榻邊，雙手一分帷幄，剛要邁步上床，一瞧榻上情形，「嘎」地一下便定在了那兒，兩隻眼睛瞪得老大。

折子渝和吳娃兒對視一眼，齊聲叫道：「快上來，掩好帷幔。」

唐焰焰大急，頭搖尾巴晃地想要表達一番自己的意見，折子渝舉起寶劍，在她屁股上有氣無力地拍了一記，她立即便乖了。

她送楊浩離開時，兩人在沃雪蘆葦中鑽在貂裘裡耳鬢廝磨，情熱時候，楊浩曾忘形地說她的臀部是他平生所見最為誘人的，郎君的話唐焰焰可是就此記在心頭，女為悅己者容，郎君的心愛之物她自然要加倍呵護的，現在折子渝有氣無力的，拿捏不穩，萬一被她一劍在自己光滑如球的臀部上劃一道劍傷出來，那可就不美了。

吳娃兒也開口招呼鄧秀兒上榻，卻是因為她這段時間仔細觀察折子渝，又思量方才經歷種種，尤其是看見楊浩吐露衷腸時折子渝真情流露的表情，已經知道自己誤會了她，不管她是因何而來，她對楊浩是絕對沒有殺心的，吳娃兒於男女情事方面可比折子渝和唐焰焰老道多了，自然絕不會看走眼。

如今楊浩這麼慎重地讓這位鄧小姐躲起來，定然是有莫大苦衷，既然折子渝不會對楊浩不利，此刻便不忙張揚，自然不能讓這位鄧姑娘胡亂闖出去壞了官人好事，所以吳娃兒不約而同地與折子渝齊聲喚她上來。

榻上這三人雖然古怪，自己父親的安危卻更加重要，鄧秀兒此刻無暇多想，當下趕緊爬上榻去，又將帷幄掩好，仔細看看榻上一個美少女、一個美少年、一個美麗女童的奇怪組合，這才吃吃問道：「你……你們是誰？」

三百十二　大變活人

娃兒問道：「鄧家小姐？」

「是。」

「幸會幸會。」

「呃……」鄧秀兒仍然驚奇地張著眼睛，期期艾艾地問道：「妳……妳是？」

「鄧小姐莫要驚慌，我是……院使大人的侍妾。」

「喔，失敬失敬。」這句話說完，鄧秀兒自覺古怪，不禁一臉糗樣。

她向繩縛美人唐焰焰瞟了一眼，忍不住又問：「這位姑娘是？」

吳娃兒趕緊道：「這位是……院使大人的夫人。」

「啊，久仰久仰。」鄧秀兒只覺自己的客氣話此時說來實在荒誕，可又不知該說些什麼才合禮數，吳娃兒笑道：「還有這一位，妳莫看她拿著劍，她也不是壞人的，她是……」

折子渝輕輕一哼，吳娃兒便笑而不言，鄧秀兒看看這個，再瞧瞧那個，只見一個嬌媚的紅衣少女被布條把身子裹得胸乳曲線畢露，教人看了都覺得臉紅，說話的這個翠衣少女聲音甜美、嬌小可愛，一張稚氣猶存的娃娃臉，可憐可愛的小模樣，分明是個還未長成的幼女，女人看了都覺得喜歡。

至於那個拿劍的男子，雖然是個男人，卻是個生得比女人還要好看的男人，脣紅齒白，眉目如畫，若換了女裝，簡直連自己都要羡煞了他的美貌。聽說大唐則天女皇時有個蓮花郎張易之，容貌之美令人咋舌，想來若與此人相比也得甘拜下風，他也不是惡人嗎？那麼他們……

鄧秀兒再次瞧瞧被人用布條綁得十分怪異的紅衣美人，軟綿綿臥在榻上的翠衣幼女，還有旁邊那個比女兒家還要嫵媚三分的俏郎君，忽然若有所悟，臉上登時變得火辣辣的。

南方風氣比北方要開放，說起男風，江淮一帶也比北方還要盛行，這位鄧姑娘平素與官吏富紳家的女眷們交遊往來，對許多江南官紳豪富家裡糜爛不堪的風月行徑也是有所了解的，楊浩榻上出現這樣怪異的三個人，哪怕她想像力再豐富，除了那一樣最不堪的，她也完全想不到其他解釋了。

鄧秀兒面紅耳赤地暗啐一口，趕緊往大床一角躲了躲，心中暗道：「那個楊大人看著一派正氣凜然，想不到私下裡……私下裡房闈之中竟是這般穢亂不堪，一個好端端的美人偏要這般捆綁起來，一個尚未長成的荳蔻少女也被他弄來，瞧她那嫩臉上，淚痕還沒乾呢，也不知被人怎生作踐過。

「還有……還有這個比女兒家還要俊俏的男子，想來就是姐妹們說過的『蜂窠』中的孌童了。他讓這孌童捆縛自家夫人，狎弄稚齡幼女，若不是我來，說不定他此時已寬衣解帶，光天化日的，便與這一個孌童、一個幼女、一個被綁的美女胡天胡地攪成一團了，這人的癖好真是……真是太讓人噁心了……」

想到這裡，大熱的天，鄧大小姐已是起了一身的雞皮疙瘩。

＊　　＊　　＊

「呵呵，楊院使，本官與禹錫冒昧來訪，不曾打擾了大人吧？」

「這話從何說起，二人大人快快請進。請坐，呃……」楊浩放下空茶壺，向跟進來的壁宿道：「快去打些茶水來。」

程羽趕緊道：「院使大人不用客氣了，你我都不是外人，待說完了事情，我們還要趕緊回去，就不用麻煩了。」

壁宿站在門口，食指按著嘴脣像個好奇寶寶似地看著室內，心中好生奇怪：「這才一會兒工夫，鄧家姑娘哪裡去了？難道已經走了嗎？鄧小姐這腿腳也太快了吧？」

床榻上帷幔輕輕一動，壁宿心中嗖地一閃念，大驚暗想：「竟然弄上床了？大人這勾搭婦人的本領可真是前無古人了。」

楊浩見他一雙賊眼四處亂瞄，忙咳嗽一聲道：「你下去吧，我與兩位大人有話說。」

「喔，是！」壁宿無比敬仰地望了一眼這位讓人莫測高深的花叢聖手，懷著五體投地的虔誠心態誠惶誠恐地退了出去。

程德玄挪開腳下一堆破爛，伸袖拂去凳上幾個坐扁了的紙團，小心翼翼地在一堆垃圾裡坐了下來，楊浩乾笑著道：「楊某出門在外，一向懶得打理房間，哈哈，人家都稱我為亂室英雄。」

程德玄聽了有些忍俊不禁，程羽咳嗽一聲，說道：「楊大人，程某二人冒昧而來，實有一事相商。」

楊浩忙肅容道：「程大人請講。」

程羽睨他一眼，沉聲問道：「王爺待院使大人如何？」

「恩重如山！」

「好，那你對晉王千歲如何？」

「一顆忠膽！」

程羽容顏大悅，「啪」地一擊掌，讚道：「好！既如此，程某有一番推心置腹的話，那就直言了。楊院使，你不會忘了咱們此行的使命吧？」

楊浩有些奇怪地看看他們，說道：「自然不曾忘記，楊某受晉王舉薦，此番巡狩於江淮，為的是解決汴梁斷糧之憂啊，怎麼？」

程德玄道：「不錯，我們為的是解決汴梁缺糧之危，同時也是為了維護晉王的權威。事情辦得好，王爺威望日隆，於你我俱有無窮好處，想來院使大人對此並不質疑吧？」

楊浩不知二人繞著圈子到底想說什麼，只得頷首道：「那是自然，不知二位大人到底想說什麼呢？」

「是這樣，」程羽略一沉吟，說道：「鄧府千金祕密求見魏王千歲，為鄧祖揚求懇的事，我們已與太傅宗先生說過了。」

楊浩神色一動：「喔？」立即凝神聽他下言，榻上鄧秀兒姑娘緊緊依著床角，忙也側耳靜聽。

程羽說道：「魏王剛剛晉爵，驟承大任，難免舉止失措，太傅隨行，自有指點規勸之意。宗太傅與我二人意見相同，都認為魏王以欽差之尊，私會犯官之女，法外施恩，意圖為他脫罪，這是極不妥當的事情。」

楊浩遲疑道：「這個……從目前情形來看，鄧知府確是受人蒙蔽，他自己並無不法之事。」

「楊大人糊塗啊，這世上多少人觸犯王法，害人害己，是有意為之的呢？程某在南衙每年處理公案千百起，比鄧祖揚還要看似無辜的人犯大有人在，但是犯了法就是犯了法，身為一州牧守長官，怠忽職守，縱容親眷為惡，難道一句潔身自好就能脫罪？」

程德玄義正詞嚴地道：「是啊，鄧祖揚若是一升斗小民，他自然只須為其個人行為負責。然而，他是一州知府，那麼境內有任何當控、可控而失控之舉，俱是他的責任，他自己有無不法之事，不是他可以免罪的理由，若是把他等同於一升斗小民，要他何用？」

楊浩知道二人說的才是正理，儘管這兩人打著這王法至理的幌子，存的未必是大公無私的心，卻也讓人無從辯駁。可是憑心而論，鄧祖揚這樣的品性，在本朝官吏中已十分難得，只是他原本家境貧寒，受過夫人娘家照拂之恩，做官之後知恩圖報，卻被他們蒙蔽其中，雖罪無可恕，可是與其把這樣一個經此磨難，以後很可能從一個清廉的昏官變成一個清廉的幹吏的人打入大獄，何如讓他鳳凰涅槃？

楊浩遲疑道：「那麼……二位大人與宗太傅的意思是？」

榻上，鄧秀兒一顆心都提了起來，只聽程羽緩緩道：「秉公而斷、依法而斷，如此，才是維護魏王、維護晉王、維護朝廷法紀！」

楊浩沉默半晌方道：「二位……義正詞嚴，楊某無話可說，可是……承辦此案並非楊某一人，楊某只是負責追緝索問犯人，將相關卷宗呈報於魏王駕前，鄧知府有罪無罪、如何處治，楊某……能奈之何？」

程羽微笑道：「欽差使節有三個，楚昭輔那老傢伙雖然做了件糊塗事，闖了件滔天大禍，那是因為他根本不懂財賦糧米這方面的學問，卻不是他愚蠢，此人能在自己根本不懂的財賦衙門坐了這麼久的三司使，為官之道自然精明，事涉王相之爭，他是一定不會沾手的。」

程德玄道：「魏王千歲初承大任，血氣方剛，又為鄧府千金美色所迷，做出不妥當的決定，然而……他畢竟是皇長子，高高在上的王駕千歲，若非萬不得已，宗太傅也不好拿出老師的身分來壓他。」

程羽又道：「我們此番隨行，只是幕僚身分，還剩一個欽使，那就是楊大人你了，你也是我南衙出身，我們不來與你商議還去找誰？」

楊浩無奈地道：「我能做什麼？」

程羽微微一笑，說道：「楊大人能做的事多了，一言可令其生，一言可令其死，只要證據確鑿，就算魏王有心維護，又如何開口？」

程德玄忍不住道：「院使大人，宰執那邊……」

楊浩驚醒楊上還有一個鄧秀兒，深恐他說出有關王相之爭的祕聞出來，一旦鄧知府被治罪，這位外柔內剛的姑娘要是豁出去把這種內幕醜聞說出來，那就糟了。王相不和天下皆知，暗中勾心鬥角的許多事卻是不能擺上檯面的，是以連忙打斷道：「啊，房中太過悶熱，兩位大人，咱們到門口廊下再說。」

程羽二人也覺房中氣悶，又無水喝，便依言站起隨他走出門去，鄧秀兒緊緊揪住一角帷幄，芳心急跳如同小鹿：「他們果然假公濟私，欲置我父於死地，楊院使會不會與他們沆瀣一氣？應該不會，他……他不是知道魏王千歲的心意嗎？可……他是南衙的人，他會不會改變心意？」

房外，程羽細細低語：「院使大人，如今泗州不法奸商被一網打盡，天下宵小恐懼，院使大人做得甚好，乃是奇功一件。若是再把鄧祖揚繩之於法，予以嚴懲，各地官吏以之為鑑，對開封購糧之事必全力以赴，如此，汴梁缺糧危機可解。院使解危於倒懸，扶保社稷、救我開封百萬居民於水火，此乃大公大義，漫說鄧祖揚罪有應得，縱然真是無辜，犧牲一人，拯救天下，也是無愧於心的。」

程德玄踏前一步，說道：「我南衙與宰執一向不和，此事天下皆知，就連官家又何嘗不是心中有數？如今趙普抬出魏王來，分明是有意為難我南衙，削晉王權柄，你我俱是南衙從屬，一旦晉王失勢，你我又何去何從？鄧祖揚是趙普大力提拔的人，偏偏他就如此昏庸，治下如此糜爛，他還以為國泰民安。只要他的罪名坐實，趙普身為百官之長，親口舉薦鄧祖揚的大臣，斷難置身事外。這一次又不比尋常，事關大宋國運啊，說不定官家一怒，便可一舉將趙普罷官，就算不罷他的官，也必可讓他失卻官家的信賴，那對晉王、對你我都有莫大好處。」

楊浩心道：「他這是想要我把鄧祖揚拖下水了，人犯都關押在我這兒，我只要略施小計，甚至什麼都不用做，審訊人犯時只要稍露口風，就會有許多犯人見風使舵攀咬鄧祖揚了。他說的實也不錯，我與鄧祖揚並無私交，不談私心，只論公事的話，處置了他也是對朝廷有利的。

「克捷兄他們揮刀阻敵時曾經說過，棋局一下，人人俱是棋子，哪怕明知這枚棋子是拿去白白送死的，只要於大局有利，也要毫不猶豫，鄧祖楊這枚棋子如果拿去犧牲，各地觀望的官吏們必然心中凜凜，可是……可是我何忍這麼做？唉……我終究不是一個合格的政客，做不到冷血無情，一切唯結果為重。」

程羽見楊浩低頭不語，淡淡一笑道：「晉王對院使大人有知遇之恩，對院使大人又甚為倚重，院使大人，你只要略作把握，於公於私，便都可交代了，何樂而不為？魏王……哼哼，年輕小子，毫無根基，他有什麼可恃？該說的我們已經說了，要怎麼做，想必院使大人已然心中有數，告辭了。」

二人拱拱手，揚長而去，楊浩痴立半晌，心中正自彷徨，忽地一陣銅鑼聲起，遠處有人叫道：「走水了，走水了……」

楊浩抬頭一看，自院落上方望去，濃煙滾滾處正是糧倉所在，不禁大吃一驚，他拔腿就要趕去，忽想起房中還有一個鄧秀兒，急急一跺腳，忙又衝進房去，急喚道：「鄧小姐，鄧小姐？」

鄧秀兒立在榻角，正為他們方才的談話患得患失，及至聽到他呼喊反應便慢了一步，楊浩此時火燒眉毛，哪有空等著，衝到榻邊伸手往裡一探，恰好碰到一截纖滑細膩的手腕，他一把拖起，向外便走：「不好了，糧倉走水，妳且迴避，待本官……咦？」

他忽然覺得拖著吃力，扭頭一看，那人被他拖出半個身子，騰空懸在床榻之外，軟軟的立不起來，若不是他仍扯著人家玉腕，就要栽到地上去了，看這人衣著哪裡會是鄧秀兒，楊浩沒想到自己這張床居然有「大變活人」的妙處，定睛再看那人的相貌，登時如螫了手般撒手跳起，失聲叫道：「子渝！」

三百十三　孽緣難了

楊浩大驚放手，折子渝立即便往地面摔去，折子渝驚叫一聲，又氣又怒道：「你敢摔我……唔……」

楊浩隨即便發覺不妙，可是這時彎腰去救已經來不及了，虧他反應敏捷，立即出腿做了個停球動作，折子渝的頭離地面堪堪還差幾寸的當口，楊浩的靴尖便貼著地面插了進去，折子渝的香腮被他靴面托住，不禁又氣又羞，咬牙切齒道：「你竟然踢我？」

「哎呀，對不住，實在對不住。」楊浩手忙腳亂地把她扶起來，折子渝俏臉緋紅，語無倫次地嚷道：「拿開你的臭腳。」

「喔！」楊浩一放手，折子渝立即軟綿綿地又向地面倒去，楊浩趕緊又扶住她，驚道：「妳怎麼……受了傷嗎？」

吳娃兒在榻上笑道：「官人，她並非受傷，只不過是『春風散』的藥力正在發作罷了。」

楊浩一抬頭，就見唐焰焰手腳被反剪著綁緊，一雙杏眼圓睜，兩頰漲得通紅，娃兒笑咪咪地側臥在她身旁，偏偏那鄧秀兒不見了蹤影，一時如墮夢中，不禁奇道：「妳們怎會在此？發生了什麼事？什麼是『春風散』？」

「春風散」是一種麻醉藥物，本是一些青樓妓坊對付性情剛烈不肯就範的女子的，吳娃兒是汴梁青樓第一魁首，各個院子的姑娘都得敬她三分，她臨行之際想到出門在外，說不定這藥會有些用處，便讓杏兒去向其他院子的老鴇討來了一些，不想卻用在了折子渝身上。楊浩也不知那是何物，自然要問起，這時鄧秀兒從床角鑽了出來，怯生生地道：「楊……楊院使。」

「啊！」楊浩一拍額頭，忽地想到眼下可不是盤根問柢的時候，忙道：「程大人他們一來，本官可更不方便讓人看見與妳在一起了，鄧小姐還請趁亂趕緊離開為好，快些，快些。」

鄧秀兒方才聽了他們三人支離破碎的談話，心中惴惴不安，楊浩是南衙出身，會背棄了晉王幫助自己嗎？她有心再問個清楚，一見楊浩如此急迫，只得應一聲是，跳下床便拔足向外奔去，楊浩在後面急急又說了一句：「此時不可去見劉向之他們，妳明日一早再來便是。」

楊浩回頭又向折子渝訝然問道：「妳們三個……怎麼湊到一起了？還躲在我床上？這是發生了什麼事？」

折子渝冷著臉一扭頭，負氣不答，娃娃這時已拿出吃奶的勁把唐焰焰口中的枕巾扯了出來，唐焰焰立即叫道：「浩哥哥，你小心，她要殺你。」

「殺我？」楊浩又是一呆，看看跌落地上的那柄短劍，再看看折子渝臉色，折子渝冷笑道：「不錯，本姑娘今天來，就是來殺了你這個忘恩負義、無德無行的臭男人，如今既落在你的手中，要殺要剮，你給個痛快吧。」

楊浩搖頭，一字字道：「我不信，妳不會殺我！」

娃娃也道：「折大小姐何必說此負氣的話，娃兒方才察言觀色，可看不出妳有殺我官人的意思。」

楊浩道：「娃娃，妳還躺在那兒做什麼，怎不下來？」

娃兒苦著臉道：「官人，奴家和折大小姐都中了『春風散』，此時實在難以動彈。」

「那是什麼毒？誰下的？」

娃兒道：「這倒也算不得毒，過上一時三刻自然便解了，這下藥的人嘛……自然就是奴家我啦。」楊浩聽得丈二金剛摸不著頭腦。

天氣熱，彼此穿的都不多，肌膚相接的感覺讓折子渝心煩意亂，她竭力想要離開楊浩的懷抱，偏偏身上無力腳下無根，不離開還好，好不容易掙扎開些，只是一晃，便又軟綿綿地靠向他的胸口，折子渝渾身不自在，卻又發作不得。

楊浩攬著她柔軟的小腰，耳聽著糧倉方向喧囂震天，深恐那救命糧和重要的人犯會有什麼閃失，既然娃娃說她們現在都動不得，便不管折子渝的抗議，攔腰把她抱起，重又放回榻上，然後拾起她的短劍，一劍斬斷唐焰焰身上的繩索，把劍塞到她手中道：「我去看看糧倉，馬上回來，妳且看著她們，有什麼事咱們回頭再說。」

「好！」唐焰焰摩拳擦掌地接劍在手，躍躍欲試地轉向折子渝，楊浩匆匆跑到門口，忽又駐足回身道：「焰焰。」

「啊？」唐焰焰趕緊回頭望去，努力扮出一個和藹可親的笑容，楊浩正色道：「妳不要難為她，一切等我回來再說。」說完這才奔出去。

「哼，到這地步了你還護著她？」唐焰焰氣哼哼地嘟囔了一句，扭頭再看折子渝，折子渝柳眉一挑，下巴一揚，一副有恃無恐的模樣，把她恨得牙根癢癢，轉念一想，一個念頭浮上心頭，唐焰焰便嘿嘿地笑了起來，得意洋洋地道：「幹嘛呀？以為有他護著你，本姑娘就不敢動妳了？哼哼哼……」

唐焰焰揉揉發瘦的下巴，齜著一口小白牙，「猙獰」地笑起來……

*　　*　　*

楊浩拔腿跑出自己住處，向官倉方向奔去，跑到半路，就見壁宿邁著軟綿綿的雙腿吊兒郎當正在散步，楊浩沒好氣地吼道：「壁宿，你在這看風景呢？我不是叫你去看看發生什麼事嗎？」

壁宿扭頭一看，苦著臉道：「大人，我這兩條腿忽然就沒了勁，能走路就不錯了，還跑？我跑不動啊，莫不是中了暑？」

楊浩「呸」了一口，心中忖道：「怎麼突然沒了力氣，莫非也與那什麼『春風散』有關？那藥是下在茶裡的嗎？可我怎麼一點事都沒有啊……咦？我當初在草原上被一條五彩斑斕的大蛇咬過，莫非就此產生了抗體，所以百毒不侵？」

楊浩不知娃娃那藥是下在杯裡的，她那杯茶只喝了大半，剩下的一口被壁宿喝了下去，所以他才周身無力行動遲緩，楊浩心裡一面亂七八糟地想著，一面超過壁宿向前奔去。

火是從第三棟糧倉處燒起的。獨孤熙趕去楊浩住處後，武自功、焦海濤、盧影陽三人便繞去糧倉，準備等楊浩那邊一亂起來，把人吸引過去，這邊就趁機放火，兩面生事，讓那些巡弋官兵疲於奔命，趁亂救人。不想他們左等右等沒有消息，行跡反而引起了巡邏戍卒的注意。

這官倉因為是個特殊的衙門，所以不禁人出入，但是出入的百姓大多集中在收購糧食的前廳和關押人犯的中間那棟倉房，無故闖進深處的人自然要引起旁人警覺，這三個大盜本來還隨手拿起些東西扮作搬東西的腳夫，可是連個帶路的戍卒都沒有，一隊巡邏至此的官倉守卒起了疑心，便攔住了他們去路。

只一盤問，他們便露出了馬腳，三人一看乾脆一不做二不休，立即奪刀殺人四處縱火，那些戍卒雖有刀槍，主要差使卻是巡邏防火，哪是他們這些江湖好漢的對手？一小隊士兵被他們殺得七零八落，四散潰逃。

火頭一起，他們再四下張揚開來，關押人犯的倉房那邊就有幾個禁軍小校飛奔過來，他們的武藝與這糧倉守卒自然不可同日而語，雖然依舊比不得那幾個大盜，武自功他們想要乾淨俐落地解決了他們卻也不是易事。

三個大盜被他們纏住，各隊巡弋士兵紛紛趕來，有的忙著救火，有的圍堵上來，適逢其會的程羽、程德玄再趕來後，武自功三人便完全落了下風。程羽二人的武藝不在這三個大盜之下，再加上那些官兵守卒幫忙，三個大盜左支右絀，漸落下風。

眼見聞訊趕來的人越來越多，小弟獨孤熙那邊又始終沒有消息，武自功情知如此下去不是好路數，便領著他們殺開一條血路衝向大門方向，要從那裡殺出重圍。官倉衙門的圍牆太高了，即便帶著飛勾一類的攀爬工具，追兵這麼緊，往那兒跑也是死路一條，但是官倉衙門和其他衙門有一個最大的區別，那就是外鬆內緊。

由於每日往來運糧、售糧的人太多，衙門口根本不做盤查，只有兩個應景的老差人，再加上如今許多人家給關在倉中的親人送飯、探望，出入的人就更多更雜了，他們一旦衝到那兒，混進亂作一團的普通百姓當中，官兵是絕對無法擋得住他們的。

他們事先得到了官倉的建築圖紙出入路線，又從內線口中了解了官倉中警衛力量的部署，進退早已做過詳細策劃，所以才敢光天化日之下闖入，儘管小弟那裡沒有消息，此時逃走，他們還是有相當大的把握的，但是他們千算萬算，卻漏算了一樣很重要的事：今天，是泗州發餉的日子。

那時節，官府發餉不止發錢還發實物，綢緞絲麻、糧食布疋等等，都可折算成俸祿發放。其中就有糧食一項，市面上如今糧食又不好買，而且說是抑價，其實糧價已經高漲，你不按高價去買，糧油鋪子只說沒糧，不賣給你就是了。

所以這一次泗州府發餉，為了照顧這些官員，將俸祿大都折算成了食糧，今天在職的、致仕的官員們都帶了府上的人來取糧食，帶來的盡是身強力壯的漢子，衙門裡一出事，普通的百姓可以跑，他們怎麼能跑？

所以當武自功、焦海濤、盧影陽興沖沖地跑到衙門口，以為逃脫在望的時候，就見數百名各色衣衫的壯漢，舉著扁擔潮水一般向他們壓來，迅速把他們淹沒在人民戰爭的汪洋大海之中……

* * *

武自功三人被幾百條扁擔打得遍體鱗傷，無奈之下高呼救命，最後還是官倉的戍卒衝進去把他們三人拖了出來。

楊浩一到，士卒們左右一分，立即將他迎了進去。

「本官楊浩，是誰派你們來的？實話實話，可以少受些罪。」

「楊浩？」焦海濤驚叫道：「你就是楊浩？」

「不錯。」楊浩笑道：「你很榮幸，竟然認得本官，說吧，是誰讓你們來的？」

盧影陽掙扎了一下身子，急急問道：「你把我家小四怎麼著啦？」

楊浩一呆：「什麼小三小四，男的女的？」

盧影陽急道：「我四弟，男的。」

「男的？我沒見過，你們不要打岔，本官現在忙得很，快說，是誰派你們來的？」

楊浩與程羽、程德玄當即訊問，這三個大盜都有坐牢的前科，深知一旦動了大刑，熬得過去的沒有幾個，這時暫代知府職權的泗州觀察使郭昭月聞訊也帶了大批衙門捕快趕來，那些人都是用刑的專家，三人本來還在矢口否認，一見楊浩不耐煩起來，意欲對他們動刑，只得乖乖招供。

楊浩急著訊問，是怕還有什麼漏網之魚暗中策劃了這起放火事件，一聽主事人竟是周望叔，此人如今就在倉中關押，倒不必急著再去抓什麼人了，周望叔重金聘來江洋大盜意圖劫獄，甚至還曾想火燒官船，把所有官員和全部罪證一把火焚去，實是膽大包天，罪加一等。

楊浩叫人帶他們去指認那個受了重賄通風報信的差人，一併抓了，讓程羽和程德玄帶了他們趕回官船，聽候魏王親自審訊，自己則急急趕回住處去找那個什麼小三小四。

他往回趕的時候，壁宿剛姍姍來到，楊浩急急往回走，壁宿只得有氣無力地轉身，慢吞吞地跟在後面再往回走，楊浩到了自己住處，令跟來護衛的官兵守在院子外面，自己提著青霜劍急急進去，一進院門，就見娃兒正候在那裡，楊浩喜道：「妳好了？」

娃娃迎上來道：「藥力已去了十之七八，身子還有些乏軟無力，不過已無大礙了。」

楊浩忙問：「到底是怎麼回事？我如今滿腹疑竇，都不知該從何問起。」

吳娃兒略一猶豫，說道：「官人，妾身以前對你是有所隱瞞的，其中的苦衷，當時也曾對你說過，可是如今……唉！我還是都對你說了吧。」

吳娃兒便將折子渝策劃汴梁斷糧，想迫退他們派去消滅漢國的軍隊，以維繫現有政局以保全府州折氏的計畫，和自己放心不下一路隨行，路上與唐焰焰結識，直到今日追蹤折子渝來到官倉的經過，向楊浩原原本本說了一遍。

楊浩聽了長長地吁了一口氣，點頭道：「我知道了，我先進去看看她們。」

楊浩一進寢室就怔住了，只見折子渝就像方才唐焰焰一般雙手雙腳折向自己腰間，被布條捆得緊緊的，臥在床上，從來雍容自若的折大小姐此刻的模樣比起方才唐焰焰來也好不到哪兒去，一樣狼狽可笑，虧得她與唐焰焰都是習練武功的，肢體柔韌度好，居然做得出這樣高難度的動作。

一見楊浩進來，折子渝立即殺氣騰騰地瞪向他，似乎他才是始作俑者，楊浩啼笑皆非地轉向焰焰道：「我不是說過不要難為她嗎？」

唐焰焰理直氣壯地道：「誰難為她了？她的一身武功比我高明多了，我這是怕她藥勁過了會逃走，所以才綁住她。」

楊浩道：「若要綁她，也不必……綁成這副模樣吧？」

唐焰焰很天真地眨眨眼睛：「那可真是對不住了，本姑娘從來就沒綁過人，也不知道怎麼綁人，這種綁法啊，我是現學現賣。」

楊浩無奈地搖搖頭，對跟進來的娃娃道：「娃娃，妳陪焰焰先到隔壁房間歇息，一會兒我就過來。」

唐焰焰站著不動，只是側著頭凝視楊浩，娃娃輕輕扯扯她的衣袖，唐焰焰還是不動，雙眸卻迅速蒙上了一層霧氣，她緩緩點頭，說道：「好，好，我大老遠趕來……我是多餘的人，你們聊吧，我走！」

「焰焰！」楊浩忽地將她擁入懷中，在她頰上一吻，床上折子渝見了，眼中怒意更盛。楊浩卻顧不了許多了，眼下只得先安撫了這隻小辣椒再說，他低聲道：「傻丫頭，又胡思亂想些什麼？我看到妳來，不知有多開心呢。我有很多話想跟妳說，可是現在把她撂在那兒算怎麼回事？且等我打發了她離開，再與妳好好相聚。」

「真的？」唐焰焰含淚凝眸，有點懷疑。

「當然是真的，咱們來日方長嘛，妳是內人，她是外人，我當然要先打發了外人，再與妳這內人好生親熱一下！」吳娃兒趕緊扭過頭，裝作不曾聽到。

「去你的，誰要與你親熱呀？」唐焰焰破涕為笑，在他胸口撒嬌地捶了一記，吸吸鼻子道：「好，娃娃，咱們走。」

床上的折子渝雖聽不到他們說些什麼，看其表情動作也能猜到幾分，雖然她自認為與楊浩已無干係，可見他當著自己的面與唐焰焰親暱低語，還是連殺他的心都有了，一時間她的胸膛起伏更大，夏衣單薄，綁得又緊，胸前可觀的曲線一覽無遺，這一起伏當真是妙相畢露，只是就她自己沒有發覺。

唐焰焰爽快地和吳娃兒走出房間，裝模作樣地挪開幾步，然後對視一眼，不約而同地彎下腰，躡手躡腳地又潛了回來，伏在門邊側耳偷聽房中動靜。

一見唐焰焰聽話地離去，楊浩趕緊搶過去為折子索匆匆解開綁縛，折子渝冷冷瞟他一眼，只顧活動手腕腳踝，不肯與他多說一個字，楊浩默立床頭，不禁黯然一嘆：「子渝，我們許久未見了。」

「請叫我折姑娘，子渝……也是你叫的？」

楊浩想起初次問她名姓的情形，不禁感傷地道：「就算我們已經……難道就喚不得妳的名字？記得我們在廣原的時候……」

折子渝仰起頭道：「那是很久很久以前的事了，請不要再提起。」

楊浩默然片刻，緩緩說道：「並不算許久，時間仍在，飛逝的……是我們的心。」

「妳聽聽，妳聽聽，他跟她說話，永遠這麼有詩意，對我就……哼！哼！」唐焰焰在娃兒耳邊酸溜溜地道。

娃娃嫣然道：「官人都要與妳這內人大白天的好生親熱一下了，還不夠有溼意嗎？」

三百十四　罵楊浩

「妳的所為，我都知道了。」

折子渝冷笑：「那再正常不過，娃娃這種女人，雖是混跡歡場，似乎普天下的男人都可以被她戲弄於股掌之上，其實骨子裡卻是夫大於天的女人，我如今所為，正是與你作對，她要是不說與你聽，我反倒要奇怪了。」

楊浩反問道：「那麼妳呢，妳又是什麼樣的女人？」

折子渝在他面前始終一副冷淡的表情，聽了這句話，冷冷瞟他一眼，說道：「如今有一個大家族，受到一個更大勢力的壓迫，那個勢力想要吞併這個大家族，攫取這個家族幾百年來辛辛苦苦才打拚下來的一切。這時候，這個家族中的一個男子喜歡上了那個更大勢力中的一個女孩，為了與這個女孩在一起，於是他出賣自己的族人，把自己生於此、長於此的家園，把對他呵護備至的父兄親人全都出賣給那個大勢力，你說……這樣的一個男子，他是識大體呢？還是不仁不義，應該天誅地滅？」

楊浩微微一怔，細細品味了一番她的話，雙眼漸漸亮了起來：「喜歡……唔，妳剛才說……喜歡？那這個男子，現在還喜歡著那個敵對勢力中的女孩嗎？」

折子渝臉上微微一熱，避而不答，而是憤懣地道：「可是，如果現在把這雙男女的身分換一下，這個家族中那個喜歡了對方的人是個女子，她喜歡的那個男人卻是想要吞併她家族的那個勢力中的一員，那這個女子就該出賣了自己的家族和親人？在你們男人心中，只有這樣的女人，才是一個可愛可敬的女子了，是嗎？」

楊浩微微搖頭，誠懇地道：「子渝，我不是想勸妳放棄為保家族所做的努力，更不是想要妳背叛自己的族人。為了自己喜歡的人，就把整個家族和親人都拱手奉上以討對方歡心的人，她真正喜歡的不是別人，只是她自己而已，這樣的人是很可怕的。我也不是因為現在站在朝廷這一方，就希望府谷折氏拱手投降。

「然而，如何抉擇，也要看看有沒有力量與之對抗，不是嗎？當今天下大勢，宋一統天下已成定局，府谷折氏的力量，憑心而論，即便在西北也不是最強的，而偏居西北一隅的三藩即便聯手，就是大宋朝廷的對手嗎？真正的較量，永遠是實力的抗爭，僅憑智謀與合縱，能苟延於一時，卻不能太平於長久。如今中原諸國沒有一個能與宋抗衡的，以府谷一州之地，更無異於螳臂擋車，我話說的難聽，卻是句句實言，難道不是如此嗎？」

折子渝冷冷地道：「你是前知五百年，後知五百年的算命先生？你憑什麼就斷定宋國一定能取天下？」

「這個……」楊浩一呆，他總不能說他是來自後世，已經知道歷史走向了吧？只得硬著頭皮道：「如今中原諸國，論實力還有能勝於宋國的嗎？得天下者必是宋國，這難道還能有所懷疑嗎？」

折子渝嗤笑道：「花蕊夫人有詩云：『十四萬人齊解甲，更無一個是男兒。』你該到蜀國去，那就是十四萬零一人了！只因宋朝勢大，便不戰而降？真是奇談怪論，天下局勢瞬息百變，強弱之勢隨時更迭，若人人都是你這般想法，如今的天下還應該是大夏國，何來的商滅夏、周滅商？秦以西陲一隅之地，秦始皇只須衡量一下中原六國實力，便本本分分地守在函谷關裡罷了，漢高祖眼見項羽兵強馬壯十倍於己，乖乖投降做個吃閒飯的臣子罷了，就是這趙宋官家，初得國時，實力遠不及江南的唐國，也早該拱手投降了，怎會還有今日？」

楊浩反駁道：「難道，妳以為以府谷之力，可以取宋而代之？如果沒有這個本事，何必行此下策？招致兵禍連連，萬千百姓受苦，做了這天下的罪人？交出兵權，安享富貴，又有何不好？」

「一派胡言！」

折子渝怒極，一躍下地，胸膛起伏，飽含怒火的雙眸狠狠瞪著楊浩：「我們折家從來沒有想過要取宋而代之！唯圖自保而已，那想吞併我們的、想侵占我們的，是他們引來戰火紛飛，百姓受苦，可他居然是行天道、匡大義，我們這不甘屈服的，反倒成了天下的罪人？我真是看錯了你，你從哪兒來的這麼強的奴性，這麼混帳的想法？」

折子渝怒不可遏地道：「我們折家只想守住自己祖宗傳下來的基業，不想要他大宋賜予的富貴，不成嗎？大逆不道嗎？安享富貴？哈哈，好一個安享富貴，交出兵權，寄居汴梁，在皇城司的探子們每日監視之下戰戰兢兢地度日，的確是安享富貴。

「若是趙官家對我折家已無所求那也罷了，逢年過節我折家進宮去向他趙家叩個頭，敬獻些禮物；宋國耀武揚威於諸國使節時、出兵討伐其他國家時，我們折家匍匐在趙官家腳下恭維一番他趙氏如何英明神武、如何旗開得勝、如何威懾天下，說不定還有可能太平到死。

「若是他趙官家看上了我折家什麼寶物，只要誇獎一聲，哪怕再不情願，我折家都得馬上呈進宮去。若是他趙官家看上了我折家哪個女子，哪怕是已嫁作人婦的，也得含羞忍辱，打扮一番，扮出歡歡喜喜、感激涕零的模樣求他趙官家欺侮，否則蜀帝孟昶就是榜樣，這就是你說的安享富貴！」

折子渝已氣出淚來，楊浩的氣勢登時弱了三分，訥訥地道：「趙官家宅心仁厚，未必……未必……有些傳言未必可信。」

「哦？傳言未必可信，那就說些白紙黑字，無法抹煞的！」

折子渝以掌背一拭淚水，昂起頭道：「趙官家逐孤兒寡母，奪周而代之，初承大寶的時候，在諸國之中並不是最強大的，可是我父仍很快向宋稱臣，進京見駕，以府州之地歸順於宋，趙官家說什麼來著？他親口承諾：『爾後子孫遂世為知府州事，得用其部曲，食其租入。』

「如今才五、六年光景，他實力壯大起來，立即便想毀諾背信，你讓我折家如何信他？到底是誰對不起誰？一旦挑起戰事，誰才是天下罪人？好，你說的好啊，我折家是罪人，我折家不識大體，說到底，這不過就是竊鉤者誅、竊國者侯的無賴嘴臉了，你什麼時候變得這麼無恥了？」

折子渝罵得痛快淋漓，吳娃兒偷偷一瞄唐焰焰臉色，見她正聽得入神。見娃兒向她望來，唐焰焰皺皺鼻子，小聲道：「想看我有沒有生氣？我才不會為了這個生氣咧，說起來……她罵的也有些道理，浩哥哥為宋國出謀劃策、出生入死，又得著什麼好了？兵權被剝奪了，還差點想要他的命，虧得浩哥哥機靈，現不然現在都……真是奇怪，宋國這麼對不住浩哥哥，他怎麼就一門心思地為宋國說好話？」

吳娃兒聳聳肩，暗自嘟囔：「才怪，妳這個幫親不幫理的傢伙，不生氣的最主要原因，只怕是他們兩個吵得越兇，越沒有可能再在一起，妳才越放心、越開心，哼哼，想騙我，我吳娃兒除了媚娃兒的豔名，可還有個九尾天狐的綽號來著……」

室中楊浩也被罵得一頭大汗，如果他不是知道歷史，知道大宋將有數百年的國祚，成為中原漢人正統，他會不會有現在這樣的立場？會不會把宋對其他國家的侵略視為天經地義，反而指責試圖反抗者是阻礙和平與統一的罪人？

是啊，站在這個時代人的立場上，折子渝有什麼錯？

可是，正因為我知道，才萬萬反抗不得啊，因為宋得天下是必然的，如果任由折氏反抗下去，總有一天刀槍加頸，那時……那時子渝又會怎樣？可我如何才能說服她？說我來自未來？笑話！她當我是混蛋也罷了，要是當我是神經病，那就真的沒什麼好談了。

折子渝又罵道：「我真搞不懂，宋國對你有什麼好？你的所謂忠心到底從何而來？不錯，你有今日，有你自己的付出和努力，可是天下間肯付出、肯努力的人多了，又有幾人得成大事的？

「可你呢？身負人命逃離霸州時，是我折氏門下的程大將軍包庇了你；同樣是他舉薦了你，你為宋國出生入死，輾轉至西北，被安置在諸藩強羌中間，手下數萬老弱婦孺，無城池可守，無米糧可用，無生計可尋，如果沒有我府州折氏相助，但憑你自己的才智計謀，安能立足扎根，得成富貴？

「你之發跡，不曾離開折氏之助，可是你卻一門心思地站在對你不住的宋國那一邊，反而要處處與我折家作對，我對你楊浩已經仁至義盡了，換任何一個人去看，你都是忘恩負義、不忠不仁，你居然視對付我折家為天經地義，還來向我說教，真是滑天下之大稽，我折家虧欠了你什麼？我折子渝虧欠了你什麼？」

折子渝見他氣餒，冷笑著又道：「折家如果有朝一日真的降了，那只是因為力不如人，絕不會是因為受其感召，認為只有他趙家才是名正言順的天下共主。同樣的，我折家不管是主動降了，還是被迫降了，趙家都不會把我們看成自己人，一樣想防著我們，控制我們。

「伐戰謀國，本來最是殘酷無情，像你這樣天真，居然相信國家、朝廷、皇帝，會像鄰里相處一樣的話，還是趁早辭官做你的富家翁去吧，否則總有一天你連自己是怎麼死的都不知道。」

楊浩怔立半晌，仍在最後的努力：「子渝，有些原因，我不能直言。可是，我可以告訴妳，得天下者必是大宋，它是不會像唐末以來林立諸國一樣短命的，它一定會成為中原漢人的正統，國運至少也會有幾百年之久，不管是漢國、唐國、吳越、閩南陳洪進，還是西北三藩，早晚都會像蜀國和荊湖一樣，淪為宋的國土和子民，我不會害妳，更沒理由害妳，我只希望妳能記住這句話，如果不甘心，想要搏一回，也千萬不要使出太過酷厲的手段，以免不能回頭。」

折子渝失笑道：「你還真的成了算命先生了，那我問你，我的命運……會如何？你的命運，又會如何？」

楊浩心頭一震，就像一道驚雷在天空轟然炸響，拂開了漫天的陰霾，折子渝的命運……他並不知道，但是他自己的命運……他本不屬於這個世界，楊浩早在前年冬天就應該無聲無息地病死在霸州一個丁姓村莊裡了。

然而他現在卻出現在這裡，他改變了一些人的命運：楊氏、冬兒、柳十一、董李氏、壁宿、焰焰、娃兒……他也改變了一些時事：遷北漢國人於宋境、建立蘆嶺州、祕建飛騎衛、會盟黨項羌七大氏族、解決開封斷糧危機……

折子渝的命運到底會如何？自己這個突如其來空降到這個世界上的生命到底又將命運如何？自己又將改變多少人、多少事的命運？

折子渝見他痴痴怔立，心神恍惚，不知他在想些什麼，便道：「不錯，行計使謀，使開封斷糧，欲解我府州之困的人就是我，我現在氣力已經有些恢復，可仍動不得手，你要想綁我去向趙官家請功，用我的血染紅你的錦繡前程，那就儘管動手吧。各為其主，本應如此，我不會怪你！」

楊浩無力地揮揮手：「就算是殺了我，我也不會傷了妳，妳明明知道。」

折子渝聽他這般說話，心頭不由一熱，卻板著臉道：「我不知道！」

楊浩嘆了一口氣，說道：「一會兒有官吏往來，妳……還是盡快離開這裡吧。」

折子渝凝視了他一眼，咬了咬嘴脣，舉步便向外走，門外唐焰焰忙打手勢，和吳娃兒匆匆逃開。

折子渝走到門口，一腳邁出門檻，忽又站住，沉默半晌，扭過頭來，眸中閃爍著意味難明的神韻：「你……現在做這宋國的官，戰戰兢兢、如履薄冰地度日，時不時地便要焦頭爛額一番，開心嗎？」

楊浩一臉落寞地道：「希望似火，失望如煙，人生就是七處點火，八處冒煙……，許多事，由不得我選擇的。我相信，大宋是會度過這一難關的，妳一個女子在中原遊蕩於事無補，還是回西北去吧。」

折子渝怒道：「就此離開，我怎甘心？許多事，同樣由不得我選擇，你既然執迷不悟，那咱們就繼續鬥，我來點火，你去冒煙吧！」說完拂袖而去。

楊浩怔怔地瞧著她的背影，心中仍在想著方才突然湧上來的那個念頭：「難道，命運真的會改變？難道，這天下未來，未必會按照自己已知的歷史去發展？」

三百十五　終日奔波苦

許久許久不見楊浩出來，唐焰焰和吳娃兒忍不住又悄悄折回來，在他門口偷偷窺視，就聽房中楊浩說道：「妳們進來吧。」

二女吐了吐舌尖，乾脆大大方方進去，就見楊浩仍然站在那兒，不過神態已經恢復了從容。可是唐焰焰和吳娃兒目光一閃，就見楊浩腳下有一汪鮮血，不由驚叫一聲，把楊浩嚇了一跳：「妳們喊什麼？」

「你……你……」唐焰焰指著他說不出話來，還是娃兒心細，見那汪血跡是從楊浩身後的床下蜿蜒流出，忙叫道：「官人，床下有鮮血流出。」

「什麼？」楊浩趕緊轉身，見地上果然有一道鮮血流出，到了自己面前時已近乾涸，忙提著小心俯身往床底看去，隨即探身進去拖出一具死屍來：「這床下……怎麼有一具屍體？」

唐焰焰和吳娃兒面面相覷，看那死者衣衫，二女已然明白，原來折子渝悄悄潛來此處，不是想要殺楊浩，而是要來救他，她與這刺客並不是一路。一時間，二女都不知道該說些什麼才好。

楊浩也明白過來：「這具屍體想必就是淮河四雄中的老四獨孤熙，是子渝殺了他。」

吳娃兒道：「方才在榻上察言觀色，我就看出她對官人似無惡意，只是未想到她躡來此處竟是為了幫官人除掉這個刺客，說起來這些刺客與官人作對，或多或少是在幫折小姐的忙，她這麼做……對官人……對官人真的是很不錯……」

楊浩吁了一口氣道：「這事不要再說了。對了，妳們兩個不是在普光寺等我嗎？又是怎麼來了這裡，還藏到楊上去，喝什麼『春風散』？」

「這個嘛……」唐焰焰支支吾吾地道：「這個……說來話長……久聞泗州風光，與揚州並稱江淮二州，我們兩個想著你公務繁忙，一時也顧不上我們，這個……這個就想獨自進城遊覽一番……」

楊浩瞪了她一眼道：「於是就逛進了官倉，遊到了我的床上？而且因為閒得無聊，所以一個把自己像殺豬似地捆起來，另一個則吃點軟骨散嘗嘗鮮？」

唐焰焰臉一紅，吳娃兒乾笑道：「這個說來更是話長，一時半晌的只怕說不清楚，官人要是不忙的話，那麼……那麼改日奴家再詳詳細細地解釋給你聽聽就是了。」

「解釋就是掩飾，掩飾就是講故事，看樣子，妳們兩個還沒把故事想好？」

吳娃兒也有點發窘，訕訕地岔開話題道：「官人，這些刺客不知是誰人派來的，官人要追索他們的幕後主使，消除隱患才是。而且經此一事，以後出入更得多加小心。而且，折小姐這一次尾隨刺客而來，是為了救官人性命，可是這也說明，折小姐一直也不暗中關注著官人與泗州糧紳的這場明爭暗鬥。她不屑用匹夫之勇解決問題，說不定卻有更加了得的計畫，官人要格外小心。」

「這個我曉得的，我會提高警覺，妳們不必擔心。至於子渝……哼！」

吳娃兒幽幽地道：「站在折姑娘的立場，其實並沒有錯，娃娃聽那那些公卿權貴議論國事時，對西北三藩，朝廷上從始至終就只是籠絡利用，從不曾真的把他們當成宋國的臣子，當成自己人。而西北三藩俯首稱臣，目的也只有一個，那就是保持他們現在的情形，朝廷與西北，對此都是心知肚明的。

「如今朝廷漸漸勢大，不再需要維繫他們，就想撕破臉面，軟硬兼施地迫其就範，要他們獻土稱臣，繳權歸順，他們自然要反抗，漫說折大將軍不肯，就算他肯，一仗未打就言敗歸降，他手下那些驕兵悍將也未必肯服。

「可是，官人如今是朝廷上的官，而折姑娘的所作所為卻是為王法所不容的，如今官人私縱她離去，奴家自然曉得官人這是有情有義，知恩圖報，可是卻也為官人留下了後患，奴家實在有些擔心……」

唐焰焰疑道：「會有什麼後患？」

吳娃兒解釋道：「折姑娘心高氣傲，是不會就此甘心承認失敗的，我怕她一計不成又出一計，這裡畢竟是大宋的天下，萬一失手栽在朝廷手裡，牽扯出今日之事，官人是朝廷的官員，明知她是致使開封缺糧，迫使朝廷耗費大量財力物力以應其變的罪魁禍首，卻私自縱她離開，朝廷本就有意為難官人，那時還能不趁機追究官人的罪責嗎？」

「妳想的太遠了。」楊浩搖頭道：「子渝聰明機警，做事很知輕重，從這次開封斷糧案上就可見端倪，她只是順勢而為，利用了三司使衙門的漏洞弊端，而沒有強行炮製什麼事件，朝廷應對缺糧危機時，她也沒有趁機再在購蓄糧草和運輸方面搞鬼，看來她也是很小心的，也知道一旦有把柄落在朝廷手中意味著什麼，這樣謹慎，再加上她一貫機警，怎會有什麼蹤跡落在朝廷耳目之中呢？我現在倒真的有一樁為難之事，卻與她無關。」

唐焰焰聽他誇獎折子渝，心中滿不是滋味，便悻悻然道：「你有什麼為難事？」

楊浩看著她微笑道：「我的為難事，還不就是妳嗎？」

唐焰焰一呆，愕然道：「我？我又做什麼了？」

楊浩道：「妳倒是沒做什麼，而是妳家兄長，我這幾天沒去接妳，一來是太忙，二來也是沒考慮好要如何安頓妳。令兄說已經把妳許與晉王為妃，妳在我身邊一出現，這事能瞞得了一時，也瞞不了長久。」

唐焰焰的臉色難看起來：「著哇，的確是為難。人家如今是晉王呢，好嚇人的大官，要不然你把我綁去送給他得了，我哥哥自然開心，你也可以加官晉爵，大家皆大歡喜，多好哇，省得我只會給你惹麻煩，讓你為難。」

楊浩失笑道：「妳在胡思亂想什麼？以為我懼怕晉王權勢，想要把妳拱手相讓嗎？」

他牽起焰焰的手，柔聲道：「焰焰，我說為難，是說如何既能讓妳我在一起，又不致讓妳的家人太過為難，還有晉王那裡，除非我們亡命天涯，否則得罪了他，終究要遺患重重，可不是說要丟開妳這個小麻煩。

「焰焰，如果妳想當晉王側妃，我不會攔妳，不管妳是不是喜歡這個從未謀面的人，妳既然做出了這個選擇，那就有妳的考慮，我沒有立場攔妳，要我冒著掉腦袋的風險去和一個強腕人物鬥，而我要爭取的那個女孩甚至也說要嫁給他，我沒那個勇氣，那不是情聖，而是白痴。

「可是只要妳的心還在我這兒，妳願意跟著我，不管我是富貴還是貧窮，那麼，就算妳是個天大的麻煩，我也絕不放手，漫說他是晉王，是我的頂頭上司，就算他是當今皇帝，掌握著我的生殺大權，我也要為妳衝冠一怒，跟他爭爭這個老婆，否則，枉生了這男兒身軀！」

唐焰焰聽了臉頰漲紅，只是痴痴地凝視著他，半晌說不出話來，就連吳娃兒的雙眸都變得朦朧起來。

那個時代不是現代，現代女人要自己擇婚論嫁才是天經地義，旁人干涉不是正理，可那時候父母之命、媒妁之言才是合理合法的，父兄長輩想讓一個女人嫁給誰，而她自己喜歡的卻是另一個人，那麼不守婦道、不遵禮法而受人唾棄的是這個女人，她喜歡的那個男人更加沒有立場和權力與她家中長輩選擇的那個夫婿抗爭。

如果這個人是皇帝，那更加不得了，普天之下莫非王土，率土之濱莫非王臣，只要這個女子一日未嫁，皇帝說要納她為妃，那就是再理直氣壯不過的事了。

所以楊浩這番話才讓她們如此感動。在這場較量中，天時、地利、人和，都對楊浩完全不利，唐焰焰被許配予晉王為妃是家中父兄長輩的決定，那就是合理合法的事情，哪怕晉王與楊浩地位相當，甚至比他的權勢官職還要低，受世人唾罵的也要是楊浩，因為是他不遵禮法，勾引有夫之婦。他與唐焰焰之間的感情，是不受承認的，父母之命、媒妁之言才是天經地義的。

如今，楊浩親口承諾，只要焰焰芳心還屬於他，那麼他就絕不相讓。這場較量，不止在權勢地位上他和對手差著不止一截，就是道德輿論方面，他也完全不占優勢，隨時可能身敗名裂，前程盡喪。這要付出多大的犧牲和勇氣？天下間又有幾個男兒肯毫不猶豫地為一個女人做出這樣的犧牲？她們怎能不為之感動。

娃兒聽了楊浩的話，悄悄拭拭眼角，欣然轉向唐焰焰道：「姐姐，妳不是說想了一個天衣無縫的好法子嗎？何不說與官人聽聽？」

唐焰焰珠淚盈盈，正要撲進楊浩懷裡好好感動一把，聽娃兒這麼一說，卻羞答答地垂下了頭去，拈起了自己的衣角，那副小兒女羞態，著實可憐可愛，可是楊浩接口的一句話，卻讓她差點把鼻子氣歪了。

「誰？焰焰？焰焰能想出好主意？拉倒吧妳，她左腦全是水，右腦全是麵粉，不動還罷了，一動全是漿糊，她能動腦筋想法子？」

「姓楊的！」唐焰焰瞪起杏眼，雙手一掐腰，扮出茶壺造型大吼道：「你討打是不是？」

「啊！」門口一聲尖叫，打斷了他們的話，三人齊齊向門口看去，原來是壁宿氣喘吁吁地趕了回來，一到門口恰見地上一具死屍，不由一聲驚叫。

＊　＊　＊

「娘，怎麼樣了？」

劉夫人一回府，鄧秀兒便急匆匆迎上去道。

劉夫人陰沉著臉色，一言不發地向內室走去，鄧秀兒急忙跟在後面。到了內室中，劉夫人坐下，秀兒忙去倒了杯茶來，端到她面前，低聲喚道：「娘？」

劉夫人雙眼直勾勾地看著前方，喃喃地道：「為什麼？為什麼人心會變成這樣？」

她的淚水忽然止不住地流下來，哽咽道：「我還記得，那一年家鄉遭了水災，把咱們家都淹了，我和妳爹帶著妳逃難去了妳三姨家，他們家也是顆粒無收，可是一個菜包子，她都要掰了大半給妳吃。如今這是怎麼了？錦衣玉食，高屋大宅，哪一樁不是靠了妳爹才擁有的，現如今妳爹遭了難，只要把虧空還上，魏王爺就能網開一面，那些錢本就是不義之財，她們為什麼不肯交出來，為什麼不肯救妳爹一命？」

劉夫人閉起雙眼，淚水滾滾而下：「現如今，再不是他們巴結討好咱們的時候了，他們的心都變黑了，有人敢對我惡語相向了，有人敢關緊大門連一步也不讓妳娘踏進去了，娘從來沒有這麼低聲下氣過，一家家地去求他們，就差在大門口下跪了，好話說盡，卻沒有一個人肯把到嘴的肉吐出來救妳爹爹性命，女兒啊，娘對不起妳爹，是我害了他啊！」

劉夫人痛哭流涕，秀兒站在一旁默默陪她流淚，她更加沒有想到，世態炎涼，曾經那些走動親密無間，母親或自己哪怕打一個噴嚏，都會有一大幫帶了各種補品、藥材趕來探問，種種噓寒問暖的話說到讓人發膩的親戚，居然翻臉無情，居然可以坐視她爹爹去死也不肯伸出援手。

曾經，他們或許是可以只有一個餅子也要掰成兩半與他們一起分享的好親戚，可是由儉入奢易，由奢入儉難，現在他們綾羅綢緞、錦衣玉食、華屋大宅、奴僕如雲，再失去這種生活，對他們來說，簡直比死還要難受，金銀，已經讓他們的心變得像墨一樣黑了。

自從得了魏王的承諾，母親就趕緊開始變賣所有家產，能賣的全都賣了，可還是湊不齊小舅貪墨挪用的大筆庫銀，唯有靦顏去向那些得了好處的親戚們開口，可誰知道……如今還有什麼辦法呢？那一筆筆貪墨的錢財，全都沒有帳目可循，更沒有什麼字據，整個府庫、整個衙門的所有要害職司，這兩年來都已經被劉家這些人占據了，他們就像一群蛀蟲，瘋狂地啃噬著這座大廈，所有的人合起夥來哄騙父親，就連娘親這個枕邊人都幫著他們瞞著爹爹，如今自食惡果，甚至想要補救都不得其法。

等到御史臺派人查辦，追索贓款？那樣的話，父親的罪名也就坐實了，任誰也不能隻手遮天，再替他隱瞞下去。那些親戚為什麼就這麼貪心？靠著爹爹的勢力和他們貪墨的錢財，他們早就利滾利滾雪球一般，家產不知壯大了多少倍，僅僅是拿出當初貪墨的那些錢財救爹爹一命，救這個賜予他們一場富貴的親人一命，為什麼他們就是不肯？

「女兒啊，娘愧對妳爹，娘拉下這張臉，能說的話都說了，能求的人都求了……不，那不是人，連狗都不如，那是一群不知感恩的白眼狼啊！如今可怎生是好？妳爹要是真的定了罪，娘也沒臉再見他了，娘……娘寧可去死，可是我苦命的孩兒，妳可怎麼辦啊？」

劉夫人一文錢也沒要回來，走投無路之下，抱著女兒放聲痛哭，鄧秀兒流淚道：「母親千萬不要作此想法，總會有辦法的，總會有辦法的。」

劉夫人慘笑道：「辦法？哪裡還有辦法？旁人現在都視咱們如蛇蠍，避之唯恐不及，那些忘恩負義、喪情天良的劉家人，更是沒有一個肯解囊相助！」

她捶胸頓足地道：「那本就是府庫的銀子，書晨當初說的可是暫時借與他們做生意啊，書晨怎麼就這麼渾！哪怕讓他們簽個字據、留個便條，娘也不至於空口無憑啊！」

「娘，御史欽差馬上就到了，再不籌齊庫銀添補漏洞，就連魏王也不好再出面相助了，我……我再去見他，求他幫忙，向那些無情無義的人家施壓！」

鄧秀兒把淚一擦，毅然站起道。

劉夫人雙眼一亮，趕緊問道：「魏王千歲，他……他肯幫忙嗎？」

鄧秀兒猶豫了一下，說道：「如今，這已是我們唯一的機會，女兒唯有去試一試了。」

劉夫人「噗通」一聲就跪在了女兒面前，慌得鄧秀兒趕緊跪下，使力攙她：「娘，妳這是幹什麼，折殺女兒了。」

「女兒啊，娘這心裡，火炙油煎一般，娘對不起妳爹，是娘害了他呀，如今這是唯一的機會，娘求妳，娘求妳了，好女兒，妳一定要救妳爹，這是唯一的機會了。娘生妳養妳，只求妳這一件事，不然九泉之下，娘也沒臉去見妳爹，沒臉去見他呀。」

劉夫人推開女兒連連叩頭，把頭叩得咚咚直響，恍若得了失心瘋了一般，駭得鄧秀兒哭叫著還禮攙扶，好不容易讓劉夫人平靜下來，鄧秀兒回房洗去淚水，淨面更衣，便打一乘小轎急急又奔赴碼頭。

到了碼頭，鄧秀兒便是一驚，只見那艘官船已遠遠離了岸邊，因為碼頭附近水域寬廣，恍若一個小湖，那船就停在湖中央，根本不再靠岸了。鄧秀兒慌忙下了轎，使了一吊錢，又軟語溫求一番，那岸上守卒才帶搭不理地道：「姑娘，官倉衙門遭了刺客，他們招供，本來是想把官船一把火燒掉的，幾位大人擔心魏王千歲安全，所以這船駛離了堤岸，妳看到了嗎？水上巡弋的這些小船上俱是弓手，水下還帶了暗網，把那官船圍得水洩不通，膽敢隨意靠近的，那可是格殺勿論，我與姑娘說了這麼多話，已經犯了規矩了，請姑娘不要為難我了，還是趕緊離開吧。」

鄧秀兒哀求道：「這位兵大哥，奴家與魏王千歲是相識的，還求兵大哥稟報一聲，如果知道我來，千歲一定會見我的。」

那人一聽，把頭搖得跟撥浪鼓似的：「使不得使不得，姑娘不要為難在下了，千歲何等尊貴，在下哪有資格擅自傳報？要是有個什麼差池，我這吃飯傢伙就得搬家。」

「兵大哥，您只是幫著傳報一聲，又須擔什麼責任呢？奴家不敢讓兵大哥白白辛苦，這裡還有幾吊錢，請大哥千萬幫忙。」

「有錢掙，也得有命花呀，上頭下了嚴令，我可不敢違犯軍令，再說，就連我也沒資格未經傳喚就上船的，我要是給妳報信，沒準我就被射成了刺蝟，姑娘，妳還是走吧，不要在此糾纏，不然大家臉上都要難看。」

鄧秀兒百般央求未果，只得問道：「那麼，不知是哪位大人下的警戒令，還請兵大哥告知，奴家去央求他便是。」

那侍衛站在日頭下面，晒得火氣也不小，翻了翻眼睛道：「如今主事的，就只楊院使一人而已，除了他，還能有誰？」

「楊院使？」鄧秀兒想：「昨日楊院使寫的條子我還沒用過，本想那些親戚家眷都是這般模樣，再去相求他們恐怕也不得結果，如今正好一併前去，如果能讓他們還錢最好，不然的話就央求楊院使想個法子。」

想到這裡，鄧秀兒頷首道：「如此，多謝兵大哥了，奴家告辭。」

鄧秀兒上轎匆匆離去，臨時駐紮在岸邊的侍衛營帳中姍姍走來一人，望著遠去的轎影皮笑肉不笑地問道：「來的可是鄧府千金？」

那侍衛忙躬身答道：「是，小的已按大人吩咐打發她離開了。」

那人正是程德玄，他瞟了眼即將消失在長堤盡頭的小轎，暗暗冷笑：「想救鄧祖揚？除非他肯攀咬趙普那老傢伙一口，否則這一遭哪那麼容易讓他脫身？」

不想，遠處慕容求醉和方正南也正看著這一幕，二人面帶隱憂，直到程德玄的身影消失在堤岸邊，方正南才道：「看來，他們是想拿鄧祖揚這件事作文章，意圖卻在相爺那裡。」

慕容求醉冷冷地道：「鄧祖揚這個蠢材，縱容家人為惡，事到臨頭，卻沒一個肯救他。你說他會不會迫於晉王壓力，招出什麼對相爺不利的話來？」

方正南目光一閃，回頭說道：「以他品性，似乎不會如此，不過……人心隔肚皮，威逼利誘之下，人會怎麼抉擇，很難說的。」

慕容求醉沉沉說道：「那麼……有什麼最穩妥的辦法來消除隱患呢？」

二人對視一眼，目中泛起一抹冷意，樹上的蟬忽然停止了鳴叫，似乎也被他們的殺氣所懾。

三百十六　世情如霜

沉重的倉庫「吱嘎嘎」地打開了，自從淮河四雄試圖劫獄之後，這裡的戒備又森嚴了幾分，就連普通犯人家屬的探視也取消了。這些養尊處優的老爺們對粗陋的牢飯難以下咽，所以也就沒了精神體力，楊浩進來時，他們依然病懨懨地躺在牢房角落裡，懶得抬頭看一眼又要提審哪個。

楊浩現在已經停止了訊問，已經掌握的資料，已經足以定他們的罪，他現在只需等著朝廷派來專門負責此案的欽差，把案子移交過去就是，如今趕來，只是因為侍衛稟報說鄧秀兒去見劉向之等人了，所以才來看看情況。

焰焰和娃娃上街去了，天氣雖然煩悶，但是楊浩手頭還有大量需要移交的案卷需要整理，以焰焰的性子，要她一直在旁陪坐，她可做不來。其實娃娃也未必就喜歡這麼沉悶地陪坐，看著楊浩做事，畢竟就連她的歲數也不大，正是精力旺盛、好說好動的年紀，一個年輕的小姑娘，哪有那樣的定性？只不過唐焰焰敢把自己的喜惡表現出來，若不是唐焰焰提出，那麼她是一定會靜靜在旁陪坐侍候的。

楊浩很喜歡焰焰這樣的性格，他並不希望自己的女人一嫁過來就變成只會看他臉色行事的應聲蟲，全無一點個性，見兩個丫頭枯坐一旁昏昏欲睡，正想打發她們去泗州城中遊覽泛舟，唐焰焰一說，便答應下來。

她們此番南下所帶來的人如今都已搬到了官倉衙門，她們要出去，杏兒、老黑、張牛都是要陪同的，楊浩把無所事事地蹲在衙門口打哈欠的壁宿也派了去，有這個賊祖宗陪著，什麼擠神仙的、渾水摸魚的，都休想近了她們的身子。

「她想出了對付家族和晉王的辦法？她能有什麼辦法？而且以她爽快的性子，居然還羞答答地不願當著吳娃兒的面說？」

楊浩一邊走，一邊想著唐焰焰那番欲吐還掩的話，隱隱猜出了幾分她的主意，脣邊不禁露出一絲玩味的笑意。的確，在人屋簷下，怎能不低頭？最後就是有個比較溫和的法子來解決這個問題，焰焰這個主意目前看來還真的是一個蒙混過關的好主意。

唐家是一門心思要攀上晉王這棵參天大樹的，去和唐家交涉是不會解決問題的，這樣的話如果硬來，不但彼此的實力相差懸殊，而且自己站在於理不合、於法不合的位置上也太過被動。

可是如果他和焰焰先已有了夫妻之實那就不同了，雖然會有些唾沫星子濺過來，可開封城畢竟不是一個雞犬之聲相聞的小村落，旁人的閒言碎語盡可不去理會，而那樣一來，唐家自覺尷尬，是不敢再強要焰焰嫁與晉王的，而晉王趙光義也不會自貶身分，納這樣一個女子為側妃。

「焰焰……這個妮子，敢愛敢恨，敢做敢當，她想的主意，一定就是搶先成就夫妻事實，逼迫家人承認我和她的關係，呵呵……」

想起焰焰那曼妙迷人的第二張臉，楊浩一陣心猿意馬，臉上的笑意更濃了：「她什麼時候才會對我說呢？嗯，得找個時間與這丫頭好好聊聊。現在還不成，等泗州之事了結吧，明日交接了案子，繼續南下時我就找個由頭離開官船到娃娃船上去。

「泗州之事解決好了，對整個江淮道上各路官員、糧紳都有警懾作用，泗州這一腳踢開了，以後就容易施展身手了，想必各處購糧、運糧事不會再憑空生起什麼波瀾，那時沒有多少事做，這趟江淮之行，就算是我與焰焰、娃兒的蜜月之旅吧。呵呵，好期待啊……」

走在幽暗的光線下，一道道斑斕的光影從高處傾斜而下，不時閃掠過楊浩的身子，於是他脣邊有些神祕的笑容在一明一暗間便顯得詭譎起來，引路的獄卒看在眼中，感覺有幾分陰森的味道，便有些毛骨悚然起來。

「娃兒雖然妖嬈，終究限於先天體質，一人難以令我盡興，如今再有了焰焰，我苦練多日的雙修大法終於派上用場了，哈哈……」遙想雙飛的旖旎香豔，楊浩眉飛色舞，突然笑出聲來，那個獄卒激靈靈便打個冷顫，心道：「院使大人怎麼笑得這般陰險……

這是又要去禍害誰了……」

繞過一排倉房，光線更幽暗了，糧倉是空的，空氣沉悶，瀰漫著些糧穀遺留的味道，前方忽然隱隱約約傳來一陣對話聲，楊浩腳下不由一慢，那個獄卒趕緊湊上來小聲說道：「院使大人，鄧姑娘正與劉向之等人說話，她有院使大人的條子，所以小的屏退了左右……」

「嗯！」楊浩點點頭道：「你辦得很好，退下吧，莫要驚擾了她。」

「是是是！」那獄卒連聲答應，躡手躡腳地退了下去，楊浩停頓片刻，舉步向前行去。

「秀兒，妳說……要是把庫銀都填補上，就能免去妳爹的罪責嗎？」

「二舅，泗州糜爛至斯，爹爹難辭其咎，不過若是能把庫銀補齊，這張挪用貪墨庫銀的罪責就能撤去，那樣一來雖不能全然免責，卻是能夠大大減輕爹爹的刑罰，若在尋常時候，玩忽職守這樣的罪責或許只是流放，可是如今開封斷糧，事態嚴重，官家震怒之下，因為這一罪責砍了爹爹的頭也未必不能……」

劉牢之迫不及待地道：「秀兒，妳二舅是問妳，如果把庫銀填上，妳爹是官復原職，還是貶謫下去做個知縣判官一類的官呀？」

「哈哈……」空曠中突然傳出一聲怪笑，聽來有如夜梟，著實有些嚇人，劉忠怒道：「周望叔，你笑什麼？」

周望叔冷笑一聲道：「天真的蠢貨！」

鄧秀兒猶豫一下，苦笑道：「二舅，王法昭彰啊，這樁案子已是鬧得天下皆知，誰還能包庇爹爹？若是把庫銀都填補上，保住爹爹一命做個平頭百姓已是最大的寬容，這官……只怕是做不得了。」

劉向之一聽臉色頓時一暗，喃喃地道：「那不是竹籃打水一場空？」

鄧秀兒幽幽一嘆道：「那已是萬幸之事了，秀兒焉敢再奢望其他？娘親這兩日已去過舅舅和姨丈家裡，因為妗子和姨母不知其詳，亦不知詳細數目，無法償還庫銀，秀兒費盡周折，請託了人，才有機會來見諸位長輩，還請盡快寫個手條下來，讓家中償還庫銀，救我爹爹性命，否則……朝廷專司此案的欽差御史頃刻便至，若等他們到了，就來不及了。」

「補回庫銀也不能保住他的官職……」劉宇之的臉色也變得難看起來：「那就是說……這一遭我們是澈底完了……那麼……償還庫銀還有什麼益處？」

鄧秀兒心頭一沉，惶然道：「三舅，你這是什麼話？二舅，你們……」

劉書晨絕望地道：「我們劉家上上下下就這麼完了？朝廷會把咱們怎麼樣？咱們做的那些事，罪當致死嗎？」

周望叔陰陽怪氣地道：「官字兩張口，該不該死還不是朝廷上的一句話？若是尋常時候，或許罪不至死，可是朝廷如此緊張此事，連皇長子都加王爵派遣了出來，恐怕缺糧之事十分緊迫，就算為了殺雞儆猴吧，又有何人會憐惜你我之頭？嘿嘿，嘿嘿……」

「姓周的，閉上你的狗嘴！」劉忠咆哮道：「當初如果不是你拉我們下水，我們劉家何至於會有今日？是你，都是你，是你害了我們劉家，就算做鬼我劉忠也不會放過了你。」

周望叔陰陰笑道：「怪我？曾幾何時，你還對我感激不盡呢！怎麼如今大澈大悟了？哼哼，不是我點化於你，你們劉家一幫泥腿子會有今日這般的大富貴？你劉忠是個什麼東西，會有享用不盡的錦衣玉食？會一口氣納了十二房美妾？劉老弟，旁人一輩子也享用不到的榮華富貴，你都享用到了，還不知足嗎？」

「閉上你的臭嘴，你這老狗，我不想死，誰他媽的想死啊……」

鄧秀兒哀聲道：「舅舅，姨丈、表兄，秀兒也想救你們，可是罪證確鑿，爹爹又是自身難保，秀兒一個弱女子，實在無能為力啊，現如今……只有爹爹還有一線生機，你們……」

劉向之忽然怪笑一聲道：「我們罪證確鑿，難道妳爹他就不是罪證確鑿嗎？」

鄧秀兒一呆，愕然道：「二舅，你……你這是什麼意思？」

劉向之忽地轉過身去，帶著手銬腳鐐嘩楞楞作響，他急急走出兩步，昂起頭，硬著嗓音道：「秀兒，周望叔說的對，我們劉家本來就是一幫泥腿子，這幾年，一輩子享不到的福我們都享用到了，也該知足了。」

鄧秀兒手腳冰涼，猶抱著最後一線希望，顫聲說道：「二舅，你……你是說？」

劉向之悠悠地道：「若不是我當初賣了自家的耕牛給妳爹湊盤纏，他如今頂多做個私塾先生，哪有做到一州知府的威風？是啊，我們借了他的勢、沾了他的光，可是二舅自問並不欠他的。如今二舅完了，三舅完了，妳姨父也完了，整個劉家上上下下當家主事的人全都完了，妳爹那個迂腐書生，就算保住了這條性命，他能周濟得了這麼一大家子人？不，他沒那個本事。

「我們是完了，可是這幾年我們已經掙下了一份可以讓子孫享用不盡的家業，知足了。咱大宋國還沒有過一人犯罪抄滅九族的，這一遭被楊浩那廝人贓並獲，朝廷是一定要重罰的，如果妳二舅再替妳爹填補虧空，二舅家裡還能剩下什麼？」

鄧秀兒驚慌地撲過去，一把抓住欄杆，失聲叫道：「二舅，你怎麼能這麼說話？那本來就是官銀，是不義之財啊！」

劉向之冷笑道：「取自庫銀？有什麼憑據？」

鄧秀兒一呆，她雙手緊緊抓住欄杆，含淚的雙眸漸漸噴出火來：「二舅，你……你們為了保住家財，要置我爹爹於死地不成？二舅！」

她的聲音尖厲起來，彷彿索魂的厲鬼，在空蕩蕩的官倉裡裊裊傳開，劉向之的背影在叫聲中佝僂起來，他喃喃地道：「沒有憑據，朝廷就不能抄沒我的家產，我死了，至少還能給家人留下一份殷厚的家產讓他們過活度日。

「秀兒，二舅也想風光大葬，也想來年祭日有個香火啊，要是我死了，什麼都留不下，老婆、女兒生計無著只能淪落娼家，我那小妾剛生的孩兒只能隨他娘改嫁，連姓氏都要隨了旁人，我死也不瞑目啊。人不為己，天誅地滅，妳不要怪二舅，二舅也是不得已、不得已啊……」

「二舅、三舅、姨丈，你……你們……」鄧秀兒淚眼迷離地一一望去，誰的目光與她一碰都悄然挪開，不與她對視，臉上一片漠然，彷彿已與她全無關係，鄧秀兒只覺自己連呼吸都喘不上氣來，壓抑得幾乎窒息。

「這世上，沒有不透風的牆，沒有不能上吊的梁。你們不用心存僥倖，善惡有報終有時，你們喪盡天良，會遭惡報的。」楊浩說著，從牆角裡轉了出來。

一個個倉房都封著柵欄，每一個倉房中關著一個人，鄧秀兒撲在劉向之牢房間，貼著柵欄委頓在地，楊浩看得也是心中一慘。可是他如今也是一點辦法也沒有，鄧祖揚這番遭遇，的確是咎由自取，如果他能補救，或許還可以法外施恩，但是如今這種情形，誰能替他補上那塌天的窟窿？

周望叔被關押在劉向之對面的牢倉中，儘管身陷囹圄，但他仍是衣著整潔，頭髮一絲不苟，與對面蓬頭垢面、不修邊幅，已經完全像一個囚犯的劉向之等人比較起來，他就像坐在堂上問案的大老爺一般威嚴。

看到楊浩出現，周望叔微笑起來：「楊院使，老夫小瞧了你啊，旁人拿老夫全無辦法，可你毫無章法的一通亂拳，居然連我這老師傅都栽在了你的手上，呵呵，佩服、佩服！你說善惡有時終有報？我看……這話只好糊弄一下那些沒有本事快意恩仇的廢物。」

楊浩轉向他，冷冷地道：「周望叔，你罪大惡極，論罪，必死無疑。古人常說，人之將死，其言也善，你到現在還執迷不悟嗎？」

周望叔坦然笑道：「要做怎樣的事就要有怎樣的擔當，既然做了這樣的事，我就有這樣的準備，雖然我周望叔是個手無縛雞之力的文人，可你也莫要小瞧了我的勇氣。不錯，我周望叔是要死了，可是我周家垮不了，我們周家……嘿嘿嘿……上百年來，就一直防著朝代更迭、戰火紛亂，會把我周家薪火一舉而滅，早有種種萬全之策。周望叔倒了有什麼關係，我周家倒不了，照樣還是江淮道上數得著的大世家，楊院使，你很失望吧？」

楊浩肅然道：「你說錯了，我沒有失望，相反，我很高興，我很高興有這樣一個朝廷、有這樣的律法，雖說依著你的所作所為，我也恨不得出幾個來俊臣、萬國俊、吉頊一樣的酷吏，讓你嘗嘗家破人亡、生不如死的滋味，但是不株連、不抄家，這是開明之舉，我尊敬而且服從。

「朝廷如果抱著寧可錯殺三千，不可放過一個的念頭，即便它最初是用來懲治大奸大惡的，早晚也會淪為迫害良民百姓的工具。到那時，數不清的滅門令尹、破家縣令，受害的都是無依無助的良民百姓。至於你，你也不必得意，如果你周家今後本本分分的，那麼你是你，周家是周家，朝廷需要那樣的良民，地方需要那樣的仕紳，可是如果你周家的人還像你一般為了斂財橫行不法，為非作歹，早晚會和你今日一般下場。」

周望叔斜眼睨著他，只是冷笑不語。楊浩看這人簡直不可理喻，也不再與他說教，他看看仍痴痴坐在地上的鄧秀兒，嘆道：「鄧姑娘，算了吧，大難臨頭，他們人人都在為自己打算，是不會有人幫妳的。」

劉忠冷笑道：「楊浩，你不用假惺惺地扮好人，這一切還不都是你造成的？如果不是你，我姨丈如今還是泗州知府，我們劉家又怎會遭此大劫？」

楊浩默然半晌，長嘆道：「劉忠……」

「怎麼？」

「你已經不可救藥，活著真的是浪費糧食，你是該死了！」

*　　*　　*

重新回到陽光下，楊浩和鄧秀兒的眼睛同時瞇了起來。

站在燦爛明媚的陽光下，楊浩有種剛從醜陋骯髒的地獄回到人間的感覺，那炎熱也不那麼討厭了。略略適應了一下刺眼的陽光，他轉身看向一旁的鄧秀兒，鄧秀兒臉色蒼白，一雙大眼中眸子完全失去了光彩，就那麼痴痴地站在那兒，彷彿一具沒有生氣的瓷娃娃。

楊浩不忍多看，轉過臉去道：「鄧姑娘，明天，朝廷派來緝查此案的欽差御史就要到泗州了，本官交接清楚就要繼續南下，妳是個孝女，可是有些事不是妳能左右的，該做的妳已經做了，做錯了的終究要付出代價，不要繼續奔波了，鄧知府畢竟是受蒙蔽的，我想朝廷會酌情處治的，未必就有殺身之虞。」

鄧秀兒慢慢轉過身，痴痴問道：「你想？如果你猜測錯誤呢？那是我爹爹的性命呀……」

楊浩嘆道：「妳那班親戚都讓銅錢燻黑了心，根本不想救他性命，奈何？」

鄧秀兒喃喃地道：「有辦法的，一定會有辦法的。」

她雙眼一亮，突然一把扯住楊浩衣袖，雀躍道：「楊院使，我想到了，我想到了。」

楊浩動容道：「妳想到什麼了？」

鄧秀兒激動得語無倫次：「他們陷我爹爹於不義，如今又袖手不理，我明知那錢財是他們貪墨了去，卻是無憑無據，原因就是，根本沒有帳目可查，沒有什麼追究他們的依據。可是……可是要對付他們也並非全無辦法，只要大人肯相助，我們就能以亂制亂，以其人之道還治其人之身。」

楊浩奇道：「如何以亂治亂，以其人之道還治其人之身？」

鄧秀兒興奮地道：「似周家十餘代的糧紳，家中自有規矩，帳目嚴密，做不得手腳。可是我劉家這些親戚不同，他們原本俱都沒讀過多少書的，做生意又是巧取豪奪、強買強賣，根本沒個正經營生，哪裡需要什麼詳盡準確的帳目？

「況且他們又慣用私人，不曾請個真正了得的帳簿先生，他們的帳目俱都是混亂不堪、無從查證的，大人若肯相助，只消以擔心他們家人私下轉移藏匿財產的理由暫時查抄集中控制起來，那……若是這財物少了多少，他們同樣沒有帳目來證明追索的，不是嗎？」

楊浩定定地看著她，半晌沒有說話，鄧秀兒充滿希冀地道：「楊院使，你覺得有什麼不妥當？」

楊浩慢吞吞地道：「只有一點不妥當。」

鄧秀兒急忙道：「你說，咱們再好好商議一下。」

楊浩長長地吸了一口氣，緩緩說道：「如果用妳這個法子，欲治不法者，先陷自己於不法，我……為什麼要這麼幫妳？」

鄧秀兒的心彷彿被針刺了一下，臉色突然漲紅如血，半晌才囁嚅道：「楊院使，奴家知道……知道這麼做是有些為難了大人，可……可我爹……他真的是好冤枉啊。」

「嚴格說起來，他也不算是冤枉，被家人蒙蔽到這種地步，在泗州做盡了惡事，他也算是糊塗透頂了。可他本人畢竟是個清廉自守的官，所以如果有可能的話，我希望能拉他一把，也因此，才允許妳去見他們，這已經是壞了規矩。鄧姑娘，妳這個想法不管有沒有用，卻是陷我於不義，一旦事發，妳知道對我來說意味著什麼？」

鄧秀兒的臉色越來越紅，楊浩吁了一口氣道：「說起來，妳這位知府千金雖是自幼隨令尊通習琴棋書畫，博覽群書，可妳畢竟沒有接觸過什麼人情世故，不諳世事，有些異想天開的想法也不足為奇，我不怪妳。

「但是想要我這麼做那是不可能的，如今妳劉家這些親眷已狠下心來袖手旁觀，令尊是無法脫罪的了，鄧姑娘也不要枉費心力了，妳回府去吧，我說過的話一定算數，奏表上，本官會把來龍去脈說個仔細，也許官家會網開一面。」

楊浩說罷轉身便走，鄧秀兒望著他的背影，忽然厲聲叫道：「楊院使！」

楊浩停住腳步，頭也不回地道：「姑娘還有什麼事嗎？」

鄧秀兒大聲道：「如果，那個無辜被囚禁起來的人是你的兄弟，是你的親人，你會不會說得如此冠冕堂皇，如果這個法子能救他性命，你會不會救他？」

楊浩皺了皺眉，說道：「鄧姑娘，妳不覺唐突嗎？」

「楊院使，你為何不敢答我？我只問你，如果那人是你的兄弟，是你的親人，而只有這個法子能救他性命，你會不會救他？」

楊浩惱了，回身道：「會！楊浩一介凡夫俗子，不是至道大公的聖人！但是，我又憑什麼為本該承擔這個責任的鄧知府來甘冒如此凶險？鄧姑娘，妳憂令尊安危，本官能夠理解，我同情令尊，但我不會毫無原則地幫他。我對鄧姑娘很尊重，請妳不要說些不可理喻的話來，傷了彼此的和氣！」

楊浩心頭大怒，說話也帶了幾分火氣，說罷這番話便拂袖而去。鄧秀兒此時就如驚弓之鳥，心思異樣地敏感，旁人的話稍重一些，稍稍含糊一些，她都不免要有許多聯想，何況楊浩的話也帶著火氣。

眼見他決然而去，鄧秀兒雙淚長流，心中忽地湧起一個可怕的念頭：「他不是知道魏王千歲有意救我父親的嗎？原本寫下手條、支開獄卒，對我頗為照顧。如今怎地態度大改，莫非……莫非那日程羽、程德玄與他所言果然改變了他的心意，他終究是晉王的人，為了打壓趙相公，他……他們要讓我爹爹再無翻身之地嗎？」

「如今該怎麼辦？如今該怎麼辦？」鄧秀兒紅腫著雙目，愁腸百轉，思來想去，忽地把牙根一咬：「唯一的希望唯有魏王了，無論如何，我都要見他！只有他，才能救我爹爹性命了。」

* * *

「鄧大人，明天……欽差御史就要來了。」

慕容求醉坐在桌旁說道。鄧祖揚盤膝坐在榻上，微闔雙目，一言不發。

慕容求醉嘆了一口氣，說道：「趙相公對你很是青睞，也很欣賞你的品行與能力，當初曾經在官家面前再三地舉薦。你也該聽說過，官家脾氣甚是暴躁，趙相公舉薦你時，官家不甚入眼，把相公的薦書都扔了回來，可是相公並不氣餒，第二天仍是送上了你的薦書，唉！官家大怒，把薦書撕得粉碎，結果第三天，相公將撕碎的薦書一片片黏好，仍然送到了官家龍書案前，官家見了也不免為之動容，這才破格擢陞你為泗州知府，相公對鄧大人，真的是器重得很吶。」

鄧祖揚矍然動容，不覺張開了眼睛。他也聽說過這樁官家與相爺之間的逸事，可是他萬萬沒想到自己就是那薦書的主角，慕容先生是趙相公身邊的幕僚，應該是知道詳情的，他這麼說，那應該是不差的。

鄧祖揚感動地道：「相爺他……他竟如此器重學生？唉！鄧某愧對相爺啊。」

方正南道：「話也不能這麼說，鄧大人品性高潔，在泗州為官近三載，官聲響亮、政績斐然，相爺慧眼識人，老朽也是十分佩服的。這一次，鄧大人為家人所牽連蒙冤入獄，老朽與慕容先生甚為掛念，想法設法為大人脫罪，可惜，力有不逮，實在慚愧。」

鄧祖揚感激地拱手道：「兩位先生千萬不要這麼說，鄧某糊塗，鑄成這樣的大錯，愧對官家的重用、相爺的提拔，愧對泗州百姓，兩位先生如此誇獎，鄧某真要慚愧得無地自容了。」

慕容求醉瞇著眼睛，在一旁觀察他的神色，這時把腿一拍，怒容滿面地道：「可恨！著實可恨！鄧大人，不瞞你說，以你罪責，不過是個玩忽職守罷了，本不算什麼大罪，再加上你在泗州一向潔身自好，這一次是你的家人為惡，卻不是拿住了你的什麼把柄，我們二人本以為要救你脫難易如反掌，誰曉得……宦海仕途，險惡重重、險惡重重啊！」

鄧祖揚一呆，急忙問道：「慕容先生此言因何而發？」

慕容求醉似覺失言，連忙搖頭一笑：「喔，沒什麼，沒什麼，老夫只是見大人被拘禁至今不得釋放，心中憤懣，所以才有此憤慨之言，鄧大人不要多心。」

這樣一說，鄧祖揚更是滿腹疑竇，跳下榻來扯住他道：「慕容先生不要誆我，還請實言相告，莫非……其中還有什麼內情？」

「這……這這……」慕容求醉滿臉為難之色，一旁方正南忍不住道：「就告訴了鄧大人又如何？反正明日欽差御史就到，用不了幾時，鄧大人也會一切瞭然。」

「正是，正是。」鄧祖揚是個憨厚忠直的書生，一聽這話連連點頭：「方先生說的是，兩位先生若知什麼內幕，且不涉及必須對犯官有所隱瞞的話，還望不吝相告。」

慕容求醉拈著鬍鬚沉吟半晌，拳掌一擊，說道：「罷了，那老朽就說與你聽。」他抬起頭來，直視著鄧祖揚道：「鄧大人，今時不同往日，這一次開封糧草短缺之嚴重，實是前所未有之事，官家十分驚怒，對此事萬分重視。」

鄧祖揚頷首道：「朝廷雖未明言，可是觀朝廷前所未有的大陣仗，下官也猜得出幾分。」

慕容求醉道：「這就是了，正因如此，鄧大人這樁案子若是放在尋常時候，十有八九是要貶斥流放的，如果有相爺從中斡旋，說不定還能大事化小，小事化了，遷地為官也就是了。可是這一遭卻不同，因著開封斷糧，火燒眉睫，一切與之相關事宜，唯有從重辦理，泗州府在鄧大人治下，鄧大人受親眷蒙蔽，竟爾使泗州一地官吏、糧紳勾結一氣與朝廷作對，致使魏王在此耗時良久，不管是為了以正國法，還是儆戒天下官吏糧紳，這件案子都是一定會從重從嚴從快處治的。鄧大人的性命……」

他不忍再說下去，輕輕扭轉了頭沉默不語。

鄧祖揚沉默半晌，忽然一笑，說道：「下官每日關在艙中，思來想去，也想過種種可能。殺頭之罪，下官也想過，只是沒有想到，真的會有這樣嚴重的懲罰。罷了，鄧某不會怨天尤人，泗州不知多少人家被我那親眷禍害得家破人亡，我這父母官難辭其咎；朝廷重用鄧某，鄧某食朝廷俸祿，卻不曾做下一件對朝廷、對社稷、對百姓有益的事，愧對朝廷、愧對子民，枉讀了這許多年的聖賢書啊。如果用鄧某的頭顱，來警惕天下官吏，能震懾那些貪利不法的糧紳，讓他們好生配合朝廷，妥善解決了開封斷糧之事……」

鄧祖揚苦澀地一笑，說道：「那就算是……鄧某做這泗州知府以來，為朝廷做下的唯一一件有益之事吧。」

「鄧大人……」慕容求醉聽得為之動容，一把握住了他的手，半晌，目中才蘊著淚光，哽咽道：「鄧大人，不是老朽不肯救你，實不相瞞，鄧大人一出事，老朽和方先生就連夜修書遣人快馬遞進京去，稟知相爺，求相爺援手。可是誰知……」

他搖了搖頭，一旁方正南接口道：「可是誰知……誰知程羽、楊浩他們那班南衙走狗也已將此事快報京師，晉王得訊如獲至寶，欲藉此事指摘相爺薦人有誤、識人不明，他藉著開封糧危倚難自重，趁機向相爺發難，相爺為了維護鄧大人，現在自陷危局，飽受晉王一黨攻擊。」

鄧祖揚聽得又是感動又是惶恐，急忙問道：「相爺如今怎樣？下官昏庸，想不到竟連累了相爺，唉！下官素知南衙與相府不和，如今南衙府尹又晉了王爵，威勢比往昔更加了得，恐怕……恐怕不是好相與。」

「是啊，」慕容求醉道：「如今程羽等人正到處搜羅罪證，希冀以此事把相爺牽連進來，他們打著查辦鄧大人一案的幌子，不斷擴大查索範圍，到處搜羅所謂證據，我們眼睜睜看著，卻是無計可施。」

鄧祖揚驚怒道：「這是鄧某的罪責，與相爺有何相干？他們怎能牽扯到相爺頭上去？」

方正南冷笑道：「鄧大人忘了他們是什麼出身了？他們可是在南衙做了多年的刑獄提點、刑律押司，刀筆功夫可以顛倒黑白，指鹿為馬，此案一日不結，他們想炮製些罪證出來還不容易？不需要直接與相爺牽連，只消有所暗示，相爺的處境就更加不妙了，何況，他們還可以向人誘供，總之，是無所不用其極呀。」

鄧祖揚瘦削的臉龐漲得通紅，他在室中疾走兩圈，忽地站住腳步，轉身面向慕容求醉兩人，臉上露出安詳的笑容：「兩位先生不用過於擔心，相爺從政多年，素受官家信重，不會輕易被人扳倒的。至於這泗州一案，很快就會了結，所有的罪責都會有人承擔，他們也沒有理由再查下去的。」

慕容求醉訝然站起，問道：「鄧大人此言據何而發？」

鄧祖揚笑而不答，轉首他顧，沉聲道：「兩位先生回京之後，請代鄧某向恩相一言，就說……學生十分感念恩相的提拔之恩，學生愚頑糊塗，辜負了恩相的栽培之恩，今生無以為報，來世結草啣環！」

三百十七　斷腸花

楊浩回到住處，坐下來緩緩研墨，又鋪開紙張懸腕提筆，猶疑半晌卻長長地嘆了一口氣，始終無法下筆寫下一字。對鄧知府他不無同情，但是鄧知府落得如今這樣下場，真的是「天作孽猶可活，自作孽不可活」，他已經是無能為力了。

鄧秀兒想出來的辦法其實確是個好主意，楊浩做事喜歡劍走偏鋒，行奇用險，鄧秀兒這樣的計策正合他的心意，但是欣賞歸欣賞，他是無法去冒險這麼做的。凡事總要權衡一下利弊得失，這麼做一旦事發，等待他的就是牢獄之災，就算他是孤家寡人一個，他也沒有那麼偉大的情懷，只因為鄧祖揚是個清官，就起了割肉餵鷹、以身飼虎的大慈悲。

更何況他如今亦有自己的牽掛，娃兒把終身託付給了他，焰焰也已來到了他的身邊，做為她們的男人，他做事豈能不為自己的女人考慮一下？且不說他不擇手段地去幫鄧知府，趙普未必會感激他，而且觸犯了國法，一旦讓趙光義曉得，那更是後患無窮。

他欲與焰焰成就好事，斷了唐家想讓她嫁作晉王側妃的念頭，以晉王趙光義來說，雖不及乃兄趙匡胤雄才大略，但是其胸襟氣魄卻也非常人可比，他對唐焰焰並無感情，亦未必就會因為一個美人被人先娶了去就耿耿於懷，但是自己身為南衙下屬，如果如此相助趙普這個與南衙水火不容的政治對手，去幫助他們派系的人脫罪，一旦被趙光義知道，那就絕對容不得自己了。

「唉，鄧知府不是個好官，卻是個好人，非是楊某不願救他，實是無能為力，希望那個年幼無知的丫頭能夠理解我的苦衷。」想起拂袖而去的鄧秀兒那怨恨不已的眼神，楊浩唯有搖頭付之一笑。

他卻沒有想到，鄧秀兒如今最恨的人就是他了。在鄧秀兒心中，她就像一個溺水的人，推她下水的人固然可恨，可是岸邊走來的那個人拋出了一根稻草，給了她生存的希望，當她拚命地掙扎到那個人身旁，那個人明明只要伸手就能把她拖上岸時，那人卻因為怕溼了自己的鞋子而拒絕再伸以援手，寧肯眼睜睜地看著她沉入深淵，她所有的恨，都在這一剎那全都轉移到了這個人身上。幫人幫一半，楊浩有他的苦衷，怎知得來的卻是這樣的結果。

「我不能這樣毫無原則地幫她，可是……鄧知府畢竟品性不壞，就此治罪有些可惜，再說魏王對鄧姑娘有意，待將來風平浪靜，未必不會納她為側妃，我若就此袖手，著實不妥。她如今的困境，我當與魏王說說，在盡可能的範圍內與她爹爹行個方便，如此一來，我總算是盡了力，魏王和鄧姑娘也不致對我生了嫌隙。羅公明說過，做人要內方外圓，原則要堅持，這些為人處事的技巧我也不可不加注意。」

筆端輕輕垂落一滴墨汁，暈染了紙張，楊浩將筆一擱，當即起身便往外走。

乘轎到了泗州城外碼頭邊，又換乘小船登上官船，楊浩立即便去見魏王，魏王只穿一襲輕衫，面色微帶陰霾，似乎心情不太好，楊浩無暇揣摩他的心思，便將自己了解的情形原原本本向他說了一遍，趙德昭的臉色更顯陰沉，半晌才沉沉說道：「想不到鄧家那些親眷竟然如此無情無義，楊院使，如今……真的沒有辦法幫她了嗎？」

楊浩道：「千歲，下官能做的都已經做了，其實……就算讓他將庫銀補足，咱們抹去官銀被貪墨挪用的罪證事實，已然是於法不合，但法理不外人情，鄧知府雖有虧職守，品性還是相當不錯的，那麼做雖於法不合，下官卻也心中無愧，可是如今這種情形……」

他搖搖頭，默然片刻，又道：「明日查緝此案的欽差就要接手此案，一旦移交了案子，不論是我還是王爺，都不方便再插手。下官想，若想為鄧知府減輕罪責，今日已是最後的機會，不如讓鄧知府搶在欽差到來之前主動上表請罪，下官與王爺聯名附奏，將事情來龍去脈一一述說清楚，隨同鄧知府的請罪表一同呈送京師，或許官家見了能夠網開一面。」

「聯名上表，為鄧知府求情？」

「是，王爺，我們如今能為鄧知府做的……就只有這樣了。」

屏風後面突然傳出一聲清咳，楊浩猛地抬頭望去，卻不見屏風後有人影閃動。趙德昭霍然起身繞室疾走，半晌之後，突地頓住腳步，臉龐有些漲紅地道：「好，你去見鄧知府，向他說明本王的苦心和難處，勸他立即向官家請罪……」

屏風後面又是連咳兩聲，趙德昭不理，提高聲音道：「本王就與楊院使聯名上書，請官家網開一面，薄懲其罪！」

「是，下官遵命。」楊浩往屏風處看了一眼，不動聲色地抱拳行禮，緩緩退了出去。

＊　＊　＊

「王爺，老夫方才一番話都白說了，你怎麼能答應這麼做！」太傅宗介洲怒氣沖沖地從屏風後面閃了出來。

「老師。」趙德昭躬身施禮，宗介洲避而不受，退開一旁，氣憤地道：「王爺方才也聽到了，鄧知府得此下場，他的那些親族是怎麼做的？夫妻本是同林鳥，大難臨頭各自飛，就連鄧家的親眷對他都袖手不理，王爺何必去攪這灘渾水？」

「老師，學生實在不忍……」

「王爺，我看你是為色所迷！」

宗介洲怒不可遏，唾沫星子都快噴到趙德昭臉上去了，他大聲指責道：「王爺，你剛剛晉陞王爵，初次代天巡狩，不知多少雙眼睛在盯著你，就連官家也在看，看王爺的為人處事，看王爺是否幹練機警，綢繆樞極？看王爺是否心懷家國，大公無私？王爺不惜羽毛，為一犯官求情，且是值此國家危難之時，實在不合時宜，王爺這麼做，簡直是……簡直是……咳咳……咳咳……」

趙德昭見老師氣得面紅耳赤，咳嗽連聲，不禁歉疚地俯首道：「老師，學生知道老師嘔心瀝血，都是為了學生，可是……請老師寬恕，這一次，就這一次，老師就讓學生自己作一次主吧。」

宗介洲氣得胸膛起伏，大聲喝道：「千歲，你是王爺、是皇子，你當以家國天下為念！」

趙德昭霍地挺起胸來，抗聲答道：「可是學生也是一個男人，一個有血有肉、有七情六欲的男人！」

宗介洲氣得臉色鐵青，嘴脣哆嗦，指著他道：「朽木不可雕也，糞土之牆不可汙也。你……你你……氣死老夫了……」

趙德昭一看他氣得嘴歪眼斜，搖搖欲倒，慌忙趕上兩步把他扶住，讓他在椅上坐了，取過一杯涼茶來讓他順順氣，宗介洲喝了口水，呼呼地喘了幾口大氣，臉上才算恢復了幾分血色。

看看自己這個苦心調教多年的學生，宗介洲長嘆一聲，語重心長地道：「王爺，多少帝王為女色所迷，以致丟了江山社稷。如今正值朝廷危難當頭，這種時候，換一個欽差來，恨不得殺一儆百，借泗州昏官惡紳的人頭警懾天下呢，可是王爺卻為一女子而枉顧國法，官家會怎麼看？文武百官會怎麼看？

「王爺啊，如今你雖是已經成年的唯一皇子，可官家春秋正盛，這儲君一時不急著立，皇位未必就一定落在你的頭上啊。二皇子德芳聰穎過人，最受官家寵愛，皇后也最是偏愛二皇子。況且，皇后正當妙齡，以後也未必沒有所出，王爺若是如此任性胡為，不能得到官家的青睞和信任，慮及自唐以來亂世紛紜、朝代更迭之憂，你道官家不會另擇賢明儲君嗎？」

趙德昭垂首道：「學生自知辜負先生的教誨……」

他咬了咬牙，又道：「可是……就這一次，就讓學生任性這一回吧。」

「你……唉！」

宗介洲無奈地搖搖頭，語重心長地道：「王爺重情重義，本是一樁好事，可是帝王天子，九五至尊，是以天下為棋盤，眾生為棋子，著眼的應該是整個天下，走的是世間這盤棋。我吃你的子，你也吃我的子；有的子糊里糊塗地被人吃，有的子義無反顧地送人吃；有時為奪一子吃，須要一個精心設計；有時雙方兌子吃，卻是一場交易。一切服從大局，車馬炮象士卒為了大帥哪個不可犧牲？為了保車可以丟卒，為了保帥棄車也在所不惜。棄小情小義，看似無情，卻是為了天下，王爺這『無情』的功夫，還須好好錘鍊。」

「是，老師教誨的是。」

宗介洲見他始終恭謹，氣色好了許多，這才無奈地說道：「罷了，那……就這一次，只能這一次，下不為例。」

「是，學生遵從老師吩咐。」

這時一個小內侍悄然閃了進來，躬身道：「王爺，泗州監察使李知覺求見。」

李知覺是朝廷官員，宗介洲卻只是趙德昭的老師，這種公事會晤的場合他是不方便在場的，便又隱到了屏風後面去。

李知覺此來，是因為明日查辦泗州一案的欽差就將趕到，有些事情需要提前向魏王彙報一下，李知覺將他這段時間代理的事情一一稟報明白，正欲起身告辭時，神情略一猶豫，又道：「王爺，下官來時，見鄧府小姐正在碼頭上徘徊，意欲見王爺一面，只是為侍衛所阻，不得登船。」

「鄧姑娘來了？」趙德昭忘形地站了起來，忽地想到屏風後面的宗介洲，笑容不由一僵，又緩緩坐下，面無表情地道：「我知道了，你退下吧。」

李知覺暗嘆一聲，向魏王長揖一禮，轉身退了出去。

宗介洲從屏風後面閃出來，趙德昭神思恍惚地坐在那兒，竟然沒有察覺，宗介洲冷眼旁觀，不由暗暗搖頭，他咳嗽一聲，趙德昭慢慢轉過頭來，有些難以啟齒地道：「老師，鄧姑娘她……她要見本王，本王……」

宗介洲冷聲道：「王爺，你忘了剛剛才說過的話了？社稷江山與一女子，孰輕孰重？這還要為師教你嗎？」

趙德昭臉上紅一陣白一陣的，囁囁不能作答。

宗介洲走過去，推開窗子，往岸上遠遠眺望一番，略一思忖，回身說道：「王爺，她是犯官之女，這船上盡多各方的耳目，王爺絕對不可以再與她相見，為師便往岸上一行，去見見鄧姑娘吧。」

趙德昭緊張地道：「不知老師要與鄧姑娘說些什麼？」

宗介洲冷哼道：「為師還不知她來意，王爺緊張什麼？王爺儘管放心，為師不會難為她的。」

宗介洲無奈地道：「如此，有勞老師了。」

趙德昭走到窗口，看著宗介洲步下舷梯登上小舟，目光再緩緩移到岸上那依稀的人影，不由黯然低語：「這皇室貴冑、這王駕千歲，看來風光無限，可是真就比那尋常百姓快活嗎？」

環顧四周，花團錦簇，岸上船上，警衛森嚴，看在人眼中威嚴無比，身在其中的他，卻似置身於一個無力掙脫的樊籬牢籠，不知不覺間，他的眸中已滿蘊淚光，目光那個欲待一見卻身不由己的倩影，也變得朦朧難明了。

＊　＊　＊

鄧祖揚擱下筆，將自己寫就的長長一篇奏表仔仔細細地讀起來，唯恐言語之中有什麼漏洞再被人抓住什麼痛腳，他字斟句酌地看了幾遍，這才滿意地點點頭。

士為知己者死，何況他已必死，用這必死之軀最後為恩相做點事情吧，就算是他酬報了恩相的栽培之恩。

在這份自供奏表中，他供述自己因任縣令期間政績斐然，受到官家賞識、朝廷重用，得以陞遷為泗州知府，之後如何志得意滿，如何貪圖享受，被當地糧紳重利賄買，從此墮落沉淪，沆瀣一氣，又多方矯飾，欺瞞朝廷，博取好名聲。

在他的供述中，他對自家親眷所為不再是懵然無知的昏聵庸官，而是一個始作俑者。一切所為，都是他陞任泗州知府之後貪逸享受，為奸商引誘所致。其中關鍵時，在遷陞泗州府之前，他是清白的，是卓有政績的，遷陞泗州知府後，也不是做官的能力不足，而是他受奸商引誘，這才縱容親眷與其沆瀣一氣。這樣一來，趙普就沒有識人不明、舉薦失當之罪了，至於他有今日行為，那也只是負責考評江淮道的官員未能明察秋毫了。

鄧祖揚相信了慕容求醉的話，大包大攬地承擔了全部罪名，只希望此案到此終結，不要被有心人利用，繼續擴大打擊面，直至對他恩重如山的趙相爺也受到牽連。至於自己，死已是必死了，為了報答恩相又何惜此身？

「更何況，一個昏官，似乎比貪官的評價還要不堪，我這個昏官對朝廷無益、對恩相無益，對泗州百姓有害無益，如今不如背一個貪官的名聲，為恩相做一點有益的事情，呵呵……呵呵……」想到這裡，鄧祖揚自嘲地笑了起來。

「見過楊院使。」

「嗯，你們暫且退下，本官要見見鄧知府，有些話要對他說。」

「是！」

一聽門外聲音，鄧祖揚連忙將奏表捲起藏入袖中，門應聲打開，楊浩走了進來……

＊　＊　＊

小船載著宗介洲和鄧秀兒緩緩駛向官船，搖櫓聲一下下揚起水波，「嘩嘩」的水聲恰似鄧秀兒此刻的心境，無助、混亂，一片茫然。

「老夫先上船去，然後會安排人帶妳去見令尊一面。」

宗介洲轉過身，肅然說道：「鄧姑娘，人犯的家眷，很少有人會有妳這樣的優遇，老夫是念妳一片孝心，心生憐憫，這才答允了妳，但是……這也是老夫能為妳做的唯一一件事。魏王喜歡妳，相信妳也心知肚明，但是以魏王的身分地位，許多事他是不能去做的，哪怕沾惹一點對他都是大大不利。希望妳不要倚仗魏王對妳的些許憐愛，再去為難他。否則，一旦對魏王的清譽有礙……哼！妳記得了麼？」

鄧秀兒含羞忍辱地聽著他的教訓，只是低低地應了聲是。

在岸上，宗介洲一番義正詞嚴、聲色俱厲的訓斥，已經澈底打消了她的妄念，她知道，如今魏王也是有心無力，此路不通了，再也沒有人能對她的父親伸出援手。她苦苦哀求，又答應宗介洲從此以後再不去求魏王幫忙，這才換來宗介洲一個承諾：讓她再見父親一面。

小船到了官船下面，舷梯放下，宗介洲先行上去，鄧秀兒未得指示，只得在小船上等候。知徒莫若師，魏王趙德昭見鄧秀兒隨著宗介洲一同回來，果然又驚又喜地奔出船艙相迎，結果不見秀兒姑娘的模樣，卻被先行上船的宗介洲又堵了回去。

宗介洲安排妥當，這才令鄧秀兒上船，鄧秀兒登上船頭，充滿希冀地往船艙那邊一望，神色頓色一黯，只見兩排禁軍侍衛將船艙門口封得嚴嚴實實，哪裡還能見得著那人的身影？

面前一個王府的小內侍皮笑肉不笑地對她道：「鄧姑娘，咱家已得了太傅吩咐，帶姑娘去見令尊，鄧姑娘，請隨咱家來吧。」

「多謝中大人，有請中大人頭前帶路。」

鄧姑娘戀戀不捨地又往船艙方向看了一眼，便隨著那小黃門沿著階梯走向甲板下面。

船艙中，趙德昭從縫隙中看著鄧秀兒的身影消失，忽然廝吼一聲，狠狠地在艙板上捶了一拳，便像受傷的野獸一般奔回了自己的房間，「砰」的一聲將艙門摔上。

「王爺，王爺……」幾個小內侍慌忙搶過去拍打房門，宗介洲冷冷地道：「算啦，就讓王爺一個人好好靜一靜、想一想吧。」

他轉過身，望著被那一拳捶得搧動不已的艙門，沉沉地道：「去，看緊了鄧姑娘，一俟她見過了鄧祖揚之後，立即叫人載她離開，不得在船上須臾停留。」

＊　＊　＊

「呵呵，楊院使，你不用再說了，本府已經明白了，全都明白了……」

楊浩愕然道：「鄧知府，本官不明白……你已經明白了什麼？」

鄧知府微笑道：「楊大人要本府向官家上表請罪、承認自己昏庸無能、治下無法，才弄得天怒人怨，泗州百姓滿身冤屈都不敢擊鼓告官？」

楊浩微一蹙眉：「鄧知府這話說的……莫非鄧知府對本官有什麼成見？本官的意思是，府臺大人不如承認是受人蒙蔽，對泗州官商勾結一事一無所知，如此，大人身上的罪責就會輕一些，魏王殿下已答允與本官一起為府臺大人作保，隨同府臺大人的奏表上書官家，那樣的話……」

鄧祖揚打斷楊浩的話，冷冷問道：「鄧某很是奇怪，魏王千歲和楊院使何以如此熱忱，要為鄧某這麼一個素無交情的糊塗官向官家請命呢？」

「這個……」

楊浩為難起來，當著人家老爹，總不能說那是因為你女兒生得俊俏，魏王喜歡了她，有意要把這知府千金納進私房，所以才想救你這個便宜丈人吧？

楊浩支吾半晌，實在難以啟齒，只得說道：「府臺大人清廉自守、品性高潔，魏王和楊某都是十分敬佩的。如今鄧知府為小人蒙蔽，身受其害，若是就此受到國法嚴厲制裁，實在令人扼腕嘆息，故而……」

鄧祖揚豁然大笑：「哈哈，哈哈……魏王千歲和楊院使古道熱腸，鄧某真是感激不盡，不過……王爺與院使大人的好意，鄧某可是實實地不敢當，鄧某不識抬舉，只能敬謝不敏了……」

楊浩愕然道：「鄧府臺，本官不太明白你的意思，這樁案子，你是難辭其咎的，搶在欽差御史趕來之前先行上表自請處分有何不可呢？如有魏王和本官為你求懇，想來官家也能有所考慮……」

鄧祖揚伸出手去，張開五指將一只茶盞抓在手中，微笑著說道：「不錯，泗州今日局面，本官難辭其咎，做錯了事，就該受到懲罰的，鄧祖揚年年考評都是公忠體國、幹練精明，如今鑄成這般大錯，還有何顏面勞動魏王千歲和楊院使去為鄧某向官家乞活呢？」

「鄧知府……」

「鄧某……該死呀！」

鄧祖揚突然把手一舉，狠狠往桌上一拍，「啪」的一聲炸響，茶杯登時四分五裂，茶水灑了一桌，杯子碎了，就連茶杯蓋都斷成了三截，瓷杯碎片劃破了他的手掌，鮮血立即染紅了那些潔白的瓷片。

楊浩撞倒了凳子彈身而退，攸地倒躍出三尺多遠，提高戒備叫道：「鄧大人，你這是什麼意思……」

「不要做蠢事！」一句話未說完，就見鄧祖揚抓起一塊茶杯碎片，把頭一仰，便向自己頸間毅然決然地狠狠劃去，驚得楊浩魂飛魄散，立即又向鄧祖揚猛撲過來。

「噗！」

到底是遲了一步，楊浩的指尖觸到了鄧祖揚的鬍鬚時，一腔鮮血已噴了出來，濺得他一頭一臉，濃稠的血液濺在臉上手上時，血液還是熱的，楊浩的心卻已冷了，他隔著一張桌子，身子向前探出，一隻手臂就那麼呆呆地舉在鄧知府面前，再也說不得、動不得了。

鄧祖揚決然的一劃，鋒利的瓷片立即劃斷了他的咽喉，鮮血噴湧而出。他望著楊浩，眼神裡有一種得意而戲謔的笑意，他牽動了一下嘴角，似乎是想笑、又似乎想要對楊浩說些什麼，可是因為聲帶斷裂，他已發不出聲音，輕微的嘶嘶聲中，鮮血便順著他的嘴角汩汩流下。

「你……你……」

楊浩眼睜睜看著鄧祖揚逐漸委頓下去，腦海中還是轟隆隆的一片迷茫：「他自殺了，他竟然自殺了……」

艙門打開，一聲淒厲尖銳的女人尖叫聲從艙門口傳來：「爹爹……」

與此同時，鄧祖揚的身子軟倒了下去，「噗通」一聲撞翻了凳子，整個人倒臥在血泊當中。

緊接著，一個不亞於那少女聲音的尖銳嗓音嚎叫起來：「殺人啦，殺人啦，救命啊……」

楊浩頸項有些僵硬地轉過頭去，就見一個小黃門跌跌撞撞地向遠處逃去，鄧秀兒則直勾勾地看著鄧祖揚倒在地上的屍身，一步步向前挪來。

楊浩無奈地閉了閉眼睛：「這個剛愎自用的糊塗官，就是死，都留下了一攤子的糊塗事，為什麼，到底是為什麼？」

*　*　*

消息傳開，船上的人都被驚動了，就連宗介洲也沒有再阻止魏王，堂堂一方知府，哪怕是個犯官，他的死也不是一件小事情，怎能不驚動眾人？

所有的人都趕到狹小擁擠的底艙鄧祖揚住處，看著抱著父親屍身哭得死去活來的鄧秀兒愕然不明。慕容求醉驚訝地問道：「發生了什麼事？鄧府臺怎麼會……怎麼會突然自盡呢？楊大人……」

楊浩一身是血，攤攤雙手，無奈地道：「鄧知府為何自殺，本官也是摸不著頭腦。」

方正南目光一閃，突然問道：「楊院使來見鄧知府，是因為……」

「明日就要將此案移交巡案御史，而鄧知府既是泗州牧守，又是待罪之身，所以本官趕來會晤鄧府臺，只是循例交代些事情，誰料……誰料鄧知府毫無徵兆，突然就拍碎了茶盞，劃破了自己的咽喉……」

「楊院使，你親眼見到我爹自盡的？」

鄧秀兒忽然抬頭問道。她滿臉是淚，哭得梨花帶雨，臉頰蒼白，雙眸卻帶著股妖異的紅色，聲音哽咽，語氣卻冷靜得可怕，楊浩看了心頭也不禁泛起一抹寒意：「不錯，妳……妳方才不是也親眼見到了嗎？那劃破咽喉的瓷片如今還攥在他的手裡，本官實未料到令尊會突然自殺，想要救他已是來不及了。」

「楊院使，我爹臨死，可曾說過些什麼？」鄧秀兒任淚橫流，死死地盯著楊浩問道。

「令尊說……令尊拍碎茶杯時，只說了一句『鄧某該死』……」

慕容求醉聽到這裡，長嘆一聲道：「鄧知府察事不明，致使家人為禍鄉里，常自心懷愧疚，老夫就聽他說過自慚自愧之言，如今看來，鄧知府是因為聽說明日就要將此案移交有司，罷官究罪，這才心生絕望，陡生自盡之念了。」

方正南也長吁短嘆地道：「可惜，可惜呀，官家仁厚，以鄧府臺的罪責，原不致死，誰料他竟這麼想不開，鄧知府的性子實在是太剛烈了些，書生意氣、書生意氣啊……」

慕容求醉搖頭一嘆，俯身去扶鄧秀兒：「鄧姑娘，人死不能復生，節哀順變吧。來人吶，把鄧府臺扶起，暫且安置到榻上，稍後換去血衣，更換衣裳。」

程羽和程德玄冷眼旁觀，彼此對視一眼，一臉狐疑之色不褪……

* * *

給鄧祖揚殮屍的時候，有人在他袖中發現了那封遺書，一俟得知了遺書內容，鄧秀兒再也隱忍不住，聲嘶力竭地哭叫起來：「不會的，不會的，爹爹明明是冤枉的，絕不會寫下這樣的東西，那些人橫行不法，爹爹完全被蒙在鼓中，他怎會自承與那些奸商貪吏沆瀣一氣、狼狽為奸？這是假的，這一定是假的，是有人意圖陷害我爹爹。」

程德玄目光一閃，一把取過那封遺書，遞到鄧秀兒面前，問道：「鄧姑娘，妳看看這遺書筆跡，可是令尊親筆？」

慕容求醉也飛快地閃身過來，一見程德玄已將書信遞到鄧秀兒面前，不便出手去搶，便掩脣輕咳一聲道：「秀兒姑娘，這封遺書事關重大，妳可要看好了，小心些，眾目睽睽之下，若有損壞，可就有損毀證物之嫌了。」

鄧秀兒的字是小時候爹爹握著她的手一筆一畫教出來的，自己父親的字她怎不認得？眼看著那紙上筆跡確是父親親筆無疑，鄧秀兒還是難以置信，只得哀哀哭泣道：「這字跡……確是家父親筆，但是這信……這信一定是有人逼迫我父親寫下的，泗州這樁糧草案，從不曾有人攀咬我父，更無任何憑據證明是我父暗中操縱，眼看朝廷欽使將至，他怎會在這個當口攬下所有罪責一死了之？你們說，你們說！」

眾人都默然不語，鄧祖揚猝然自殺確實疑竇重重，但是船上這些人本就各懷機心，人人心中有鬼，背後都搞過自己的小動作，如今弄不清鄧祖揚的確實死因，誰敢胡亂主張，萬一把火引到自己身上怎麼辦？

楊浩淨了面，更換了衣衫，剛剛趕了回來，站在一旁也是嗒然不語。鄧祖揚自盡時，唯有他一人在艙中，打開艙門的時候，鄧祖揚剛剛倒下，楊浩隔座而立，一身鮮血，如果說可疑，那他是最可疑的兇手。

可是魏王和宗介洲對他進艙與鄧祖揚敘談的真正原因一清二楚，他們是不會懷疑楊浩的。程羽和程德玄更不認為楊浩有殺鄧祖揚的動機，至於慕容求醉和方正南，雖然有心把南衙的人攀咬出來，利用鄧祖揚之死再反潑一盆汙水，可是對楊浩天馬行空、無跡可循的打法，這兩位老先生著實有些害怕，如今鄧祖揚已死，而且那份遺書寫得很合他們的心意，便也不敢多生事端。

鄧秀兒眼見所有官員連魏王在內都默認了鄧祖揚自盡的事實，無人有意追尋真相，她雖是疑慮重重，絕不相信父親是攬罪自盡，但卻是越逢大事越加冷靜，這種時候楊浩的嫌疑再多，自己也奈何他不得，仇恨之火在心頭熊熊燃燒，她卻是咬緊了牙根不發一語。

眼見鄧秀兒臉頰蒼白如紙，身形搖搖欲墜，趙德昭既痛恨自己無能為力，又為她的處境感到傷心，躊躇半晌，只能安慰道：「鄧姑娘，令尊的死，本王也感到很傷心，可是在本王這船上，是沒有人能殺害他的，眼下又有他的親筆遺書，想來，鄧知府確是聽聞明日巡案欽使便到，自知難逃罪責，一時想不開才……唉！人既已死，朝廷也不會多做追究的，待明日見過了巡案御史，本王會將令尊遺體歸還府上，好生安葬了他。鄧姑娘，人死不能復生，妳……節哀順變……」

趙德昭自覺這番安慰的話蒼白無力，說到一半就轉過了頭去，鄧秀兒看在眼中，卻道是連魏王也嫌棄了她，不欲沾惹她這不祥的人家，她慘笑一聲，只向趙德昭盈盈一拜，連父親的屍首也不多看一眼，便屈身退了出去。

走到甲板上，陽光滿天，燦爛無比。鄧秀兒只一抬頭，就覺頭昏眼花，眼前金星亂冒，幾乎一跤跌倒在甲板上，她急急扶住船舷，牙關緊咬，唇瓣都已咬得沁出血來，陽光下，秀美的臉龐蒼白如紙，只有唇上一抹嫣紅，教人看著怵目驚心。

＊　＊　＊

鄧府裡，一片愁雲慘霧，僅剩無幾的忠心下人們也都遠遠避了開去，猶如一群驚弓之鳥，躲在遠處竊竊私語，不敢靠近過來。

因為家財盡皆變賣一空，房中已是空空蕩蕩，就像遭了賊人洗劫一般，劉夫人母女就坐在空蕩蕩的房中相擁哭泣，已是哭得腸斷淚乾。

「娘，我不相信爹爹是自盡的，這些事根本就不是爹爹指使的，爹爹為什麼要認罪？如果沒有這封遺書，他們說爹爹是羞憤於家人所造的這些孽，不願罷官受審，再受凌辱，女兒或許會相信。可是如今有了這封遺書，女兒反而絕不相信爹爹是自盡而死的，他……一定是被人害了，一定是！」

對面，劉夫人痴痴呆呆地坐在那兒，蓬頭垢面，兩眼紅腫如桃，對女兒的話不接一語。

鄧秀兒臉色蒼白如紙，沒有一點血色，兩眼卻閃爍著異樣的光芒，瘋狂中帶著可怕的冷靜，恨聲道：「牆倒眾人推，鼓破眾人擂，沒有人想為爹爹申冤。在船上，女兒什麼都沒有說，什麼都沒有問，女兒看得出來，那些人都不想幫我，都不想讓真相大白。

「爹爹死得冤，就算他是自盡，也一定是被人活生生逼死的。逼死他的人說不定就是利用我們母女相要挾，女兒怎忍讓爹爹最後一番心血也付諸流水？明天，他們接迎了巡案欽使，就會將爹爹的遺體發還咱家，女兒要披麻帶孝為父送終，好生安置了母親的去處，然後就去找他們報仇，鄧家沒有男兒，女兒一樣可以盡孝！」

劉夫人身子一震，神情不安地喃喃自語：「官人明天就回來了……明天就回來了嗎？」

兩抹病態的潮紅自鄧秀兒頰上緩緩升起，自有一種妖豔的美麗：「咱們鄧家，除了我們母女，只有小姑一人了。小姑自幼出家，是華山無夢真人的高徒，如今是華山出雲觀的觀主。劉家那些無良的親戚全都指望不上，女兒想安排可靠的家僕護送娘親去華山投靠姑姑，娘，妳說好嗎？」

「官人明天就要回來了嗎？」劉夫人痴痴呆呆地說著，還是不接鄧秀兒的話，因為劉家的人害得丈夫身陷囹圄，劉夫人對自己痛恨不已，早已心力憔悴，再聽聞丈夫已死，整個人都已崩潰，神智都已有些不清楚了。

鄧秀兒用低低的、清晰的聲音道：「女兒是一介弱女子，沒有證據指認兇手，可是女兒如今也不需要證據來指認兇手了，兇手不會是旁人，必是楊浩、程羽、程德玄這班晉王的爪牙，而楊浩，十有八九就是逼死爹爹的第一元兇，女兒一定要殺了他！他們能不需證據逼死爹爹，我就能不需證據而殺了他們，殺掉一個就是替爹爹抵命，殺掉兩個，算是女兒賺的。」

「官人明天就要回來了嗎？官人終於回來了，終於回來了……」兩行熱淚自劉夫人頰上撲簌簌落下，對女兒的話她置若罔聞，只顧念叨著這一句話。

一見母親如此模樣，鄧秀兒心中一慘，幾乎又要掉下淚來，她紅著眼睛對母親道：「娘，爹爹已經去了，妳不要太過傷心了。且好生歇歇，女兒去……去張羅出殯之事。」

鄧秀兒說完，伸手摘下自己頭上的金釵鳳珠，將之棄於地上，又盈盈起身，解去翠衣錦帶，換了一件素羅衫子穿上，又將一條白綢繫在細細腰間，就像一朵淒豔迷離的斷腸花，姍姍冉冉地走了出去。

三百十八　薤上露

鄧秀兒從未操辦過喪事，對這種事情如何張羅也是一頭霧水，離開房間後喚來幾個年老的家人，凝淚含悲地向他們問起，幾個老家人倒是瞭然，連忙應承下來，接了銀錢便自動操辦，府上人手不足，又自去聘了些婚喪幫閒，很快就有了些眉目。

鄧府裡也做了番布置，好在能賣的都已變賣，披紅掛綵的地方本就不多，幾個老家人取了白綾，把各處布置起來，花廳做了靈堂，一切布置妥當後，暮色已至，鄧秀兒這才拖著疲憊的身子趕回內宅稟告母親。

到了母親房間，輕輕叩門不見回答，鄧秀兒推門而入，藉著夕陽餘暉往室內一看，就見地上倒著一條凳子，房中正梁下懸著一條人影，雙腿騰空，披頭散髮，看衣著正是劉夫人。鄧秀兒驚得魂飛魄散，尖叫一聲撲進房去，一時嚇得手軟腳軟，哪裡還能將母親解下？

虧得兩個老家人聞聲趕來，見此光景也是駭得面無人色，連忙上前幫著鄧秀兒把劉夫人放了下來，抬到床上一看，面色瘀紫，凸目吐舌，身子冰涼，早已氣絕多時了。尤其可怖的是，劉夫人的臉被什麼利器橫七豎八劃得全是傷痕，一道道傷痕翻起，滿臉汙血，直如厲鬼，鄧秀兒只叫了一聲「娘」，一口氣上不來，整個人就昏厥過去。

那兩個老家人見此情景也是悽悽惶惶，忙不迭掐人中、灌涼茶，好半晌才救醒了鄧秀兒，鄧秀兒抱起母親屍體，又叫一聲娘，終於放聲大哭起來。兩個老家人見她哭出聲來，這才稍稍放心。

「小姐千萬不要過於悲傷，鄧家……鄧家現在可全賴小姐主事了，要是小姐悲傷過度，有個好歹，老奴……老奴……」一個老家人說著忍不住拭起淚來。

「我沒事，你們下去吧，這件事且不要聲張出去。」鄧秀兒擦擦眼淚，眼中露出淩厲的目光來，向他們沉聲吩咐道。

「是，小姐千萬保重。」兩個老家人惶惶然欲退下，鄧秀兒又道：「忠伯，麻煩你，麻煩你再去訂下兩具棺木。」

「兩具棺木？」老家人忠伯有些茫然，心道：「小姐是不是傷心過度了？老爺的棺槨已然置辦回來了呀，加上夫人，再買一具棺槨也就是了，怎麼還要買兩具？」

「不錯，兩具棺木，還有什麼疑問嗎？」

鄧秀兒霍然回首，忠伯見她可怕的臉色，不禁哆嗦了一下，不敢再多詢問，連忙答應一聲，唯唯諾諾地退了出去。

鄧秀兒痴坐半晌，緩緩扭頭看往地上，就見地上翻倒一張錦墩，旁邊還有一把剪子，剪子上全是已經凝固了的血液，鄧秀兒的眼淚忍不住又是簌簌流下，她走過去撿起那把帶血的剪刀，緊緊握在手裡，半晌才從腰間白綾上剪下一幅，顫抖著雙手將那幅白綾輕輕覆在母親血肉模糊、醜如鬼怪的臉上，然後將那把剪刀小心地揣入懷中，隔衣握住，仰天悲嗚：「爹爹是昏官？他是昏官，該死！你們假公濟私，為逞一己私欲，逼死我爹娘，該不該死？該不該死！」

薤上露，何易晞。露晞明朝更復落，人死一去不復歸。鄧秀兒就這麼靜靜地坐在那兒，直到夜色將她的身子與整個房間的黑暗融為一體。

* * *

慕容求醉停下筆，仔細看看寫下的書信，自得地一笑，回首說道：「方兄且來看看，慕容如此下筆，措詞如何？」

方正南接過那封寫給趙普的書信，仔細看了一遍，欣然道：「慕容兄妙筆生花，寫得甚好。呵呵呵，如此一來，相爺無後顧之憂矣，南衙再難倚此事攻訐相爺。鄧祖揚勾結奸商橫行不法，乃是監察御史、考課觀察未能盡責，卻與我家相爺毫不相干，唔……御史中丞近來與晉王走得很近吶，正好藉此事敲打敲打他，讓他曉得咱們相爺才是可以倚靠的人。」

方正南說罷把眉心微微一蹙，又提醒道：「鄧祖揚是個書獃子，他還道自己忍辱負重，死得如何義照天地、問心無愧，也不曾留下絲毫紕漏，只不過……我看南衙程羽那班人對他的死卻頗有些疑心，慕容兄，咱們得多加小心，不要讓他們抓住什麼把柄，讓他們曉得是我們逼死了鄧祖揚才好。」

慕容求醉微笑道：「你放心，一日不到徹底決裂時刻，面上功夫他們就不敢撕破，這封信夾在其他公文中，令專使快馬傳報京師，相爺看過後自會毀去。逼死鄧祖揚？嘿嘿，只要你不說，我不說，天下間就再也沒人能夠知道，鄧祖揚就算到了陰曹地府，也是一個糊塗鬼。哈哈哈……」

兩人撫掌大笑，笑罷，慕容求醉匆匆將信封了火漆，喚來親信的使喚人，密密囑咐一番，那人揣了書信便急急閃了出去。

第二日，專司泗州糧案的欽差使節到了，為首者是御史唐奕紗，這個官才只四十出頭，精明幹練，自御史中丞以下，是御史臺最得力的幹員，此次開封斷糧，御史臺傾巢出動，分赴各地監督籌糧，他是少數幾個留守東京的御史言官，趙匡胤把他派了來，顯見對此案的重視。

查辦泗州糧案，他是欽差正使，魏王這位巡狩江淮道糧草籌集的欽差使節，也得依臣禮晉見，唐奕紗代天子受禮，然後才以臣禮反過來再拜見魏王，交接事宜早已準備停當，只用了半天工夫，大批卷宗便移交給了唐御史，晚間又在官船上設宴，當地官員為唐欽差接風、為魏王餞行。

魏王趁此機會將鄧祖揚的事情說與唐御史知曉，唐御史此番奉有官家嚴令，本就要特事特辦，案情審明之後，將鄧祖揚當眾處斬，聽說他已自盡，不覺有些意外。人既已死，又有魏王說情，倒也不能去難為一具死屍，吁嘆一番，唐御史便答允將屍體發還鄧家，魏王大喜，立即便著人連夜將鄧祖揚的屍身送還了鄧府。

鄧家接回了鄧祖揚的屍體，卻對魏王送還屍體的人未置一詞，甚至連門也沒讓他們進，魏王心中依然牽掛著鄧秀兒，可是他已沒有勇氣去見她，本想藉著送還屍體，能得到鄧姑娘的一點消息，可是聽送還屍體的人回來將情形一說，趙德昭不禁黯然，他知道，鄧祖揚一死，自己與鄧姑娘這段朦朧的情愫已是無疾而終，再無相處的可能了。輾轉半宿，趙德昭才狠了狠心，放下了這個讓他心動的女人，沉沉進入夢鄉。

* * *

次日一早，魏王準備啟程繼續南行，唐御史和泗州府官吏盡皆趕來碼頭相送，楊浩卻在一片喧囂聲中離開了官船。他已和趙德昭仔細做過商量，其實此番解決開封缺糧之厄，之所以在朝臣們眼中視作不可能的任務，一是因為他們最了解地方官府的執行效率，要在這麼短的時間內籌措足夠的糧草，那些地方官吏大多都有自己的一副小算盤，未必就能竭盡所能及時完成；二是運河運輸受到許多限制，即便籌集了足夠的糧草，也無法在運河封河之前運抵開封。

這第二件事，楊浩利用後世運河運輸的一些經驗，已向朝廷提出建議，派出了工部的大批官員，在各處河道落差較大的地方修建速成的堰壩水閘，這些「豆腐渣」工程撐上兩三個月還是辦得到的，足以保障運河運輸的通暢。

而第一個難處，透過泗州官吏和糧紳被一網打盡，已足以警懾江淮各道那些利令智昏的官吏和糧紳，可以說泗州這樁案子耗時雖然最長，但是這裡的事若是處理得拖泥帶水，整個江淮道都要不可收拾，這裡處理得乾淨俐落，那麼巡狩江南的目的就達到了。

再往下去，魏王不需要再繼續這樣親力親為，只要還有一點頭腦的地方官員和糧紳農戶，都不會在這個時候繼續與朝廷作對為難，冒著家破人亡的危險屯糧居奇以牟暴利。想賺暴利？朝廷也是網開一面的，開封府的糧價可是一漲再漲，有本事你自己把糧食運到開封去，那兒現在是不抑糧價的，楊浩早就在那兒挖好了一個大坑，等著他們往裡跳呢。

因此，由此繼續南向，帶著大隊人馬一路巡狩下去的魏王，只是代表著朝廷的一個態度，從心理上，給江淮各道的官員和仕紳產生一種緊迫感，如果再有人意圖從中搗鬼，也不可能那麼明目張膽。扎根泗州十餘代，連一任知府下臺都沒能奈何得了他的周家都垮了，還有哪個糧紳敢與朝廷作對？

可是橫行不法者固然惡行令人髮指，貪圖暴利鋌而走險的極品垃圾也未必沒有，有鑑於此，楊浩便向魏王進言，由晉王沿運河緩緩南下，繼續執行巡狩任務，統籌調度江淮糧草，自己先行一步，暗中查探是否仍有不法者從中作梗，兩下裡一明一暗，便可最大程度地保證宵小無所遁形。

經過泗州一事，趙德昭對楊浩已是大為信服，對他這番話自然深以為然，當即便答允下來。楊浩這個主意固然是出於公心，卻也不無私意，他想離開官船，才好與焰焰和娃娃比翼雙飛，雙宿雙棲，一得了趙德昭的允許，楊浩如同心上生了一對翅膀，立即歡歡喜喜地離了官船，趕赴官倉衙門。

唐焰焰和吳娃兒、杏兒主僕等人早已得了消息，梳洗打扮停當等著他了。楊浩一到，唐焰焰和吳娃兒便雙雙迎了上來，杏兒、張牛等人則微笑著站在車子旁邊。

今日唐焰焰和吳娃兒俱都精心打扮過，薰香沐浴，一身清爽，唐焰焰穿了一身銀紅色女襖，周身織金邊銀紅緞的百褶宮裙，雪青緞的中衣，南紅緞子宮鞋，明明大紅大紫乃是俗麗的顏色，可是穿在焰焰身上卻是纖腰緊致、酥胸起伏，姿容嬌麗脫俗，如同一輪豔陽般奪人二目。

吳娃兒卻是一身翠羅衫子，本來就身材嬌小，還要穿一件滾銀邊的貼身斜綾小襖，藕色靴裙，不著首飾，粉妝玉琢，煞是可愛。這一對璧人這樣的俏打扮，看來真是天作之合。後面張牛、老黑等人則是青衣小帽，作家人打扮，杏兒姑娘身穿淡青色女衫，素青的裙，雖作侍婢打扮，可是天生麗質，臉若桃花，長眉俊眼，生得百般俊俏，瞧來也是賞心悅目。

楊浩瞧了心懷大暢，說道：「船已令先行了嗎？」

吳娃兒道：「自得了官人傳信，奴家就令船先行一步去前方等候了。」

楊浩笑道：「甚好，那咱們就乘車而行，循陸路走，這樣就可避開官船，免得受人打擾。來來來，上車。」

吳娃兒抿嘴一笑，瞟了焰焰一眼道：「那……就請官人與姐姐先上車吧，奴家與杏兒同車便是。」

楊浩卻不想在家裡搞得三六九等、階級分明，時日久了，兩個小妮子之間必然變得生分起來，是以一把拉住她道：「我早說過，咱家裡不用講那麼多規矩，焰焰性情隨和，也喜歡人多熱鬧，不會怪妳的，來來來，咱們三人同車而行吧。」

唐焰焰其實是頗想和楊浩說說體己話的，可是到了這種時候反而面嫩起來，怕惹得娃娃偷笑，便拉住她道：「妳我姐妹形同一體無分彼此，沒那麼多規矩的，來吧，咱們上車，讓他靠邊坐去。」那張俏臉紅紅的，也不知是紅衣映的，還是有些羞澀。

兩個美人先上了車，楊浩哈哈一笑也登上車去，卻不理她說的「靠邊坐去」，而是擺出一家之主的嘴臉模樣，大剌剌地坐在她們中間。兩個姑娘也有默契，嬌軀稍稍一扭，翹臀輕輕移動，堪堪給他留出一個人的位置。楊浩居中坐下，攬住兩個柔軟的小蠻腰，嗅著她們青絲鬢髮間的清新香氣，先在唐焰焰粉腮上香了一記，迫不及待地問道：「焰焰，妳說有一妙計，可以解決咱們目前困境，是怎樣妙計？快與我好生說說。」

唐焰焰不想他會當著娃娃的面問出來，登時大羞，瞪起杏眼嬌嗔道：「自己的女人要被送給旁人了，你不去想法子卻來問我？」她嬌軀一扭，偏過臉去道：「人家哪有什麼好法子，你……你個大男人，你不會想個兩全齊美的好主意嗎？」

車子已然啟動，吳娃兒咳嗽一聲，伸手拉下了窗簾，楊浩向她會意地一笑，雙手攬緊焰焰不堪一握的小腰肢，把她環在自己懷中，貼著她元寶般精緻的耳朵，低笑道：「焰焰，妳的妙計，可是咱們先做了夫妻，再稟明妳的父兄長輩呢？」

「哎呀！」唐焰焰被他一口說破，雖說吳娃兒未必聽見，仍是羞不可抑，想要返身捶他這沒羞沒臊的漢子，偏偏沒臉扭轉頭來，一時身上燥熱難當，只得嗔道：「初進立秋，天氣仍熱，掩得什麼窗子？」

說著便去掀那窗簾，唐焰焰為了他楊浩，蹺家來奔，楊浩心中感激，對她真是愛極，這些時日在泗州事情太多，又始終不得空與她親熱，如今才算敞開胸懷、一身輕鬆，哪肯讓她如願，便涎著臉抓住她的小手，柔聲道：「開窗子做什麼，妳要嫌熱，這車中寬敞，就寬了外衣，娃娃不是外人，也不會笑妳。」

唐焰焰滿臉紅暈，輕啐一口，幾次三番去掀窗簾，都被他擋回，只得紅著臉垂頭任他溫存，從後面看，那柔軟青絲間細嫩白皙的頸子都紅了，楊浩難得見她如此羞態，心中不覺也是一蕩。

他有心要讓這對小妮子彼此親密無間，心中更存了和這對美人有朝一日大被同眠，雙宿雙飛的綺念，娃娃那裡應該沒有問題，焰焰雖是大戶人家姑娘出身，應該熟諳豪門權貴的此等習氣，卻未必抹得下臉來，也是有意當她漸漸適應，因此嗅著她身上那股幽微細緻的少女甜香，輕撫她柔軟滑潤的背臀，竟是不避娃兒。

唐焰焰情竇已開，既看過春宮圖，又曾在羌人山洞中與他有過一番恩愛滋味，這一被他愛撫，登時骨軟筋酥，雖是有心推卻，卻是使不得半分力氣，只覺渾身燥熱，股間漫開一股暈膩，竟已被他愛撫得情動不已。

「你……你這沒羞沒臊的臭傢伙，想要親熱去找娃娃去，莫要碰我。」唐焰焰再禁受不住，又羞又氣地推開了他，這一說正中楊浩下懷，他本就想要焰焰適應這「三人行」的旖旎風光，當下從善如流，哈哈一笑，伸臂一托，便把一旁掩口羞笑的娃娃抱到了自己膝上。娃娃身材嬌小，輕盈能作掌上舞，身子坐在他的腿上，卻也不占多少地方，楊浩哈哈笑道：「我捨不得她，卻也放不開妳，來來，兩位美人都與夫君好生親熱一下。」

「去你的，人家才不陪你荒唐。」唐焰焰使勁一擺柳腰，正想掙脫他的懷抱，忽聽一陣輓歌傳來：「蒿里誰家地？聚斂魂魄無賢愚。鬼伯一何相催促，人命不得少躊躇……」

唐焰焰一呆，咦道：「有人出喪嗎？」

楊浩聽了也不便再與她們嘻鬧，輕輕探身掀開簾子向外望去，就見一行人打著招魂幡、執著哭喪棒緩緩行來，漫天紙錢如雪，後面一字排開三具棺槨，使一群繫著孝帶的幫閒大漢扛著，頭前一個少女，白衣白裙，頭裹白紈，臂被白紗，穿白掛素，亭亭如玉，手中捧著兩塊靈牌，正是鄧秀兒姑娘，臉色立即肅然起來，他輕輕踢了踢轎板，沉聲吩咐道：「停車落轎！」

三百十九　行行復行行

路上許多行人，都對鄧秀兒這支出殯的隊伍指指點點，他們的臉上一片冷漠，有好奇、有譏誚、有唾罵，卻看不出一點同情的意味。

鄧祖揚是個好人，從來不見他做過什麼貪贓枉法的事情，可是那些為非作歹的人是他的家人，而他是泗州的父母官，所有的怨恨最終便只能落在他的頭上。當他走到百姓中間噓寒問暖時，他們什麼都不會對他說；當他和民工們一起在壩上勞作的時候，他們可以做出感激涕零的樣子，但是心中的怨恨卻只會越積越深，當他自盡身亡的時候，這種怨恨才無所保留地呈現出來。

鄧秀兒不去看旁人的臉色，也不去聽他們的言語，她只是小心地捧著盛放父母雙親靈牌的托盤，一步步痴痴行走在泗州街頭，心兒彷彷徨徨，若無所依。幾天之前，她還是尊貴的知府千金，任誰見了她都要畢恭畢敬，如今她只能這樣承受著別人的譏笑和唾罵，身在炎炎烈日下，心如浸玄冰地窖。

忽然，嘈雜聲變輕了，鄧秀兒若有所覺，抬頭看時，發現那些圍觀的百姓態度似乎恭謹了許多，鄧秀兒脣邊泛起一絲自嘲的笑意：「他們還會對我、對一個無辜的逝者有些敬意嗎？」

眸光一轉，忽地定在路邊的一個人身上，鄧秀兒這才恍然，楊浩一身官衣，肅然立在路邊，正向出殯的隊伍微揖施禮，那些百姓的敬畏不是對含冤自盡的爹爹而發，而是對這個他們未必認識，但是穿著一身官袍的官而發，他們敬畏的只是那身官衣所代表的權力，僅僅如此。

楊浩目不斜視地拱揖施禮，恭送鄧祖揚的出殯隊伍路過，他不知道為什麼隊伍裡有三具棺槨，可是眼下分明不是好奇詢問的時候，他只有肅立一旁，送鄧知府一程。鄧知府是個糊塗官，他想造福一方，其結果卻是害了一方百姓，但是他的為人品性無疑還是令人敬重的，當得起一拜。

鄧秀兒看到楊浩，仇恨的怒火頓時湧上心頭。她知道今日欽差一行人就要離開泗州，本想著安葬了父母雙親便追上去，伺機尋他們復仇，她是一個手無縛雞之力的弱女子，也沒想過自己要如何才能殺掉楊浩、程羽這幾個身強力壯的男人，仇恨在心頭燃燒，她只是本能地想要追隨著他們，他們就像一枝火把，而她就是一隻飛蛾，只有義無反顧地撲去，哪怕粉身碎骨。

為此，她準備了三具棺槨，第三具棺木中，盛放的是她的衣飾，她今日給自己立下了衣冠塚，今日之後，就沒再當自己是一個活著的人。可是她萬沒想到，在出殯的當口楊浩居然會出現，他還假仁義假義地在那兒拱揖相送。

結合她曾經聽到的程羽、程德玄與楊浩的那番對話，再加上父親血濺當場時楊浩詭異的身影，鄧秀兒已固執地認定他和程羽、程德玄就是策劃害死父親的兇手，而今兇手就在眼前，一股怒火瞬間升騰而起，鄧秀兒覺得手中捧著的一對靈牌就像燒紅了的炭一般炙手。

楊浩拱手候著出殯隊伍過去，不想卻看到一雙麻布的繡鞋到了他的面前，目光微微一抬，就看到了自那細細腰間垂下來的孝帶，目光飛快地往上一移，便是鄧秀兒一雙淚盈於睫的眸子。

一身孝的鄧秀兒，就像一朵冉冉出水的白蓮。

楊浩不忍看她，目光一垂道：「鄧姑娘，節哀。」

目光這一低，楊浩這才看清鄧秀兒手中捧著的竟是一對靈牌，其中一塊赫然就是劉夫人的，不由駭然道：「劉夫人……夫人怎麼會……怎麼會？」

楊浩的這一切反應，看在先入為主，滿是疑鄰盜斧心理的鄧秀兒眼中，都成了心虛做作，她心頭越加仇恨，她強抑憤怒，泣聲說道：「家母……因為心傷家父之死，悲傷過度，懸梁……自盡了……」

楊浩聽了不禁為之黯然，一時也不知該說些什麼才好，鄧秀兒悲慟難訴，嬌軀顫抖，手中托盤一晃，兩隻靈牌竟然滑落到地上，楊浩一見連忙俯身去撿，鄧秀兒也慌忙彎腰去拾靈牌，可是一見楊浩低頭，露出了後項，心頭突地騰起一股殺意，手指一碰，觸及懷中那柄鋒利的剪刀，鄧秀兒攸地從懷中摸出那把剪刀，把牙根一咬，便向楊浩後頸狠狠刺去。

「官人小心！」

吳娃兒和唐焰焰因為是一身綵衣，楊浩沒有讓她們下車，二人都在車中坐著，卻也掀開了窗簾往這裡看著，忽見鄧秀兒摸出一件利刃，咬牙切齒刺向楊浩，二人不由大驚，吳娃兒失聲叫了出來，唐焰焰則跳下車子，飛身向她撲去。

鄧秀兒身軀一動，腳下便有所動作，正彎腰撿拾靈牌的楊浩已有所警覺，待吳娃兒的聲音傳入耳中，楊浩就地側身一閃，鄧秀兒手中鋒利的剪刀貼著他的臉頰刺了下去，劃破了他的官衣。

「鄧姑娘，妳瘋了嗎？」

楊浩騰身而起，急急閃避，鄧秀兒猶如瘋狂，也不作答，只是握緊了剪刀，瘋狂地連連揮動，楊浩只要一伸手就能制住她，卻不知她為何對自己起了殺心，是以只是連連閃避，這時唐焰焰衝到近前，見她還欲對楊浩下毒手，勃然大怒道：「給我滾開！」

裙袂如同一朵火雲般飄起，唐焰焰一記穿心腿自裙袂中踢出，正踹中鄧秀兒胸口，鄧秀兒慘叫一聲，就地打了幾個滾，跌出去老遠。唐焰焰怒火萬丈，還要撲上去教訓她，卻被楊浩一把攔住。

楊浩不以為意地看看自己肩上被劃破的官衣，鎖緊了雙眉緩緩上前幾步，沉聲問道：「鄧姑娘，妳這是何意，為何意欲刺殺本官？」

鄧秀兒緊緊握著那把剪刀，從地上吃力地爬了起來，拭去脣邊鮮血，冷笑道：「姓楊的，你何必還要裝模作樣？我爹是被誰害的，你心知肚明。我爹爹若是被國法懲治，鄧秀兒再是不甘也只有認了，可是你……你們用此無恥手段，逼死我的爹娘，鄧秀兒不報此仇，枉為人女！」

「姑娘以為是我逼死了令尊？」楊浩又驚又怒：「楊某與令尊無怨無仇，有什麼理由要殺他？」

「仇怨？你們這些狗官殺人還需要因為什麼仇怨嗎？只要有人礙了你們的路，只要有人和你們不是一路人，你們不就必欲除之而後快嗎？」

鄧秀兒冷笑：「我父是趙相公舉薦的官員，與你們不是一路人，如今有了這樣的機會，你們會放過他？那一日在官倉署衙，你與程羽等人所議的話，我都聽在耳中，你還要狡辯？」

唐焰焰怒道：「這個女人真是不識好歹，浩哥哥無需與她廢話，她當街行刺官員，罪證確鑿，把她綁去交給唐御史，至少判她個坐監之罪便是。」

楊浩見鄧姑娘如此不可理喻，也是心頭火起，他壓了壓心火，抗聲道：「這真是好人做不得，想不到楊某一時心軟，反倒給自己惹來了麻煩。」

「好人？哈哈，你也敢說自己是好人？好人是不長命的，只有你們這些奸人、惡人，才會長命百歲。」

「老黑，把她給我綁了，送官究辦！」唐焰焰大怒，回首便向急急趕上來的老黑吩咐道。

楊浩連忙制止，沉聲道：「罷了，鄧姑娘是因為傷心父母之死，怒火攻心，如今有些神智不清，本官不為已甚，且放過她這一次吧。」

他定定地注視了鄧秀兒一眼，平靜地說道：「鄧姑娘，想殺楊某，憑妳鄧姑娘還辦不到，楊某所作所為光明磊落，沒有絲毫對不起令尊的地方。我憐妳孤苦，這一次不追究，希望妳不要得寸進尺！」

「你不要走！你是作賊心虛嗎？」鄧秀兒見他返身便走，有心再追，只覺胸腔欲裂，喘口氣都痛徹心扉，只得咬牙站住：「姓楊的，你要嘛今日當街打殺了我，否則，我一定會再去找你，絕不會放過你這個兇手！」

楊浩正欲舉步登車，聞聲轉身，森然道：「令尊的品性為人實是不錯，只是愚頑無知，是一個不識人情世故的呆書生。妳這女兒，也和妳爹一樣糊塗，以怨報德，不識好歹！本官對妳鄧家仁至義盡，卻被妳當作殺父仇人，有朝一日真相大白，妳鄧姑娘還有何臉面來見我！」

鄧秀兒斬釘截鐵地道：「我錯怪了你？我鄧秀兒若是錯怪了你，就在你面前用這柄剪刀自盡，來世做牛做馬贖我罪孽，你敢發這樣的毒誓嗎？」

楊浩見她如此執迷不悟，不禁又好氣又好笑，冷冷睨她一眼，陰陽怪氣地嘲諷道：「你們家的人就這麼喜歡自殺？我看令祖應該不是中原人吧？思密達。」

鄧秀兒呆呆地道：「你說什麼？」

楊浩不想再搭理她，拂袖入車，沉聲說道：「走！」

「你不敢發誓嗎？」鄧秀兒追了兩步，掩胸站住了身子，怒視著楊浩一行車馬緩緩遠去，心中只想：「想不到就連他身邊一個嬌滴滴的女子也有一身的武功，我實不該如此莽撞的。今日打草驚蛇，我一個弱女子以後再難下手殺他了。」

想到這裡，她忽地想起了自己的姑姑：「是了，姑姑是華山無夢真人門下，聽說那無夢真人有一身通天徹地的造化本領，乃是睡仙人扶搖子的真傳弟子，姑姑是他弟子，一身本領也絕不會差了，待我安葬了父母，就去華山投靠姑姑，隨姑姑為師，習練一身武藝，到那時再去南衙取這一干奸黨首級！」

＊　＊　＊

楊浩登上車子，仍是餘怒未熄，唐焰焰憤憤不平地道：「那個姓鄧的女子好不講道理，果然不愧是那糊塗官調教出來的糊塗女兒，她爹爹身陷囹圄，連她那班親戚都袖手不顧，只有浩哥哥出手相助，她卻以怨報德，是何道理？浩哥哥，你怎麼放過了她？這樣的混帳東西，就該送官究辦，讓她去蹲大獄。」

吳娃兒忙勸道：「姐姐不要生氣，官人如此處置並無不妥。她一個弱質女流，想要對官人不利談何容易？放她離去原也不妨，若真的把她送官究辦，唉！她父母雙亡，也著實可憐，若是因此入獄，民間難免對官人有所議論。姐姐也知道朝廷上的官員大多對官人不甚友好，到時風言風語傳開，本來官人沒做的事也要被有心人傳得有鼻子有眼，不免要生出許多是非。」

唐焰焰一聽更是憤怒，拍案說道：「想當初在蘆嶺州時，快意恩仇何等痛快，想不到進了東京城反生出這許多閒氣。浩哥哥，依我看，你這個窩囊官不做也罷，咱們掛印辭官，歸隱山林，就憑奶奶給我準備的那份嫁妝，也餓不死咱們。」

吳娃兒掩口笑道：「唐家富可敵國，姐姐的嫁妝必然豐厚，妹妹是比不得的，不過就算是妹妹的私囊積蓄，要保咱一家幾口人吃用，也足夠三、五世的花用了，何況，咱們官人在開封府除了拆房子可也沒閒著，千金一笑樓裡咱們官人占著大份呢，手上不缺銀錢，什麼樣的富貴咱享用不到？只不過……」

她那雙美目向楊浩盈盈一瞟，悠悠說道：「大丈夫不可一日無權，咱們官人願不願意辭官去做個富家翁，這可不好說，一切還得官人決定。」

楊浩搖頭道：「妳這鬼靈精，知道我一肚子火沒處發，就東拉西扯來哄我開心，妳當我真就稀罕這個官嗎？唉！旁人做官是唯恐被罷官，為夫做官卻是想不做都不成，我如今就像武寧節度使高繼沖、右千牛上將軍周保權一般，這個官是做也得做，不做也得做，如之奈何？」

武寧節度使高繼沖、右千牛上將軍周保權原是荊南、湖南的一國之主，大宋行先南後北之策，第一個滅的就是這兩個國家，然後把他們的國王俘虜過來，委了一個有名無實的官，只是為了方便控制罷了，楊浩這還是頭一次以此自喻，這是大忌諱，只因身邊兩個女子都是自己最為親近的人，才敢對她們吐露心聲。

唐焰焰一聽，不禁露出憂慮神色，楊浩見了便安慰道：「妳放心，我這官雖是做的不情不願，也只是少了些自由罷了，其他的嘛……倒沒什麼好擔心的。」

唐焰焰滿腹心事，蹙起一雙黛眉，憂心忡忡地道：「怎能不擔心呢？原來朝廷委你官職，只是為了把你羈縻於京師，並不曾把你真的視作大宋的官，我未料到你在開封的處境竟是這般險惡，你想和高繼沖、周保權一般安生度日都不可能，這一來可怎生是好？」

吳娃兒緊張起來，忙道：「姐姐為何這麼說，妳可知道了什麼消息不成？」

唐焰焰道：「這事還算什麼消息，普天下誰人不知？高繼沖和周保權能保得平安，那是因為他們沒有一個如花似玉的娘子，孟昶為何不能？還不是因為有個花蕊夫人？我家有意要把我嫁給晉王的，娃娃是汴梁第一行首，更不知早被多少人垂涎，既然趙官家根本不曾把你視作宋臣，這可是大大堪慮了。」

楊浩和吳娃兒都是一愣，沒想到唐焰焰思維跳躍如此之快，這句沒頭沒腦的話竟是由此而發，二人對視一眼，忍不住捧腹大笑，唐焰焰怒道：「我這裡擔著心事，你們兩個沒心沒肺的在笑什麼？」

吳娃兒嬌喘吁吁地道：「原來姐姐是擔心官人有妳這樣千嬌百媚的美人相伴，會給官人惹來孟昶一般下場？嗯，倒也是呢，花蕊夫人到底怎麼個美法，妹妹是不曾見過的，不過想來姐姐也不會比她稍遜。」

楊浩也忍不住笑道：「是啊，一個紅顏禍水就夠要命的了，何況我還擁有妳們一對絕色佳人呢，此事的確堪虞，嗯……的確堪虞。」

唐焰焰又氣又羞，頓足道：「誰和你們說笑了，我原以為自己擺脫晉王的法子是萬無一失的，朝廷既未把浩哥哥視作自己的臣子，那就不會有什麼顧忌，你道趙老大幹得出奪人妻的事來，趙老二就做不出來？」

吳娃兒笑容一斂，看向楊浩道：「姐姐說的也有道理，官人不可不防。」

楊浩微微一笑，輕輕攬過焰焰的身子，柔聲安慰道：「焰焰想東西總是天馬行空，呵呵，有妳在我身邊，真是永遠不怕沒有歡樂，妳放心吧，這一趟南下，嘔心瀝血，是為了『大家』，可是自己的小家，我是不會不考慮的，妳的擔心，我絕不會讓它發生。」

唐焰焰被他攬在懷中，看不到他的臉色，吳娃兒在一旁卻看得清楚，楊浩臉上帶著微笑，眼中卻閃爍著意味難明的光芒。

相處了這麼久，吳娃兒知道，自家官人眼中閃爍著這種光芒的時候，他就一定是在算計著什麼，只是他到底在想些什麼，娃娃卻猜度不透了。

＊　＊　＊

楊浩仍遣壁宿打尖，自己時而乘船、時而坐車，先於魏王趙德昭巡訪江淮各道，一路暗暗探訪所得，令他大為滿意。

泗州屯糧案在江淮一帶果然引起了巨大震動，泗州知府夫妻俱亡，泗州諸多涉糧官吏和糧紳被拘押，民間已經謠傳說唐御史是帶著大批劊子手來泗州的，擺明了要大開殺戒。消息真真假假，客觀上卻是對開封籌糧有利的。

有實力自己運糧去開封的糧紳，就想方設法把糧食運往開封，合理合法地大賺一筆，沒有實力自己運糧去開封的，就多方交結庫吏，希望盡可能地賣個高價，只不過有泗州官吏前車之鑑，各地府庫官吏鮮有敢冒著丟掉性命前程的危險與他們勾結不法的，收購的價錢雖略高於市價，也在朝廷能夠承受的範圍之內。

這一日，由南再東到了淮安境內，楊浩扮作商賈乘船而行，堪堪離開運河，行至一條岔河支流內。兩岸青山對峙，層巒起伏，綠水悠悠山影倒映，是個極優美的所在。河道寬，河水便淺，除了可行船處，延伸向兩岸的淺水處有一叢叢的野草和修竹，時而還會有一水中小洲，不過巴掌大的地方，卻將山水點綴的更加雅致。

吳娃兒欣然跑上船頭，說道：「此處野趣盎然，倒是一個好所在，官人，你快來看。」

楊浩和唐焰焰也從倉中走出來，船頭破浪，金風送爽，楊浩不由心情大暢，讚道：「果然是個好地方。」

吳娃兒回眸笑道：「官人，淮安已是最後一處了，咱們在這裡盤桓幾日可好？此處黃柑紫蟹甚是有名，正好可以嘗嘗鮮。」

「呵呵，好，如今秋糧已經開始打收，各地已不必擔心會有水旱蟲災，可以提前估算打收的糧食數目，將存糧先行起運京城，然後將打收的糧食再陸續運出，應該不會再生什麼變故，若是魏王他們行路緩慢，咱們在這裡等幾天，正好休息一下，遊玩一番。」

吳娃兒聽了雀躍不已，就在船頭褪去鞋襪，將一雙白生生的腳浸進清澈清涼的河水中，調皮地蕩起一叢叢白色的浪花。楊浩趁機向焰焰眨眨眼睛，低聲笑道：「娘子，馬上就要回京啦，咱們兩個……什麼時候……嘿嘿……」

唐焰焰飛快地瞟了娃娃一眼，忸怩道：「船上這麼多人，等……等回京之後再說嘛。」

楊浩聽了翻個白眼，鬱悶地道：「要等到回京？天天守著兩個如花似玉的美人，卻連一口也吃不倒，旁人還道我豔福齊天呢，真是可憐！」

唐焰焰瞟了他一眼，忽然飛快地在他頰上一吻，羞笑道：「好啦好啦，難道人家不怕被哥哥他們搶回去嫁給那個老不羞的大混蛋？一俟回了京城，咱們就拜堂成親，可好？」

楊浩聽了眉開眼笑，剛要張口答應，唐焰焰忽然羞叫一聲，頓足道：「你看他們，果然在偷看咱們。」

楊浩抬頭一看，就見張牛、老黑、杏兒三個立在二層甲板上，扶著欄杆，伸著脖子，大概是看到他回頭，此時都把眼神移開，只是那兩眼直勾勾的，看著就不自然。

楊浩惱羞成怒：「這幾個不開眼的，回頭找個藉口，我得把他們都打發開，喂，你們還看？」

老黑茫然低下頭：「啊？看？大人不看看嗎？真是好奇怪啊。」

楊浩怒道：「有什麼奇怪？你以前不曾見過嗎？」

老黑道：「是啊，小的打了一輩子架，可是官跟官打架，還從來沒有見過。」

「官跟官打架？」

楊浩愕然回頭，順著老黑所指方向望去，就見遠處一片草洲，幾十條小船竹筏被困在水面上，正使撓鉤、竹篙與岸上的人廝打，楊浩趕緊向前幾步，穩穩地站在船頭向那裡張望，正在嬉水的娃兒忙也站起來，與唐焰焰並肩站在一起。

船行甚快，片刻工夫就駛到了近處，楊浩定睛一看果不其然，一艘小船上站著一個身穿青色官服的官員，氣極敗壞地正指揮著人與岸上的人廝打。岸上那群大漢中也站著一個穿青袍的官，歪戴著帽子，正面紅耳赤地咆哮，跳著腳地叫人把河道上的人統統攔下。

楊浩又驚又奇，官員和官員帶著人如此廝殺，他也是破天荒頭一回見，此處往東靠近吳越國，往南就是唐國，莫非……這兩路官員人馬中有一路不是大宋的人？

這樣一想，楊浩也緊張起來，趕緊擺手叫人停住座船，等弄清楚了再說。

這時小船、竹筏上那些人已然發現了他們迅速靠近的這條船，十幾把撓鉤、竹篙已齊刷刷對準了立在船頭的楊浩。楊浩往岸上看看，只見岸上那些人也住了手，滿臉狐疑地向他望來。

岸上那個青袍官四十上下，長得倒還精神，官袍上繡的那隻鸂鶒都讓泥巴糊上了，綹巴巴的，說不出地難看。船頭站著的那個青袍官大概有五十上下，圓墩墩的身子，天生一張喜慶臉，這時也一臉警惕地看著他。

那持鋒利竹篙逼住大船的壯漢中有人厲聲喝道：「站住，你們是幹什麼的？」

楊浩看看岸上那隻「鸂鶒」，再看看船上那隻「鸂鶒」，一時如丈二金剛，不由茫然問道：「你們……是哪個公門的？」

船頭那微胖的官怒道：「你這大膽刁民，是本官問你，還是你問本官？」

楊浩吸了一口氣，回首對剛剛跑下船來的杏兒道：「去，取本官的官服來。」

「是，老爺！」杏兒扭轉嬌軀，跑回艙中，片刻工夫取來官衣官帽，和娃娃、焰焰就在船頭為楊浩穿戴起來，一身緋紅官衣、綻青烏紗官帽、皂靴袍帶一一穿戴停當，原本白袍玉立的一位書生，頃刻間變成了一位身分貴重的朝廷大員，看得船上和岸上那些人目瞪口呆。

張牛往楊浩身旁一站，挺胸腆肚，高聲喝道：「奉旨欽差、和州防禦、右武大夫、知開封府火情院使楊浩楊大人在此，下邊兩個官是哪一處衙門的官吏？還不上前見過我家大人，請安問禮，自報身分！」

三百二十　小魚大鱷

泗州一案，楊浩也是因此名聲遠揚，只是那時節沒有報紙電視可以傳播音像，江淮一帶的人俱是只聞其名，不識其人，如今楊浩冠戴整齊往船頭一站，再有張牛為他唱名，那些人才知道眼前這人就是欽差副使楊浩。

船頭那個矮胖的官忙不迭拱手施禮：「原來是楊院使當面，下官盱眙縣令雲笑天，見過楊院使。」

岸上那官聽得分明，當下顧不得腳下泥濘，忙也上前兩步，踩在淤泥裡拱禮道：「下官淮陰縣令李安，見過欽差楊院使。」

楊浩一聽更是詫異，這兩個地方現如今都是大宋的轄下呀，同為大宋之臣，這兩位縣太爺明火執仗的這是在搞什麼東西？

楊浩驚奇地看看這兩位縣令，說道：「原來是盱眙縣令和淮陰縣令當面，失敬失敬，二位大人因何聚眾鬥毆？也幸虧是在這山野之中，若是被尋常百姓看見，豈不有失官體？二位大人到底因為何故起了爭鬥，可告知本官否？」

船頭那微胖的盱眙縣令雲笑天聽了，憤憤然地把那雙天生帶著一分喜慶的彎眉一揚，拱起手來大聲說道：「楊院使有所不知，我盱眙縣今年先旱後澇，是故邑下產出不多，朝廷鈞令頒下，著令各州府縣盡快籌糧，下官為此焦灼不已，只得多方籌措官銀，派人到淮陰境內糧米豐熟之處收糴。

「不想他淮陰縣得知消息，便著縣尉率弓手、鄉兵手持槍棒四處攔截驅逐，不容下官所部在其境內裝發米斛。下官萬般無奈，只得親自趕來向百姓收糴糧米，事先也曾遣人持下官親筆書信去向這位李縣令求告，希望他慈悲為懷，念在同仁之心，勿再派人阻撓。

「不想他李安得知本縣親來，竟也親自下鄉率人阻撓，截我船隻不許本縣載糧往還，下官與他理論不得，不想多生糾葛，便帶著收購的一批糧米匆匆逃至此處，終是被他截住不得走脫，淮陰縣如此作為，實是太也無理，既然院使大人到了，還望大人為下官作主。」

岸上那位淮陰縣令一聽盱眙縣令當面告他的黑狀，不禁氣得跳腳，當即便跳上一架竹筏，那竹筏上以木架支起，載了許多米糧，旁邊又盡是護衛的民壯，他一跳上來竹筏一側失重，便向那一側一歪，虧得被人以竹篙趕緊抵住，這才沒有傾覆。

淮陰縣李安兩隻靴筒都灌滿了水，一走路就突突地往外冒水，他也不管不顧，只是急扯白臉地叫道：「院使大人，盱眙縣此言差矣。朝廷頒諭，淮東淮南淮西諸縣，各須籌糧五十萬石，這分明就是劃分了地域了，他盱眙縣憑什麼跑到我淮陰縣來購糧？

「實不相瞞大人，朝廷匆匆下旨，所需糴米數目浩瀚，縣府存糧有限，新米又尚未收割，本縣也是手忙腳亂，雖說朝廷抑價，可是糧米價格還是有所增長，如今盱眙縣再來搶糧，糧米價格一漲再漲，本縣就要多出許多支用才能完成收購數目。

「下官以為，盱眙縣應在其治內收購糧米，不可越界寄糴，既有分定去處，自合各行遵守。如今盱眙縣越境寄糴，理虧在前，卻來指摘本縣，虧他也是讀書人，如此顛倒黑白、指鹿為馬，實是有辱斯文，既然院使大人到了，還請為下官作主。」

「這個……」楊浩沒想到沒有奸商出來作祟，官員們卻又搞出這麼一檔子事來，剛一猶豫間，盱眙縣令振振有詞，又是一番之乎者也，慷慨陳詞，有理有據，聽得楊浩頻頻點頭。

淮陰縣令一看楊浩意動，不禁大急，趕緊又將自己難處一一傾訴，說得真是聽者傷心，聞者落淚，尤其他是淮陰父母官，更是說得理直氣壯，楊浩聽他所言，果然難處甚多，說的也是極有道理。

盱眙縣雲笑天一見，氣極敗壞地爬上楊浩的船，扯住他袖子便說起自己的冤屈來，他這兒正說得唾沫四濺，淮陰縣令李安也爬了上來，扯住楊浩另一隻袖子不甘示弱地與他分辯起來。

楊浩聽得一個頭兩個大，這兩人公說公有理，婆說婆有理，全都是為了完成自己使命，為朝廷籌糧著想，想要讓他拿出個公平辦法，一時之間哪裡拿得出來？

楊浩卻不知，這種事情本就沒有絕對公平的辦法，朝廷給各地官府下達的收購任務雖然也照顧到了他們治內的農業規模、災旱情況，但是畢竟不可能做到絕對公平，欠收的府縣想要完成任務，除非竭盡所能地搜刮本地百姓的每一粒存糧，否則只有越境寄糴。而其他府縣的官員要完成自己的收購任務，還要盡可能地節約花銷，那就只能禁止其他府縣越境競爭，這是一個根本無法兩全的難題。

這個問題困擾了大宋朝廷幾百年，從北宋到南宋，每年都有府縣之間的這種羅圈官司打上朝廷，在當時的生產力水平條件下，朝廷也沒有更好的辦法，時而允許寄糴、時而遏止寄糴，政策上也是搖擺不定。

後來的蘇軾、朱熹做地方官的時候，都跟鄰近府縣打過這種筆墨官司，這兩位大學問家文筆好，寫狀子寫得有理有據，可是官司打到朝廷，朝廷最後也只能是和稀泥了事，楊浩又怎麼可能拿得出好辦法？

「兩位大人，兩位大人消消氣、消消氣，」眼見兩位縣太爺越說火氣越大，吹鬍子瞪眼的又要動手，楊浩只好苦笑著解勸，他略一思忖，無可奈何地也和起了稀泥，說道：「這事嘛，兩位大人各有各的難處，迫於無奈出此下策，同樣是各有各的理由。

唔……你們在這山谷中打打鬧鬧的也實在不成體統，這樣吧，這事容後再作理論，淮陰縣還請看在本官的薄面上，且放盱眙縣歸去吧……」

李縣令臉紅脖子粗地道：「院使大人可是奉旨巡狩江淮，督察地方官吏蓄購糧米事宜的，若是院使大人令下官放他們歸去，下官敢不從命？可要是我淮陰縣無法完成採購的數目，難道院使大人替下官擔當嗎？」

「這個……」楊浩硬著頭皮道：「雲縣令此番採購的糧米也不算很多嘛，難不成還要叫他把糧米卸下來？再說，他已是付了錢的，李縣令再去取來庫銀償還他盱眙縣不成？」

楊浩自覺這兩個官都是為了公事，不好以權勢壓人，便放下身架陪笑道：「只此一次，下不為例，下不為例。若真的因為今日之事影響了淮陰縣的收購，魏王那裡，本官自會為李縣令有所交代的。」

李安氣哼哼地瞟了雲笑天一眼，說道：「罷了，院使大人既這麼說，那下官就放他們離去，可是他盱眙縣若是再到我淮陰縣搶糧，下官是絕不甘休的，此案就是打上金鑾殿去，本縣理直氣壯，也不怕見駕面君。」

雲笑天瞪起眼道：「你李安不怕面君見駕，難道本縣就怕了？你是為了社稷，難道本縣不是為了朝廷？既然都是大宋的疆土、大宋的百姓，本縣正正當當地去使錢購糧，又不是仗勢行搶，願賣與誰那是百姓之事，你奈本官何？」

兩個縣令說得火起，擼胳膊挽袖子又要大打出手，楊浩板起臉道：「夠了！真是毫無體統，魏王千歲即日便到，此事且等千歲到了再說不遲，二位大人身為一朝之臣，如此大打出手，就算再是如何理直氣壯，難道還有一點體面嗎？淮陰縣，帶你的人回府衙去，盱眙縣……押運著這些糧草回盱眙去吧，本官隨你同行，你們之間的糾葛，等魏王千歲到了再作理論不遲。」

楊浩唯恐淮陰縣令不肯甘休，自己一走，雙方又要大打出手，反正趙德昭自水路巡視往南，再折返回來時必定要先經過盱眙縣的，如今自己只好一路為這位盱眙縣令保駕護航，且到盱眙去等趙德昭到了再說。

地方官府如今肯為了籌糧之事如此大動干戈，也是一樁好事，程羽、慕容求醉等人在政事上比自己的經驗還多，和這幾個老謀深算的人商量商量，想個既不傷及他們的積極性，又不致地方官府之間大傷和氣的法子便是。

兩個縣太爺見這位好脾氣的欽差終於火了，便不敢再來廝打，李安悻悻然地向楊浩施禮告辭，跳下船去，帶著他的人馬走了。雲縣令謝過了楊浩，叫人把那竹筏船隻俱都重新捆紮好了，又有傾覆了的兩船糧食，好在這裡水淺，使水性好的到河底摸上來，便倒在船板上一路晾晒，楊浩的船便隨著他們往盱眙而去。

這一路下去，走的不是既寬且深的運河水道，而是抄近路，這近路水道既窄且淺，行不得大船，楊浩此時才知道這位雲縣令為什麼駕來的盡是小船和竹筏。楊浩的船在運河上雖不算大，在這兒行進也比較困難，幸好船上載重不多，吃水不深，倒也勉強行得。

* * *

盱眙縣地處淮河下游，洪澤湖南岸，境內地勢西南高，多丘陵；東北低、多平原；低山、丘崗、平原、河湖星羅棋布，有「兩畝耕地一畝山，一畝水面一畝灘」之稱，風景倒也秀麗。

這一日將到盱眙縣城時，河道已與淮水相連，楊浩和雲笑天等人的船隻竹筏剛剛拐入淮河水道，就見無數粗可懷抱的大木組成的木排自上游沖將下來，有些木排上站一個赤裸胸膛、雙足牢牢立在木排上的大漢，手中使一根長長的兩頭套著鐵箍的竹篙，左面一點、右面一點，靈巧地控制著木排的方向，瞧來真是瀟灑。

可是那些趕排的人一個人控制著許多的木排，並不是每一具木排上都站著人的，這一沖下來速度又快，便不好控制每一具木排，有一架從小河支流剛剛拐進來的運糧竹筏吃一架大木排一撞，登時四分五裂，糧食俱都散落水中，船上的人也在驚叫聲中掉下水去，虧得他們都是識水性的，連忙泅水而行，爬上了其他的竹排。

一個駕木排的大漢哈哈大笑：「你們這些人不長眼睛嗎？這麼多巨木大排順流而下，就是你們的船，一個不小心都要撞得粉碎，小小竹排也敢與某家爭道……」話未說完，他駕的木排已飄搖而下，遠遠地超到了雲縣令等一行人的前頭。

雲縣令勃然大怒，跳將起來道：「哪來放排的粗漢？竟敢毀我官糧，不曉得本縣在此嗎？來人啊，截住他們的木排，把這些膽大包天的混帳東西都給本縣拿下！」

當下便有人使船去追，那架木排已漂得遠了，可是後面還有無數木排順河而下絡繹不絕，當下一個架木排的大漢便被雲縣令手下的人使撓鉤拉住，拖到了岸邊水流趨緩的地方。

雲笑天臉色鐵青地踱上船頭，厲聲喝道：「你這刁民是何人門下？河道之上橫衝直撞，毀我竹伐，沉我官糧，誤我大事，見了本縣且悍然不跪，你好大的狗膽！」

那放排人翻個白眼，大剌剌地道：「小民還真的不認得這位官老爺你是何人，某家奉鳳翔知府老爺差遣，自秦陝之地而來，沿淮河放排，要自這盱眙縣轉入運河運往京師，這可是京師御史臺花暮夕花大官人吩咐，給當朝趙相爺採辦的木材，要是耽擱了時間，小民可吃罪不起，所以趕路急了些。」

雲笑天一聽他抬出一個知府、一個御史、一位相爺，腦袋就有點發暈，哪想得到這木材竟是當朝相公趙普之物，那放排人瞟他一眼，皮笑肉不笑地道：「小民只是一個放排人，賺兩個辛苦錢，要是折損了這位大人的什麼東西，大人你也怨不到小民頭上，你看看……損失了多少糧食呀？要嘛小民寫個欠條，待到了京城，讓趙相爺還你便是。」

雲縣令臉上紅一陣白一陣，半晌說不出話來。那放排人不耐煩起來，說道：「大人，別把小民就這麼晾著啊，此去京城還有很長一段路呢，相爺家裡正等著起大宅子，若是耽擱在小民這兒，小民可是吃罪不起。」

雲縣令臉色極其難看，他揮揮手，有氣無力地道：「你……你且去吧。」

那放排人冷笑一聲，轉身跳上自己的木排，使竹篙往水中輕輕一點，盪開了自己的木排便順水而下，走便走好了，他還偏要橫篙於排上，放聲高歌：「哥哥……放排去山外，深深山谷霧不開，頭排去了……二排來，魍魎魑魅……快閃開……」

雲縣令一聽氣得嘴脣哆嗦，卻是敢怒而不敢言。楊浩的船早已經到了他的船側，將方才發生的一幕盡皆看在眼裡，吳娃兒站在他旁邊，悄悄說道：「官人，朝廷上兩大派系，晉王幾乎掌握了整個開封城十之七八的力量，可是地方上卻是唯趙普為尊的。

「說起來還是趙普勢大一些，滿朝公卿如今幾乎盡出於他的門下呢，不過一個開封抵得上半個大宋，再加上晉王是當今皇弟，所以能與趙普相抗衡，官人如今就算自己不承認，別人也盡皆認同你是南衙一派，官人此番南下，因為鄧祖揚一案又與趙普生了芥蒂，以後凡事都要小心才是。」

楊浩微微一笑，說道：「王相之爭，與我何干呢？呵呵，妳放心吧，這灘渾水，我是不會冒冒失失地往裡蹚的。」楊浩若無其事地走回船艙，吳娃兒凝視著他的背影，目中不禁露出深思的意味。

唐焰焰從船尾提著拖鉤跑過來，拖鉤上掛著一條活蹦亂跳的大鯉魚，鯉魚不斷地甩著尾巴，濺得她一臉水點：「娃娃，那廝與妳在說什麼？」

說來好笑，焰焰個性活潑，容易交往，娃娃又是七巧玲瓏的心思，慣會討好，經過這些時日的相處，兩個人的感情越來越好，真是情同姊妹一般，就連每晚抵足共榻，都要絮絮低語半晌，也不知她們那來的那麼多話可說。

可是如果楊浩私下和她們其中哪個說上幾句悄悄話，另一個就會緊張起來。娃娃還知道拐彎抹角旁敲側擊，焰焰可是按捺不住直接就問了。楊浩眼巴巴地瞅著兩個小美人在身邊，卻始終不能一嘗銷魂滋味，和她們這種滴水不漏的互相監視不無關係，兩個女孩多多少少都有些不想楊浩與別的女子親密超過自己，雖說她們自己並不覺得，但是這種潛意識的表現卻很是明顯。

「官人沒說什麼，」吳娃兒抿抿嘴脣，又道：「官人就是因為沒說什麼，我才覺得納悶……」

焰焰緊張起來，眼看著要進城住下了，莫非見我一再搪塞，官人按捺不住，又打起了娃娃的主意，這匹大色狼，一時半刻都等不得嗎？她把魚往杏兒懷裡一丟，吩咐道：「去做道魚羹來下酒。」說完拉起吳娃兒走到一旁問道：「什麼事感覺納悶了？」

吳娃兒凝眸想了想，又四下看看，這才說道：「姐姐，官人對朝中的事如今看得是雲淡風輕、渾不在意，依我之見，官人是萌生去意了。」

唐焰焰奇道：「去哪裡？」

「呃……」吳娃兒向她翻個俏巧的白眼：「自然是離開朝廷。」

「可能嗎？趙官家留他在朝為官，不就是想要就近看緊了他？他想離開怎麼可能？朝廷豈會答應？萬一因此生了疑心，那不是又要對他動了殺心？」

「問題就在這兒，妳說……官人有什麼辦法能夠離開，卻又不惹起朝廷的猜忌？」

唐焰焰想也不想，很乾脆地回答道：「我想不出！」

吳娃兒苦笑道：「似姐姐這樣豁達的胸懷，一定長生不老，青春永駐。」

唐焰焰也向她翻個白眼，道：「妳不用損我，妳要是想得出來就不會問我了，既然想不出，去問他就是，何必悶在心裡？」說完返身就走，吳娃兒忙拉住她道：「事關重大，官人不說，自然有官人的道理，姐姐不必著急。」

她向艙中望了一眼，微笑道：「如今回京在即，依我看，這個悶葫蘆也快剖開了。」

三百二一　寄情山水

不兩日，魏王趙德昭的官船趕到盱眙，楊浩與盱眙縣令雲笑天前往碼頭接迎，把魏王迎進了知縣衙門。雲縣令迫不及待地要向魏王告狀，此番南下收糧的急先鋒楊浩卻是一臉悠然，渾不在意。

當初巡狩江淮道時，楊浩主張漫無目的，隨行隨止，慕容求醉擺出前輩嘴臉對他好一通教訓，卻受到楊浩的譏誚反駁，當時楊浩打的主意就是殺一儆百。

在任何一個朝代都不乏好官，也不乏贓官，哪怕是吏治再清明的朝代。也因此，越是代表著巨大利益的職司衙門，貪官汙吏也就越多，楊浩深知就裡，他毫不擔心一路下來，會找不到那隻儆猴的雞，只是他沒想到最後找到的竟然是鄧祖揚，鄧祖揚做為一個昏官，其履政能力固然不足，其本人的下場卻也實在可憐了些。

但是這次在泗州停留那麼久，最後將那些貪官汙吏一網打盡，還是發揮了應有的警懾作用，江淮諸道官吏們購運糧米的熱情空前高漲，糧紳們、米行糧市的牙人、官倉糴便司的小吏們也不敢肆無忌憚地勾結牟利了，如今只要各處建築的堰壩水閘能夠經得起實踐考驗，保障運河水路的暢通，那麼開封百萬居民無米下炊的窘境就能為之解決，所以楊浩此刻的心態是很平穩的。

至於淮陰縣和盱眙縣的爭糧風波，他是不大放在心上的，這幾日他也側面了解了一下，知道兩位縣令所言都是事實，淮陰縣遭災、盱眙縣豐收的年分，淮陰縣同樣悄悄派人到盱眙縣境內寄糴過糧米，如果盱眙縣自己的收購任務遇到了困難，同樣會派人加以阻撓，只不過尋常年分不似這一次朝廷下達糧米收購任務的急迫，所以彼此的矛盾不曾這樣激化過而已。既然這是官場痼疾，多少謀臣能吏能想不出兩全之策，他才懶得耗費腦筋。

這種心態，全然是因為痼疾難除，還是當日折子渝一番斥罵他的話起了作用？楊浩卻從未深思過，只是他的心態卻不知不覺產生了變化。女兒家的心思最是敏感，吳娃兒對他的這種轉變，已經隱隱約約有所察覺了。

魏王趙德昭被迎進知縣衙門後，雲知縣立即把本縣與淮陰縣的糾葛衝突向魏王做了稟告，言詞之間對淮陰縣遏糴的事情極為憤懣。趙德昭對這種事情同樣不甚瞭然，一聽之下，只道那淮陰縣是在有意為難同僚，破壞朝廷收購大事，不禁勃然大怒，當即就申明他必嚴辦此事。

待那雲知縣歡天喜地地離去，慕容求醉、程羽等人便紛紛進言，向魏王說出了此中弊病形成的原因。魏王這才察覺自己年輕識淺，如此倉促表態太過冒失，這件事上，盱眙縣令固然沒錯，淮陰縣令卻也理直氣壯，內情形成的原因極其複雜，豈可輕易搬出欽差節鉞對淮陰縣粗暴干涉？

可他堂堂一介王爺，又是代天巡狩的欽差大臣，剛剛拍胸脯打包票地要嚴辦此案，這時如何食言？趙德昭自知孟浪，又不知該如何收手，苦思半晌，忽地瞧見楊浩無所事事地坐在一邊，登時如見救星。

這一路下來，可盡是楊浩為他出謀劃策，他才能劈荊斬棘，一帆風順，在他想來，楊浩定有辦法既能保全他的體面，又能化解淮陰、盱眙兩縣的糾紛，趙德昭立即和顏悅色地向楊浩問道：「楊院使，你先到了幾日，對此中情形定然是了解的，不知院使可有兩全之策以教本王？」

楊浩本想置身事外，沒想到他還是問到了自己頭上，略一猶豫，方欠身說道：「王爺，盱眙縣寄糴，淮陰縣遏糴，其目的都是為了朝廷，一顆忠心毋庸置疑，因此生了嫌隙，也是無奈之舉。因為兩地糧米豐歉情況不同，這種糾葛本無兩全齊美的解決辦法。

「以下官之見，王爺遣一老成持重的官員，前往淮陰縣做一番調查，也就算是安撫了本縣雲知縣的心，同時也周全了淮陰李知縣的意，到那時再從中做個調停便是。兩縣都是為了朝廷，看在王爺面上，自然不會再生怨尤。至於雲知縣的難處，王爺身為巡狩大臣，可將其中情形稟奏於官家，代他請免一部分錢糧，雲知縣必然感激不盡。」

趙德昭一聽，欣然道：「楊院使所言有理，那麼……楊院使可願代本王一行？」

「呃……下官這幾日舟船勞頓，有些水土不服，如今正在調養之中，恐難成行，況且……這一去是做和事佬的，下官性情急躁，難承重任，王爺應選一老成持重、素孚人望的官員，才是最好的人選。」

「老成持重、素孚人望？」

趙德昭瞟了眼坐在一旁半死不活的三司使楚昭輔，老楚知道如今糧荒解決有望，自己一顆狗頭算是保住了，可這三司使的官是肯定當不下去了，只要一回京就得被罷免，剛出京時，他整日想著怎樣為自己料理後事，如何困厄有解，他就整日想著如何為自己找一條後路。這幾日他不斷地寫信回京，正讓家人四處走動，忙著為自己疏通關係呢，自家的火都救不過來，哪有心思給旁人滅火？

趙德昭瞧楚昭輔神思不屬，委靡不振的一副死樣子，根本不堪一用，只得再轉頭他顧。其他的官……趙德昭又將目光投向程羽、程德玄，這兩位執掌刑獄多年，天天不是審犯就是判刑，那張戰鬥臉無時無刻不緊繃著，一副嚴肅無比的模樣，一見他向自己望來，雖然二人努力做出溫和的模樣，可是臉上的線條還是有些酷厲，這副德性讓他們去淮陰搞恐嚇還差不多，保證嚇得嬰兒夜不敢啼，叫他們去做和事佬，一點都不像啊……

慕容求醉一見魏王把目光投向程羽等人，連忙上前一步，拱手道：「千歲若不嫌棄，老朽願往淮陰一行。」

慕容求醉擔心啊，這淮陰縣令也是趙普提拔的官，本來趙普身為百官之長，舉賢任能正是他分內之事，他又沒有火眼金睛，這官員良莠不齊，那也沒有辦法，可要是被人惦記上了，成心拿這事作文章，那也實在有夠受的。慕容求醉怕這淮陰縣再讓南衙的人查出什麼事來，在這危難關頭一而再地給趙匡胤上眼藥，官家不上火才怪？所以見魏王有意讓南衙的人出面，當即主動請纓。

「這個嘛……」趙德昭看看慕容求醉，慈眉善目，一副仁厚長者的模樣，倒是有些意動，可是慕容求醉畢竟只是相府幕僚，在朝廷上沒有官職的，略一躊躇，便道：「也好，那便勞慕容先生走一遭。唔……程判官一同前往吧，此番江淮籌糧，即將功德圓滿，你們妥善行事，莫要橫生枝節。」

「是，那下官就與程功曹陪慕容先生走一遭。」程羽微笑著瞟了慕容求醉一眼，方正南一聽忙也站出來道：「反正盱眙無事，老朽連日乘船，正覺身子骨瘦乏，也陪慕容先生前往便是。」

雙方四人冷冷對視，目中又露出挑釁的光芒來。楚昭輔無聊地打了個哈欠，目光無意間掃過楊浩，就見楊浩也和自己一般一臉的慵懶，對程羽、慕容求醉等人的明爭暗鬥好似渾不在意，不由為之一怔，眸子微微一轉，楚昭輔便露出深思的神情來。

＊　＊　＊

離開魏王居處，程羽緊趕幾步，追上楊浩，微笑道：「魏王欲請院使大人往淮陰一行，顯見對院使大人的倚重之心呀，院使大人怎麼託詞拒絕了呢？真的有些身體不適嗎？」

楊浩止步回身，瞟了眼遠處的慕容求醉和方正南，拱手道：「呵呵，程大人，請。」

楊浩與程羽並肩而行，微笑道：「淮陰縣置同僚之難於不顧，公然以鄰為壑，無非是因為盱眙縣的作為影響了他淮陰縣的利益和政績罷了。只要定額收購糧米仍是各府縣官吏的一項考課，而且各地方糧米的產出不能有大量豐餘，那麼這種糾紛在地方官府之間就永遠不會斷絕，派誰來也是無濟於事，調和不了的。」

程羽微微一笑，楊浩又道：「大人是南衙判官，經手的案件數以萬計，應該知道，再好的律法體制，都要由人去執行，由人去遵守，有人的地方就有不同的利益團體，所以就永遠不可能會出現鐵板一塊的制度。

「一條法律也好、一條制度也罷，能否得以貫徹執行，能執行到什麼程度，要看在範圍之內獲益的那個團體是不是各個團體中力量最大的，而不是什麼公道正義。淮陰、盱眙兩縣之爭，只是在符合朝廷大利益下的局部利益之爭，說起來，兩縣各有各的難處，此去說到底也就是做和事佬而已，我這火爆脾氣，實在做不來這和稀泥的活，呵呵，所以只好讓賢啦。」

程羽有些訝異地瞟了他一眼，未料到這個看似魯莽的人竟然看得這般透澈，同時，他能對自己如此推心置腹，顯然是認同了他南衙派系的身分，把自己當成了自己人。想到這裡，程羽心中十分歡喜，對楊浩也更親近了些，便笑起來道：「哈哈，老弟所言有理，這種事是不能方方面面都圓滿的，一番說和下來，雖能息事寧人，可是想要皆大歡喜，卻是萬萬不能，與其如此，這個不討好的和事佬不做也罷。」

他微笑著瞟了楊浩一眼，低聲笑道：「老弟用來遮掩身分的那艘船上的女子，想必不是雇來充數的，而確是老弟府上的家眷吧？」

「呃……程兄一雙慧眼。」

楊浩見他有意親近，直稱自己老弟，便也改口稱他程兄，聽他問起自己女眷，心中卻是一跳：「我早知我的行蹤他們不會不加注意，不過……程羽忽地問起我船上女眷是何用意？莫非他已察覺焰焰的身分？不可能吧？這時代的條件，聞名久矣，不識其人的多了，他應該並不認識焰焰吧？」

程羽呵呵地笑起來：「早聽說楊老弟納了媚狐窟的娃兒姑娘為妾，此姝嬌豔嫵媚，名震京師。老弟能將此嬌娃納入私房，實是豔福，可惜新婚燕爾，便被抓來出了公差，呵呵，也好，如今公私兩便，我們去淮陰，無人來礙你好事，老弟便攜美眷遊遊盱眙風光吧。」

程羽又向他眨眨眼，低聲道：「你放心，這件事為兄會替你保密，不會教人知道的。」

楊浩笑揖道：「多謝程兄，程兄與德玄兄結伴往淮陰去，多半還是因為慕容二人的緣故吧？說起來，兄弟直來直往的性子，和他們這些陰陽怪氣的老狐狸打交道還真的學不來，程兄去對付他們也好。唉，如今想起來，倒是在蘆嶺州和羌人、和折藩、楊藩他們打交道痛快些，起碼他們喜就是喜、怒就是怒，不會當面稱兄道弟，背後使刀使劍。」

程羽臉上一熱，只道他是影射自己和南衙諸官吏往昔對他的行為，他肯對自己當面抱怨，那更說明如今已把自己看成一家人了，是以程羽哈哈一笑，泰然解釋道：「這個自然是不同的，西北諸藩與你我，名雖同為宋臣，實則毫無干係。」

「毫無干係？」

「不錯，西北諸藩以羌人為主，羌人中有細風氏、費聽氏、野亂氏等部族，其中尤以出身於北魏的拓跋氏和折氏最為強大，不管是夏州拓跋氏還是河西折氏，都是北藩大族，他們自有領土，自統士農工商，自行徵收賦稅，自行任命官吏，雖未稱國而王其土久矣！

「就算是麟州楊氏，居邊遠，屬離亂，多染夷狄之風，少識朝廷之命，也是被朝廷視作藩部異類的，他們縱有輸誠之心，你道朝廷就真的信了？當初官家『因其酋豪，許之世襲』的承諾，本就是當時無力顧及他們，這才作此安撫之言，西北諸藩還妄想我朝會遵循唐朝舊例，繼續容他們在西北作威作福呢！哼，著實可笑！」

楊浩想起折子渝所言，臉色不由微變，程羽繼續道：「上一次官家下旨，給他們加官晉爵，令他們進京作官，想必他們就已察覺了官家的心思，對你這位朝廷欽派的知府自然不會再有好臉色。而我中原之官卻大不相同，縱然政見不同、從屬不同，畢竟同是宋廷之臣，打斷骨頭還連著筋呢，豈是那些藩夷之屬可比？哈哈，何況你我如今同在南衙辦差，今後正當多多親近，楊老弟就不要為當初受的些許委屈耿耿於懷了。」

「是，程兄教誨的是，兄弟受教了。」

楊浩微笑答應，心中卻是黯然一嘆：「子渝的說法沒有錯。畢竟，她才是這個時代的人，他們才是這個時代的人，他們才是生於斯、長於斯的人，我這來自後世的人，與這個時代的人理念上相差實在是太遠了。

「如今這個時候，中日民間還是非常友好的，可要是一個現在的人穿越到一九四五年的南京街頭，去大講什麼中日友好，不被百姓們活活打死才怪。我的所謂國家觀念、民族觀念，在這個時代的人看來何嘗不是匪夷所思，荒誕不經？我拿一千多年後的國家觀念、民族觀念，兜售給這個時代的英雄豪傑，著實可笑……」

「嗯？楊老弟在想什麼？」

「哦，呵呵，洪澤湖的龍蝦味道鮮美，如今又正是秋蟹膏腴的時候，我正在想，偷得幾日空閒，攜美妾遊洪澤、品美味，逍遙一番呢。」

程羽一聽哈哈大笑，說道：「既如此，那為兄就不打擾了，明日為兄就往淮陰一行，如今還得去見見雲縣令，多多了解一些情形，告辭。」

「告辭！」楊浩微笑拱手，望著程羽背影，心念忽地一動：「他去見雲笑天，雲笑天會不會把那日在淮河上所受的委屈向他說起？」

轉念一想，不禁又啞然失笑：「南衙雖與相府不和，不過運輸木材，撞翻一艘小船，算得了什麼大事？南衙怎麼也不會用這般小事作文章吧？再說，我楊浩雖是遇事不躲事，卻也是沒事不找事的，子渝如今應該已經回了西北，中原除了娃娃和焰焰，再無可以讓我牽掛的人，朝廷上既然始終不曾把我視作自己人，趙二那個專好搶人老婆的傢伙又難保不打我家的主意，此番回了京師，安排好一切，我就該尋機遁去，還理會這些事情幹什麼？且去，且去，回家陪老婆去。」

心中主意已定，楊浩的心情從未如此平靜和輕鬆，他施施然出了知縣衙門，輕快地上了老黑駕著的那輛馬車，吩咐道：「走吧，回船上去。」

轎簾一放，他便往靠枕上一倚，二郎腿一蹺，微微瞇起眼睛，咿咿呀呀地哼唱起來：「洪澤水呀浪呀嘛浪打浪啊，洪澤岸邊一雙美嬌娘啊，清早船兒攜美去觀光，晚上回來入洞房，入洞房……」

三百二二　齊人之福

洪澤湖天水一色，遠遠望去平靜得就像一面鏡子，一葉白帆犁開這如玉的鏡面，向浩瀚的湖面上駛去。站在船頭，湖水卻不是那麼平靜，可以看見陽光照耀下微風泛起的湖水跳動著無數的銀光，像有千萬條銀魚在水面上游動，粼光閃閃。

楊浩換穿了一身葛布短衫，打著赤膊、光著雙腳，似模似樣地扮著船夫。他忽然覺得自己的悟性著實不錯，租船出湖時，那船老大千叮嚀萬囑咐，張牛等人也是放心不下，生怕他擺弄不了這艘船，如今這船不是駕駛得很好？乘風破浪，飄搖直下，也沒什麼難處嘛。

船上有一面潔白的帆，彷彿一片雲，哪怕是輕微的風，也被它兜得足足的，載著三人劃破恬靜的水面，楊浩把持著尾槳，並不須使多少力，只要控制著船的方向，任由它像一條自由的魚兒，蕩漾在洪澤湖上。

今天楊浩澈底地放下了心事，連杏兒都不帶，只攜一雙美人同遊，共享這美好的三人世界。一湖碧水，一船風帆，雪白的江鷗張開翅膀在澄淨的藍天裡滑翔，從白雲般的風帆上掠過，焰焰和娃娃俱著一襲綠衫，坐在船頭，把白生生的腳伸入水中，踏過那千萬條「銀魚」，湖水的光與影，映著她們的翠衣俏顏，直可入畫。

今天只有他們三個人遊湖，娃娃一個弱女子為了他離開京城一路尾隨，焰焰為了他千里奔波至此，可是這些日子忙忙碌碌，竟無一日好好陪陪她們，楊浩心中不無歉疚，美人恩重，今天他要好好補償她們。

「喂，停船啊，快撞上小洲啦。」

「啊？」楊浩正東張西望，定睛一看，才發現前方果然出現一處小小綠洲，小船正向綠洲衝去，楊浩連忙按照船老大教習的方法，提起尾槳，放倒風帆，讓船泊岸，將纜繩繫在洲上一棵小樹上，對她們笑道：「好了，如今已深入洪澤湖，我這看這湖光山色到了哪裡都是一樣優美，咱們不如就在這裡歇上半日，釣幾尾肥魚，酌兩壺美酒吧。」

「官人累了吧？」吳娃兒體貼地迎上來，掏出一方沁著芬芳的手帕為楊浩擦拭額頭汗水。

「妳這妮子，玩夠了才曉得我累嗎？」楊浩白了她一眼，吳娃兒掩口輕笑：「本要叫張牛撐船的，誰叫官人自告奮勇來著？」

「要那小子撐船，還有這樣的情調嗎？」楊浩笑答，焰焰正興致勃勃地趴在船舷邊收著釣鉤，長長的釣鉤上有許多魚餌，才只扯上來一段，水面上就出現了一條肥魚，正在拚命掙扎著，焰焰趴在船舷上歡天喜地地拖著魚線，小屁股不雅地高高翹起，由於在船頭坐久了，裙子夾在臀縫裡，很不淑女，但是……很可愛，這樣的風光自然只能自己享受，豈能讓張牛看見？

「哇！娃娃快來快來，好大一隻螃蟹！」

唐焰焰突然驚叫起來，魚鉤上又出現一隻張牙舞爪的大螃蟹，唐焰焰又驚又喜，卻不敢伸手去拿，提著釣線急得直叫，娃兒一見也是童心大起，趕緊跑過去抓起竹籠，想將那隻螃蟹盛上來，兩個少女都趴在船邊，半個身子探出船去，裙襬翻開，薄綢的束褲下現出兩具圓潤的美臀，真的是明月當空照，美景不勝收，楊浩看得賞心悅目。

「你還杵在那兒做什麼？快來幫忙呀，不要教牠跑啦！」唐焰焰回頭向楊浩求援，楊浩看著那螃蟹的大螯，也不知該如何下手才好，聽她一喚，忙拿起竹篙去胡亂地撩撥了幾下，不曾把那螃蟹撥入竹簍，反被牠緊緊鉗住了竹篙，楊浩大喜，便將那隻大螃蟹提到了船上，焰焰和娃娃拍掌大笑。

午餐很豐盛，帶了幾味清淡的小菜，又有焰焰親手釣上來的幾尾肥魚、一簍秋蟹，吳娃兒一雙巧手烹飪功夫堪稱一絕，膳食用具和佐料帶得又齊全，料理出來色香味俱佳。

三人坐在小洲上，一邊品嘗著自己親手炮製的美食，看著遠近帆影來去，水闊天高，真有種身臨仙境的感覺。唱到興處，娃娃抱出瑤琴，挑弦清音，焰焰拔劍作舞，搭配得珠聯璧合。楊浩舉杯飲酒，笑看天空澄碧，水與天同，湖光浩渺，一雙佳人，不覺也有些醉了。

「紅塵多可笑，官場最無聊，目空一切也好。此生未了，心卻已無所擾，只想換得半世逍遙。步步踏危機，唯夢中忘掉，嘆宦海之凶險，仕途難料，不如一筆勾銷，對酒當歌，我只願開心到老……」

唱著自己信口改詞的〈笑紅塵〉，楊浩也放歌應和起來。偶有漁船就在洲旁經過，看著洲上快樂的三人，憨厚的漁夫和樸實的船娘都向他們投以親切的笑臉。

楊浩提壺獨酌，看著這無邊勝景，看看身邊兩個美麗快樂的女孩，不禁枕臂倒下，望著湛藍天空中入眼的朵朵白雲，悠悠痴想：「為誰奔波為誰忙呢？這樣的日子才覺快活，焰焰、娃娃都是聰慧美麗的女子，得妻如此，夫復何求？此番回京，我就想個法子金蟬脫殼，攜這一雙美眷歸隱田園去吧，這天下本就不該有我這樣一個人，那就讓這天下……按照它本來的道路走下去吧。」

倚著一棵小樹，坐在柔軟的草地上，微微的風時有時無地拂在臉上，楊浩不知不覺地進入了夢鄉，當他醒來時，發現身上蓋了一條薄毯，耳邊傳來一陣悅耳的笑聲。抬頭看去，吳娃兒和唐焰焰正在嬉戲打鬧，這個時候，唐焰焰不再是富可敵國的唐家千金，吳娃兒也不再是豔名滿京師的第一行首，她們只是屬於自己的兩個快樂可愛的女孩。

楊浩微笑起來，自從和她們在一起，還是頭一回看見她們玩得如此忘形，他開心地站起來，「老夫聊發少年狂」地向她們跑去：「兩位娘子，為夫來啦。」

「嘩——」迎接他的是一捧湖水，站在淺水中的吳娃兒調皮地向他潑了一捧水，楊浩避之不及，被潑了一頭一臉，他狼狽地逃開，惹得站在岸邊的唐焰焰一陣格格嬌笑。

楊浩抹了把臉上的水珠，忽然覺得湖水有些冷意，抬頭一看，這才驚覺夕陽西下，紅日已半沉湖中，天色已經黯淡下來，忙道：「哎呀，天色已經不晚了，妳們兩個玩得這麼瘋，怎不早些喚醒我？這也不知幾時才回得去？」

娃娃回頭看看，太陽即將沉入湖底，滿湖金燦燦的，遠處的帆影已經一個都不見了，時辰果然不早了，不禁吐吐舌頭，乖乖地走上岸來，那白生生的腿子上面沾著些碎草莖，踩在草地上時，嫩草刺著腳心，癢癢的，她將臥蠶似的可愛腳趾蜷得緊緊的，十分可愛。

可是楊浩這時卻沒有心思欣賞那一雙秀美的天足了，因為他忽然發現，風向已經變了，他已經忘了那船老大說過逆風要如何行船，只靠一枝槳，待他划到岸上還不活活累死？他今晚可有更浪漫的打算，那時豈不全泡了湯？

「咦？尾槳呢？」

正覺沮喪的楊浩，上了船左找右找都找不到船槳，焰焰用一根手指按著下唇，扮出一副可愛乖巧的模樣，小聲說道：「方才與娃娃嬉水時，我拿槳拍水來著，不過我記得明明丟回船上了呀，怎麼會不見了呢？」

楊浩翻個白眼，無奈地道：「這下好啦，風向不對，槳也被妳扔掉了，咱們三個想走也走不成啦。」

「啊？」唐焰焰吃驚地道：「那怎麼辦？」

楊浩一本正經地道：「沒辦法了，湖水茫茫，出不去的，我看……我去洲上搭個窩棚，以後咱們一家三口就在這兒安居度日了，妳放心好了，這水中魚蟹如此豐富，餓不死咱們的。」

吳娃兒「嗤」的一聲笑，碰碰唐焰焰胳膊道：「姐姐毋須擔心，張牛他們不見咱們回去，一定會來尋找的，就算找不到咱們，明日碰到漁船時，讓他們載咱們回去也就是了。」

唐焰焰一聽吁了一口氣，狠狠瞪了楊浩一眼，嗔道：「偏你沒點正經。」

楊浩哈哈一笑，說道：「他們來得未必會那麼快，走，到島上多搜集些樹枝柴草，一會兒天全黑下來就點起篝火，他們老遠看見就能尋來了。」

篝火燃起，楊浩又添了幾塊柴，重又回到船上，只見焰焰正無聊地坐在船頭，抱膝看星星。

「娃兒呢？」

「累了唄，回艙去睡一會兒了。」娃娃不比唐焰焰練過武的身子，精力不及她充沛，而且她本有午睡的習慣，如今嬉鬧了半日不曾休息過，已經有些捱不住了。

楊浩一聽，便挨著唐焰焰坐下。

「浩哥哥，張牛他們什麼時候會尋來？」

「急什麼？早晚一定會找來的。我們這樣不是很好？整日漫無目的地奔波忙碌，難得這樣單獨相處，何必急著回去？」楊浩毫不擔心，愜意地舒展了身子，輕舒猿臂，攬住焰焰柔軟的腰肢，將她擁入自己懷裡。

唐焰焰舒服地偎進他的懷中，輕聲說道：「這裡黑漆漆的，四面都是水，人家有些害怕嘛，不過……這裡好像那個山洞……」

她將臉頰貼在楊浩胸口輕輕廝摩，嘴角漾起甜蜜的笑容：「很久沒有和你這麼單獨在一起了，人家真的有些懷念呢。」

楊浩的手掌把玩著她的小腿，小腿的曲線纖柔秀美，那手又漸漸移到她的大腿上，感受著她大腿柔腴中透著結實的綿綿彈力，焰焰的嬌軀不覺微微顫抖了幾下，楊浩輕聲說道：「焰焰。」

「嗯？」

「我的出身來歷比較尷尬，所以做這個大宋的官做得就像一只風箱似地兩頭受氣，近來經歷種種，不覺有些心冷。我想找個妥當的時機遠走高飛，妳願和我一起嗎？」

「不願和你一起，我何必費盡心思地來找你？不過……趙官家肯放你離開？」

楊浩微笑，沉沉說道：「活的他當然不會放，可是死的呢？不管帝王將相，一旦死了，也不過就是一坯黃土，他總不會緊緊抓住不放吧？」

唐焰焰霍然回頭，訝聲道：「死的？」

她的眸波有若天上美麗的星光，在楊浩臉上盈盈一轉，忽然變得璀璨明亮起來：「你是說……假死脫身？」

「嗯！」楊浩目光閃動，低聲說道：「此番南行，只要糧食順利運回京城，那就是大功一件，朝廷不管想不想賞都必須得賞。不過……可以預料的是，官家還是不會給我真正的大權，也不會放心讓我到地方去，頂多提拔一個爵高位顯卻無實權的官，我想到的是主動討要一個容易出差的衙門……」

「出差？」

「哦，就是時常迎來送往、出行離都的衙門，然後尋找機會『死掉』，在開封是不成的，我可沒有可以假死的奇藥瞞過醫士，這安排也不能太急，必須做得穩妥自然才能免致後患。只要尋個恰當的時機，我們就天高任鳥飛、海闊憑魚躍了。」

唐焰焰欣然道：「好啊！」

「妳同意了？」

「當然！」唐焰焰爽快地答道：「你想留在開封，我陪你，你想走，我也陪你！」

楊浩怦然心動，他握緊了焰焰的雙手，痴痴相望良久，楊浩的目光變得深邃起來：「但是……焰焰，妳明白這意味著什麼？」

「什麼？」

「假死脫身，我就要一輩子隱姓埋名。」

「那有什麼關係？就算你改叫張浩、李浩，難道還會真的變成了另外一個人？」焰焰伸出溫暖柔軟的小手輕輕描畫著他的眉毛、鼻子、嘴巴，柔聲說道：「不管改了什麼名字，你還是你，還是我的浩哥哥……」

楊浩見她難得一現的溫柔模樣甚是可憐可愛，不禁抱緊了她，滿懷溫香軟玉，四片脣兒相接，兩條舌兒纏綿，恣意溫存了一番，惹得焰焰軟了身子，嬌喘灼熱起來，這才放開她，低聲道：「傻丫頭，妳要是隨我走，妳也得割捨下一切，妳從小相伴的親人，將不能再見，妳懂嗎？」

「哦……」焰焰歪著頭想想，兩隻眼睛閃閃發亮：「我要一輩子避開他們，永遠不再相見嗎？」

「……」

焰焰悄悄低下了頭，幽幽地道：「我有些捨不得奶奶，我……可不可以想她的時候去偷偷看她？」

「……」

焰焰垂頭良久，抬起來勉強一笑：「那……算啦，畢竟欺君之罪才是了不得的大事，奶奶……有好多兒子、孫子，應該不會太想我這個小孫女的……」

她不捨地說著，雖是在自我安慰，兩隻眼睛卻越來越亮，雖說光線不明，楊浩還是感覺到她已滿眼淚光。楊浩不覺將她再度擁緊在懷裡：「可愛的丫頭，不用想那麼多……」

他貼著焰焰的耳朵低聲道：「未必會永不相見的，妳的兄長們想把妳嫁與晉王，說到底為的還是唐家，咱們離開的話，過個一年半載塵埃落定，那時妳就算回去見他們，我們生米早成熟飯，他們也無可奈何，那時再張揚開去，對他們、對唐家沒有半點好處，只會幫著咱們隱瞞。」

唐焰焰揚起一雙驚喜的眸子問道：「會嗎？」

「當然會！」楊浩在她頰上輕輕一吻，輕笑起來：「不過……為萬全計，如果讓他們先做了舅舅、舅爺，那時再回去就更安全了。」

「嗯？你要認誰當舅舅？」

「不是我要認舅舅，是要我們的寶貝兒子認舅舅。我們兩夫妻現在就開始努力，早日生個大胖兒子，最好生他七個、八個，往唐家一領，嘿嘿，往昔有什麼嫌隙，那時都要化解了。」

唐焰焰呀的一聲，輕啐他一口，暈紅著臉，眼波蕩漾地道：「剛剛說些正事，又來不正經，誰要與你生兒子了？」

「生兒子不正經，還有什麼事是正經的？呵呵，妳要是不願意生兒子，咱就生女兒。」唐焰焰的羞態讓楊浩又憐又愛，那嬌豔欲滴的俏臉就在眼前，楊浩不禁食指大動，再度俯身下去，吻了下她嬌嫩的櫻脣，大手也順勢撫上了她的酥胸。

唐焰焰呀的一聲輕叫，下意識地扭頭看了船艙一眼，船艙裡黑漆漆的沒有點燈，也沒有一點聲息，唐焰焰放下心來，身子一鬆，便放開楊浩的大手，合起星眸，軟軟地倒在他的懷中，恣意地享受起他的愛撫溫存來。

楊浩輕憐蜜愛，在他的嘴脣和雙手不懈的愛撫努力下，焰焰的嬌軀漸漸變得火熱，那雙柔軟乾燥的櫻脣也主動尋找著楊浩索吻，小巧的鼻翅翕動著，發出了急促的呼吸。

楊浩的大手在她胸前不斷地揉搓，掌下兩團彈力十足的軟肉不斷變換著形狀，在他的愛撫下漸漸像發酵了的饅頭一般挺拔起來，楊浩見她已媚眼如絲，自己也是欲焰高漲，不由忽發奇想，便輕輕啄吻著她的耳垂，誘惑道：「娘子，生兒育女可比汴河運糧還要曠日持久，應該早做努力才行，不如……咱們就從今夜開始如何？」說著，手已順下腰肢，勾住了她腰間的合歡結。

「啊！」焰焰忽然清醒過來，連忙坐直了身子，一把抓住他蠢動的大手，羞嗔道：「人家就知道你不懷好意，娃娃還在艙中呢，好不知羞……」

「羞什麼，像妳家那樣的大戶人家，夫婦敦倫還要幾個貼身的侍女一旁侍候吧？妳從小耳濡目染，還不曉得此中規矩，咱家沒有那樣的排場，可娃娃又不是外人，是妳的房中姐妹，羞些什麼呢？況且她已經睡了……」

楊浩說著，大手又滑向焰焰挺翹柔軟的臀部，焰焰「啪」地一下打掉他的手，嬌嗔道：「憑你花言巧語，人家才不要在這裡，黑燈瞎火的，瞅著教人害怕。哎呀，我下午時還下了一只竹簍，不知捉到螃蟹沒有？」焰焰一挺腰桿，便從楊浩懷裡掙脫了開，逃到了一邊。

「黑燈瞎火？」楊浩四下看看，漫天星光，水色粼粼，耳邊濤聲隱約如同美人的呢喃嘆息，腳下船板一起一伏如踏雲端，明明是無比合宜的野戰……啊不，明明是無比浪漫的場景，怎麼就成了黑燈瞎火了？

「傍晚時下的一只簍子，現在應該裝滿了偷吃的螃蟹吧？」

楊浩袍下一桿長槍躍躍欲試，焰焰卻像沒事人似地關心起在船舷邊下的一只盛著誘餌的竹簍來，楊浩不禁啼笑皆非，這小妮子也太不解風情了吧？星光月色下向她瞧去，她正趴在船邊，纖腰塌著、圓臀翹著，側面望去，那兩座峰巒的剪影更是清晰。尤其是湖光閃爍，被火光映紅，再映在焰焰臉上，讓她更生嬌媚。

江山如此多嬌，讓人不覺彎腰。楊浩情動，不覺涎著臉跟去，彎腰貼緊她的嬌軀，伸手一攬她的纖腰，那處堅硬在唐焰焰兩瓣臀股間一頂，唐焰焰立即像中箭的兔子般跳起來，驚呼道：「啊！不行……」

楊浩早已牢牢箍住了她的纖腰，輕笑道：「妳家官人說行就行的，還有什麼不行？」

「不行不行，就是不行。」焰焰扭著翹臀躲避，反把他摩擦著欲焰更是高漲：「官人說行……也不行，人家……人家今天不方便……」

「啊？」猶如一盆冷水兜頭澆下，楊浩傻傻地放手，眼看著美人逃進艙去，不禁垮下臉來。

艙中一聲驚呼，然後就傳來兩個人撞成一堆倒在艙板上的聲音。

「娃娃，妳還沒睡？」

「睡了睡了，人家可沒想聽床……不是，沒想聽船，只是一不小心睡醒了……」

艙中一陣嘰嘰喳喳，楊浩橫槍勒馬立在船頭，心中只是悲嘆：「齊人之福也他娘的不好享啊。」

艙中的聲音輕下來，兩個女孩窸窸窣窣也不知在低語些什麼，過了一會兒，娃兒姍姍走來，含羞低語道：「官人……姐姐……讓奴家來侍候官人……」

楊浩久曠之身一旦起性，正覺忍得難受，一聽不覺大喜，可是往艙中一望，又不禁露出躊躇神色，這時就聽艙中唐焰焰的聲音大聲說道：「我要睡了，你們不要吵到本姑娘睡覺。」

楊浩和娃娃相視一笑，不覺牽起手來，躡手躡腳走到一邊。

兩人一靠了去，感覺到楊浩的一處堅挺，娃娃不覺吃吃低笑起來，她偎進楊浩懷中，素手只一撩撥，楊浩的呼吸便更加粗重起來，娃娃久未與郎君親熱，不覺也是目餳耳熱。二人熱吻一番，娃娃忽然盈盈蹲下身去，分開他的袍子，剝下他的長褲，將臉埋進了他的袍內。

「呀！」楊浩一聲輕呼，幾乎站立不定，連忙伸手抓住了一旁桅桿。只覺下面如同一隻熱熱的、滑滑的魚兒在不斷地撩撥著他，惹得楊浩的身體一陣陣顫慄。娃娃口舌咂弄，曲意奉迎，把個楊浩美得飄飄欲仙。

艙中，唐焰焰緊緊摀住自己耳朵，嘟著小嘴只道埋怨：「早不來晚不來，偏偏這兩日不方便，壞了我與浩哥哥的好事，最後倒成全了那個饞嘴的丫頭。可要不讓她去，浩哥哥正是箭在弦上，瞧著忒也可憐……」

唐焰焰自怨自艾著，她雖與楊浩親熱過，可是畢竟不曾真的行過房事，對這種事好奇無比，忍不住便瞧瞧爬出艙口向船頭偷窺，星月之下看得不甚清楚，但是見楊浩昂首立在桅桿邊，旁邊卻不見人影，仔細一瞧，才發現娃娃整個身子似乎都隱到了楊浩袍內，焰焰先是一奇，忽地想起春宮圖上某些香豔手段，這才恍然，焰焰登時俏臉飛紅，一顆芳心小鹿般亂撞起來。

「啊，娃娃，快起來。」楊浩再忍不得了，一把拉起娃娃，撩起她的襦裙，擼下細綢的束褲，裡邊便是薄如蟬翼的褻衣，緊裹著一具渾圓挺翹的宛宛香臀。

「官人……」娃娃也已情動，她拭脣低喚，回眸望他時也是媚眼如絲。

「來，娃娃，扶著桅桿……」楊浩無暇再試那諸般花樣，一把扯下她褻褲，露出那盈盈一輪明月，娃娃抱住桅桿，弓起光滑雪膩的腰背，婀娜的柳腰輕柔地扭動著，將楊浩撩撥得更是銷魂，他抱住那白如堆雪的香臀，急三火四地便去掀自己袍子。

就在這時，夜空中遠遠傳來狼嚎般一聲嚎叫：「楊院使，那火光處可是你嗎？楊院使，我是張牛啊！要是你在，你吱一聲啊……」

楊浩正欲入港，被這一喊幾乎嚇萎了，他趕緊替娃娃掩好衣襟，免得春光外洩，同時氣極敗壞地低叫道：「這個不開眼的混帳東西，早不來晚不來，偏偏在這緊要關頭趕來……」

艙口，唐焰焰「咭」的一聲笑，趕緊伸手掩住了嘴巴，躡手躡腳地逃回去，往席上一躺，扯過被子假寐，脣邊卻仍帶著一抹笑意。片刻的工夫，吳娃兒嬌喘吁吁地逃來，滑溜地鑽進被窩，一邊還在手忙腳亂地繫著衣衫。

唐焰焰忍不住笑，身子聳動起來，娃娃不禁羞道：「姐姐還沒有睡？」

唐焰焰閉著眼睛答道：「睡著了睡著了，人家可沒想聽床……不是，沒想聽船，只是一不小心做了個夢，夢見一隻好可愛的小狗狗，翹著屁股好不知羞呀，呵呵……哈哈哈哈……」

吳娃兒又羞又氣，伸手便去搔她癢處，兩個女孩便在艙中打鬧起來，楊浩左耳聽著兩個小妮子讓人心動的嬉笑聲，右耳聽著越來越急促、越來越急促的叫聲，一艘船隱隱約約地出現在視線當中，張牛和老黑像叫魂似地交替呼喚道：「楊院使，院使大人……」

楊浩沒好氣地道：「我在這裡！」

「哎呀，快快快，找到院使大人了，快划。」

那艘船迅速靠近了過來，老黑、張牛、杏兒各提著一盞燈籠站在船頭，船還沒有停穩，張牛就一個箭步躍過船來，陪著笑臉邀功道：「夜晚不見院使大人回去，小的可真是急個半死，趕緊的就放船入湖來尋大人，嘿嘿，大人，小人沒有來遲吧？」

「當然沒有！」楊浩很鬱悶地誇獎道：「張牛啊，你來的是既不晚也不早，真他娘的恰恰好！」

三百二三　回京師

「張牛已經尋到咱們了嗎？」吳娃兒和唐焰焰都是會作怪的丫頭，兩個人從船艙裡出來，假惺惺地揉著眼睛，一副睡意朦朧的樣子。

「夫人，大夫人，杏兒可擔心死了。」杏兒大喜，提著燈籠便跳過船去，喜孜孜向她們見禮，雙姝一身翠衣，本就嬌媚不可方物，燈下望去，猶如一對並蒂蓮花，越增三分顏色，看得楊浩惋惜不已：這些傢伙若是晚來一時半晌，我就享受到一船風月了，如今可好……

眼角餘光注意到楊浩灼灼的目光，吳娃兒嘴角微微一勾，露出一副似笑非笑的神情，趁人不備，小小雀舌還探出來輕輕一舔脣瓣，媚眼向楊浩一瞟，更是惹得楊浩火起。而唐焰焰卻窺個空檔向他扮了個鬼臉，把個楊浩恨得牙根癢癢，若不是下人在場，她那翹臀上已然要多了五道憐香惜玉的指印。

張牛和老黑使一條繩索繫在楊浩的船頭，駕船使帆走之字形把他的船拖走，待兩艘船到了湖濱時，已是夜深人靜時分，大家洗漱、吃宵夜，待一切忙活完了，人人都起了倦意，楊浩何忍此時再一圖所快，只能眼睜睜地看著一雙美人手牽著手回房睡下，而他卻獨自於月下舞劍，許久……許久……

*　*　*

天剛濛濛亮，船上雖聽不到雞啼聲起，楊浩還是準時醒來，他盤膝坐定，靜靜吐納一陣，濾清了神智，順帶著把每天早上都怒氣沖沖、怒火沖天的小兄弟安撫了下去，又換一身武士裝小打扮去岸上打了幾趟拳，這才回船洗漱，然後去客艙與焰焰和娃兒一同進早餐。早餐是娃兒親手侍弄的，黏稠香濃的粳米粥、六樣可口清淡的時令小菜，令人食指大動。

一夜好睡，兩個小妮子姿容婉麗、容光煥發，看得食指大動的楊浩按捺不住，這要是伴著一雙美人大被同眠，宵同夢，曉同妝，鏡裡花容並蒂芳，該是何等旖麗香豔啊？楊浩正咬牙切齒地賭咒發誓，今晚無論如何也不再委屈自己的小兄弟，大不了摸黑去闖她們的閨房，扮個偷香竊玉的強盜。

這裡正打著主意，杏兒忽然翩然閃入，俯身在楊浩耳邊低聲說了幾句什麼，楊浩眉頭微微一蹙，點了點頭，便即起身隨她出去。

甲板上正站著一個宮廷中的小內侍，正是長伴魏王趙德昭左右的人，一見楊浩出來，那小內侍急忙向他施禮，楊浩問道：「這位中大人，可是王爺有事相召？」

那小內侍笑道：「正是，王爺說楊院使這些時日辛苦，身子又不方便，本想讓院長好生歇息幾天，不過如今收到一個重要消息，須得與楚大人、楊大人兩位欽差副使共同商議，是以遣小的來，勞煩大人往縣衙一行。」

「呵呵，王爺太客氣了，食君之祿，為君分憂，楊某既是宋國的臣子，理應為朝廷效力，既是王爺相召，楊某馬上就去，還勞中大人稍候片刻，本官去更換了衣裳就來。」

那小內侍客氣地作揖道：「院長大人請便，小的在此候著便是。」

楊浩匆匆趕回艙去，端起那半碗粳米粥三口兩口便灌了下去，吳娃兒放下筷子，詫異地道：「官人有要緊事嗎？」

楊浩放下粥碗，快步趕到敞開的臥室房中，拿起官袍來，一邊穿戴，一邊癟嘴道：「是啊，王爺叫我去，恐怕午飯之前是回不來的，妳們現在姐妹情深，正巴不得我不在面前礙眼呢，這下開心啦，哼！」

吳娃兒知他佯嗔，不無男兒向心愛女子撒嬌意味，只是輕笑不語。唐焰焰卻走進房來，忙他整理髮髻、攤平袍裾，束緊袍帶，扮足了賢妻模樣。

見楊浩說得酸溜溜的，焰焰不禁竊笑，眸波向外一轉，見娃娃和杏兒並未隨入房來，她便在楊浩耳邊小聲說道：「昨夜人家還不夠賢慧大度嗎？是那張牛來得不合時宜罷了，嘻嘻，好啦好啦，浩哥哥專心去做公事，今晚……人家給你留門便是。」

楊浩奇道：「妳……不是這幾天不方便？」

唐焰焰嗔他一眼，含羞道：「差不多也……快好了嘛，就算還是不成，你們昨夜的羞人把戲，人家又不是沒看到，娃兒會服侍你，難道……難道人家就不會嗎？人家也曉得你忙碌辛苦，今晚和娃娃必教你稱心如意便是。」

唐焰焰輕咬薄脣，星眸如絲，這無比嫵媚地向他一瞟，楊浩滿腹怨氣一掃而空，渾身的骨頭剎那間都輕了四兩，他大喜過望，連忙說道：「好，咱們一言為定，今晚戌時一刻，不見不散，為夫必準時趕來，登堂入室，竊玉偷香。」說完興沖沖地在唐焰焰粉腮上吻了一記。

唐焰焰紅著臉捶他一下，嬌嗔道：「說的恁也難聽，人家可是你要明媒正娶的夫人喔，什麼偷香竊玉的，呸呸呸，也不注意一下用詞。」

楊浩不以為意，官帽也沒戴正，就跟一隻花蝴蝶似地飛了出去，手舞足蹈地唱道：「手提紅燈四下看，上級派人到隆灘。時間約好七點半，等車就在這一班……」

吳娃兒見二人低語模樣，便曉得說的是閨中情話，只是佯作不知，聽他這時唱詞不甚了了，腔調卻是新奇，不禁眉飛色舞，把手指在桌上合著拍子輕點，讚嘆道：「官人這又是唱的何處民謠？抑揚頓挫、鏗鏘有力，唱風可新鮮得很吶……」

*　*　*

楊浩到了縣衙，也不讓人通報，直接便奔後宅，到了後進院落就見許多奴僕、丫鬟正往外搬著東西，楊浩心道：「這雲知縣拍馬屁拍得也太澈底了吧，竟要搬出衙門，把這整個院子讓給魏王不成？」

楊浩納罕地到了魏王所住院落，小內侍先行進去通報，須臾，就見魏王冠戴整齊地迎了出來，一見楊浩便打個哈哈，眉開眼笑地拱手道：「楊院使，恭喜、恭喜啊，大喜啊！」

「同喜，同喜。」楊浩連忙拱手還禮，欣欣然問道：「不知下官喜從何來啊？」

趙德昭笑吟吟地拉住他的手，與他把臂入廳：「楊院使，運河各處的堰壩水閘已提前完工了，哈哈，提前完工了，比咱們預估的時間整整早了……半個月吶。方才本王與楚大人先行計議了一番，決定馬上起運第一批糧食還京，本王親自押運，這一趟試航若是成功，那後續米糧馬上起運，朝廷再無無後顧之憂了。」

楊浩一聽，心中忽地一動，想起自己的金蟬脫殼之計，連忙說道：「啊，河道已修好了？太好了，王爺要親自押運糧米返京，這固然好，不過……運糧是一方面，籌糧之事也不可延誤啊，王爺既要親自押運第一批糧草還京，那就讓下官留守地方籌措糧草如何？下官與王爺遙相呼應，共同促成這樁大事，開封之難便迎刃而解了。」

「哈哈，英雄所見略同。」楚昭輔端著腰帶，挺胸腆肚地迎上前來：「老夫也是這麼想的，方才已向魏王千歲稟明，就由老夫來留守地方，王爺千歲與楊院使押船返京便是。」

楊浩一聽心裡發急：「你這老不死的，這一路上裝瘋賣傻，什麼事都不見你露頭，我好不容易找到個機會單獨留下，可以製造一起意外事件『死』掉，你搶個什麼勁呀？你也著急去『死』不成？」

楊浩趕緊道：「那怎麼成？楚大人年老德劭，有事還是晚輩服其勞吧，不如由楚大人陪同魏王千歲回京，下官來留守地方。」

楚昭輔心道：「你這小子也太貪了些，難不成所有的功勞你都想搶去？多多少少你也該給老夫留點殘茶剩飯吧？這一路老夫還寸功未立呢，再說糧危尚未解決，越早回京，越是不妙，我在地方上多磨蹭些時日，等到開封府糧食充足了，我再『風塵僕僕』地趕回京去，官家心腸一軟，也能處治的輕些呀。」

楚昭輔忙道：「這次巡狩江南，老楚忝為副使，卻是不曾為朝廷效過什麼力，如今大事已然可期，楊院使還是陪王爺回京總攬全局的好，地方上也沒有什麼為難的事了，就讓老夫來將功贖罪吧。」

「老大人這麼說，下官實在惶恐，下官以為……」

「噯，你們兩個就不要以為來以為去的啦，」趙德昭笑吟吟地打圓場：「你們一顆忠心，都是公忠體國，本王是曉得的。楚大人主動請纓要留在地方，本王已經答應了，怎好再改口呢？再說，若糧食能順利運抵京師，楊院使是首功，官家必要召見嘉獎的，本王再不識趣，也要把你楊院使這位有功之臣帶回京師啊。」

「千歲……」

「哈哈，好了好了，就這麼說定了，你也不要推辭了。楊院使用過早膳沒有？若是沒有，就在本王這裡吃些，一會兒咱們就一起回船上去。」

「啊！今日便走？」

「不錯，今日便走，即刻便走。本王已令人飛馬傳報泗州府，令他們立即準備糧草裝船，咱們輕舟簡從，趕去會合，以泗州做為試航起點，如今籌集糧草問題不大，所築堰壩水閘能否保證水路暢通，一途不需再行裝卸。本王現在還是心中沒底啊，焉能不急呢？怎麼，楊院使還有什麼異議嗎？」

「呃……那倒不是，只不過……程大人、慕容先生他們去了淮陰縣，現在還沒有回來……」

「那倒無妨，讓盱眙縣知會一聲，等他們回來，自行回京便是，本王如今是歸心似箭，可連一刻也等不及了，對了，楊院使用過早膳沒有？」

「呃……下官用過了。」

「那就好，走走走，咱們現在就回船上去。來人啊，備轎！」

趙德昭興沖沖地扯著揪著一張包子臉的楊浩便往外走……

* * *

船隻往還，帆檣如林。

運河上千百艘平底沙船綿延無邊，魏王趙德照的龍旗官船駛在最前面親自開路，聲勢甚是浩大。

由於時機掌握的好，如今秋糧豐收在即，水旱、蟲災造成減產、災荒的可能性大減，所以各地官府可以騰出庫存糧食提前起運京師，等今年秋糧打下來，再陸續繼續遞解京師和充實地方府庫，兩不耽誤。

楊浩被急於回京邀功獻寶的魏王趙德昭直接抓上了官船，連兩位嬌滴滴的小娘子的面都沒見著，只來得及找個人去向她們通知了一聲，就隨著趙德昭拔錨直奔泗州，會合了早已整裝待命的糧船回返汴梁。

運河上，一切船隻須為糧船讓道，這一路浩浩蕩蕩，後邊壅塞的船隻極多，焰焰和娃娃的船也被遠遠拋在了後面擠不上來，一路行去，趙德昭提心吊膽，不過各地官府倒也不敢偷工減料，再加上調集了地方大量廂兵幫助挖掘建築，那該有堰壩構築處雖建得簡陋，撐上三、五個月還是勉強使得的，這一路上有驚無險，糧船經受住了河道落差的困難，順利運抵京師。

第一批糧船到達京師之日，就如當日相送一般，文武百官齊來相迎，汴河碼頭上人頭攢動、摩肩接踵，當遠遠如雲如林一般的船影在夕陽下剛一露頭，碼頭上便是一陣歡呼聲起。

如今早朝、午朝的時辰都已過了，不宜進宮面君，眾官員備了接風酒，就在碼頭上接迎了魏王趙德昭和欽差副使楊浩，彼此寒暄一番，又約定了改日為他們接風洗塵，眾官員便一哄而散。

趙普接了魏王趙德昭陪他回王府，晉王趙光義則拉了楊浩與他同轎，先往開封府去。趙普拱手讓魏王趙德昭先上了轎子，回到自己轎旁扭頭一望，正看見晉王趙光義春風滿面地拉著楊浩要與他同車而行，八抬大轎豈是什麼人都可以坐得？楊浩謙遜辭謝，趙光義只是相讓，兩人正在那裡推讓不下。

趙普冷冷一笑，下人掀開轎簾，趙普便彎腰進了轎子。趙普坐在轎中撫鬚沉吟良久，忽然掀開轎簾向外面微一招手，相府老管家傅秋便急急趕到面前，側耳聽他吩咐。

趙普輕聲吩咐道：「本相去送魏王回府，少不得還要盤桓一陣，你立即回府去，召集本相幕僚，為魏王千歲寫請功奏摺，再擬選一些適宜呈遞奏表的官員，知會他們一聲，叫他們明日早朝為魏王上表請功。所有功勞，要盡量攬到魏王身上，謹記。」

「是，老奴明白。」傅秋遲疑一下，瞧瞧剛剛起轎的晉王那頂八抬大轎，小聲問道：「可是……那楊浩肯推功嗎？方才在碼頭上，連魏王對他都推崇得很，百官俱都聽在耳中，此番南行巡狩，楊浩實是功不可沒呀。」

趙普微微一笑，捋鬚道：「本相不是要抹煞他的功勞，只是要把這首功，務必歸之於魏王，你莫看此人不學無術，輕重還是分得出的，魏王是皇長子，就算搶功，也不會搶了他的酬勞，對他反有莫大的好處，這種錦上添花的事何樂而不為？」

他略微一頓，又道：「明日楊浩必去面君的，你記著，老夫要早起二刻，早些趕去朝房，伺機和他談談，本相當面許他一份大前程，斷不致教他委屈了便是。」

「是，老奴馬上回府安排。」傅秋欠了欠身，便閃出了往魏王府去的一行人馬。

＊　　＊　　＊

「王爺，程大人他們……」八抬大轎夠寬敞，可是坐在晉王身邊，尤其是他那長帽翅撥撥楞楞的，楊浩只好側身而坐，拱手解釋。

「哈哈，不必說了，本王已經知道了。」趙光義見他窘態，不由啞然失笑，他摘下官帽放在膝上，順手理了理頭髮，含笑瞟了楊浩一眼，越看越是滿意。程羽顯然已經向他通報了消息，也將楊浩與相府作對、對南衙已生認同感的分析都呈報了給他。

趙光義不管你們這些幕僚從屬私下明爭暗鬥的有多麼厲害，只要你們都是抱我的大腿，那就是我的人，是非常呵護關照的。楊浩雖無學識，卻有才幹，此番汴梁糧危能夠得以解決，他是頭功，任誰也休想搶去。他的功勞，就是南衙的光彩，趙光義現在對他可是青眼有加，哪怕是那側首而坐的局促表情，看在他眼中也是順眼得很。

「來來來，楊院使坐得舒服些，私室相見，無需許多禮節。」趙光義笑吟吟地安撫了一句，又道：「你這一路所作所為，本王已然知曉，哈哈，有些話，恐怕你自己不好自吹自擂，明日早朝，本王上殿面君，去為你表表功，掙一份大前程。我這南衙裡的官任你挑選，若是想做個其他衙門的京官，只要你說得出來，本王也一定盡量助你得償所願，哈哈，我南衙的人若是出去做官，也是好事嘛。那證明我南衙人才濟濟，若是桃李開遍天下，齊心協力……輔佐我大宋朝廷，豈非一樁美事。」

楊浩聽了京官二字，心中便暗暗冷笑：「京官！京官！說得再如何光明正大，終究是對我提防小心，不敢讓我遠離京師駐守地方。」

趙光義又道：「唔，對了……我聽說……你的家眷也悄悄帶出京去了？」

「呃……正是。」楊浩略一猶豫，坦然承認，趙光義呵呵一笑道：「無妨無妨，既不曾耽擱了正事那便無妨。本王可不是迂腐呆板的老夫子，不會責怪你的。」

他笑吟吟地瞟了楊浩一眼，忽道：「我聽說，你納的那房美妾，是汴梁第一行首，人稱媚娃兒的？」

楊浩心裡一跳，血脈攸然賁張，有種伸出手去掐死他的衝動：「我就靠了！焰焰的事還沒解決，你又問起娃娃是什麼意思？難不成你這個人妻癖怪叔叔搶人家老婆搶上癮了？」

楊浩提起了小心，不動聲色地道：「呃……曾經小有名氣，不過後來閩地第一美人柳朵兒姑娘到了京城，色壓京師三大行首，她就屈居第二了，一時心灰意冷，這才從良嫁於下官。」

趙光義問起人家女眷，只是想表明彼此關係親密，呵護關心下屬罷了，哪知道他把自己定位的如此不堪，聽了便笑道：「那也算是一等一的美女了，你正血氣方剛，少年風流時候，有此美妾，亦是一樁美事。本王應該恭喜你才是，唔……」

他捋著鬍鬚略一遲疑，忽又頷首道：「那如雪坊的柳朵兒，如今聲名正熾，號稱汴梁第一行首，當日送你離京時，本王是曾經見過她的，姿色殊麗、氣質不俗，於眾香諸豔之中確實卓爾不群，堪負其盛名。今日你回來的晚，早些回去歇息，明日散朝，本王為你設宴接風，便請柳大家來歌舞助興。」

楊浩見他不再對娃娃表示「關注」，不禁暗暗鬆了一口氣，忙謙笑道：「王爺如此禮遇，下官著實惶恐。」

「惶恐什麼？」趙光義神采飛揚，在他肩上重重一拍，大聲讚道：「官家與我大宋朝廷、開封百萬百姓，俱都要謝你，這是你該得的風光，本王就是要大造聲勢，讓人人都曉得，是你楊浩力挽狂瀾，解我大宋之危於倒懸！」

自南衙辭出，趙光義親自送出儀門，又使自己儀仗送他回府，楊浩若非已橫下心來去「死」，受他如此禮遇，恐怕真要感激涕零，從此為他效命了。

擺著開封府的全套儀仗回到自己的府邸門口，楊浩下了八抬大轎，向王府旗牌辭謝，拱手送那頂空轎回去，然後才上前拍門，老家人迎出門來，一見是自家大人回府，真是喜出望外。

焰焰和娃娃一行人落在後面，壁宿原被他派去察探地方動靜，因為回京倉促，也來不及通知他，而且也找不到他的人，他卻不知壁宿那個放浪無行的浪子竟然遇到了一個讓他心動的女子，此刻一路尾隨著人家，神魂顛倒地快追到南唐境內去了。

如今楊浩回家，只是孤家寡人一個，邁進府門，楊浩便笑道：「姆依可和小羽呢？怎麼不來接我，又去逛街了不成？」

老門子歡天喜地地陪在一旁，說道：「月兒姑娘和小羽去千金一笑樓了，老爺，要不要老漢去喊他們回來？」

楊浩一呆，這才想起自己走的時候讓月兒跟著妙妙學些經營理財之道，便笑道：「不急不急，我且沐浴一番洗去風塵再說，月兒隨妙妙學習經營理財之道，小羽去那地方做什麼？」

老門子撓頭道：「這個就不曉得了，聽小羽說……什麼誰欺負人了，去撐腰什麼的，老漢也不聽甚明白。」

「嗯？」楊浩頓住腳步，略一思索，說道：「你自守好門戶，我這就去一笑樓！」

三百二四　請借浴桶一用

一笑樓比起當初楊浩離開的時候，多了一些細處的添置裝扮，比如門前多了兩棵花樹，廊下多了兩排宮燈，諸如此類，許多家私裝飾都是陸續添置的。客人也比當初離開時多得多，如今五座樓都已開張，客人們各取所需，來往自然更加稠密熱鬧。

妙妙是「女兒國」主，獨霸東樓，這樓中專做女人生意，因為賣的服裝、首飾、胭脂水粉均走上層路線，而且質地、款式皆是一流，所以吸引了許多汴京權貴家的夫人小姐往來，這些貴婦千金帶著使女們在樓上購物，接迎款待的盡是長相甜美的妙齡少女，絕無一個男子，他們的家人自然也放心得很。

楊浩趕到一笑樓「女兒國」時，已到掌燈時分。這座不夜城的夜生活比起白天來另有一番繁華熱鬧景象，「女兒國」中燈火通明，客人仍是絡繹不絕，門口八個青衣健婦昂首挺胸地站在那兒，一身短打扮，腰帶束得緊緊的，看那膀大腰圓的體型，估計年輕時候都是做過相撲女鏢手的，精神抖擻、英氣勃勃。

楊浩渾不在意，到了樓門口抬腿就往裡走，那八個健婦立即走上兩人將他攔住，其中一個青衣僕婦，大約四十上下，攔住了他客氣地抱拳說道：「這位大官人請留步，

『東樓』只做女人生意，大官人可莫是走錯了地方？」

楊浩先是一愣，隨即啞然失笑：「哦，妳們不認得我？呵呵，好好好，那我也不去壞妳們的規矩，麻煩諸位給妙妙姑娘通稟一聲，要她出來見我便是了。」

兩個青衣短打扮的健婦一愣，另一個心直口快的婦人便道：「妙妙姑娘是哪一個？你的相好嗎？咱這樓裡做事的姑娘不下數百人，你且說說她是售賣胭脂水粉的還是服飾頭面，抑或在三樓賣珠寶玉器，說得詳細了，大嬸去幫你喊她出來便是。」

「這都從哪兒找來的人吶？連自家樓主的名字都不知道，這是把門的還是擺設呀？」

楊浩啼笑皆非地咳嗽一聲，正待說明自己身分，侍立一旁的一個女子忽然道：「咦，妙妙？我記得咱們樓主的閨名就叫妙妙，有一回柳姑娘來女兒國，林樓主親自出迎，柳姑娘當時就是喚她妙妙的。」

「林樓主？」楊浩先是一奇，隨即才醒悟到妙妙只是她在柳朵兒身邊時用的一個閨名，自己把她要了來，便沿用了這個名字。人皆有父母，誰也不是天生地養的，她至少也該有個姓氏的，可自己把她倚為心腹，卻連她的真名都不曾問起，真是一個失職的上司，都不及趙二那小子噓寒問暖的會招攬人心，雖說趙二一問起人家老婆，總教人心驚肉跳的。

楊浩暗自慚愧，忙道：「不錯，我要找的正是此間樓主妙妙姑娘，我乃南衙院使楊浩，今日剛剛回京，幾位大嬸可聽說過我的名字？」

「楊浩？」幾個健婦瞪大眼睛，吃驚半晌，始有人叫道：「哎呀呀，您就是楊大官人？您……您已回京啦，大官人快快請進，三樓最左邊一間居處就是林姑娘住處，大官人您請，您快請，奴家給您帶路。」

「呵呵，我……可以進去嗎？」

幾個健壯的婦人齊聲陪笑道：「進得，進得，這整個千金一笑樓都是大官人您的，您若進不得還有誰能進得？大官人快快有請。」

一個伶俐的青衣健婦早飛快地跑上前去為他帶路，楊浩笑笑，便隨在其後進了「女兒國」，其他幾個僕婦站在門口望著楊浩背影議論紛紛，其中一個眼珠微微一轉，說了聲要去方便一下，卻悄悄折向廊下，往「如雪坊」方向跑去。

這樓中果然豪綽，處處燈火通明，又有諸種脂粉香氣，地面一塵不染，氛圍著實雅致。楊浩緩步而入，左顧右盼，亦有考察之意。許多貴婦千金見有一男子進來，都不覺有些驚訝，待見一守門的青衣健僕頭前引路，神情這才釋然，不過望著他仍是竊竊私語，似在猜測他的身分。

楊浩不以為意，他放輕了腳步，隨著那僕婦沿樓梯緩步登階直趨三樓，三樓賣的都是珠寶玉器，此時光顧的客人最少，環境也最雅致，幽靜得很。楊浩不理櫃檯內許多貌美少女驚訝的神情，逕自到了三樓左側妙妙住處，這裡是單獨闢出的一排房子，橫向有六、七間，分別是臥室、辦公會客與帳房之用。

左邊第二間就是辦公之處，楊浩走到門前，就聽裡邊一個女人聲音非常囂張地說道：「妙妙姑娘，柳姑娘親自吩咐的，她的面子妳也敢駁回去不成？這『千金一笑樓』，整個都是柳姑娘當家，妳在柳姑娘身邊多少年了？若非我們家姑娘栽培，妳會有今天？好呀，現如今妳翅膀硬了，就連雪玉雙嬌都不敢拂我們家小姐面子，妳倒是敢離心離德、獨樹一幟了……」

那僕婦不管不顧，反正是大老闆到了，誰管它裡邊誰在咆哮，上前就欲敲門，卻被楊浩一把拉住，楊浩擺了擺手，向她微微笑道：「有勞大嬸帶路，妳且去吧，我自己進去就是。」

「噯噯噯……」那守門的大嬸被他叫這一聲大嬸，真是心花怒放，連忙點頭哈腰地答應著，一溜煙下樓去了。

楊浩近前兩步，細細聽著，就聽妙妙有些軟弱的聲音辯解道：「幾位姑娘，不是妙妙不肯遵從小姐的意思，只是……老爺臨行前再三叮嚀，這『女兒國』的帳房，不管是誰都不許插手，小姐雖是一番好意，妙妙卻不敢擅自作主，拂逆了老爺。」

「喲，搬出楊大官人給妳撐腰了？柳姑娘是大官人的外人嗎？就算楊大官人到了，也沒有不許柳姑娘插手的道理。帳房，只是一個帳房嗎？現如今這進貨、銷貨、用度、店員，哪一樣妳不是自己把持著，妳想幹什麼？天無二日、國無二君，這『千金一笑樓』裡還能有兩位當家姑娘？」

妙妙道：「姐姐說的這是什麼話來？如今進銷、僕傭，但凡小姐吩咐要安插進來的人，哪一個妙妙不曾答應？姐姐這麼說可是冤枉了妙妙。」

「妳少來這套，帳房妳把持著，進貨銷貨，諸般用度還不就是妳說了算？再說那僕傭店員，俱拿妳的月錢，誰不看妳臉色……」

「不看妙妙姐臉色又看誰的臉色？」

房中突地又多出一個少女聲音，大吼道：「我家老爺親口吩咐的，這『女兒國』就只妙妙姐一人作主，誰不服就向我家老爺說去。」

隨即桌子砰的一聲響，不知什麼東西摜到了桌上，那少女又吼道：「這帳本就算得我頭昏腦脹，妳們還來聒噪，若是帳算錯了，我唯妳們是問，滾滾滾，柳姑娘若是不服，妳叫她來找我，老爺臨行吩咐過的，叫我隨妙妙姐學習管帳，如今這帳就在我的手裡，誰想拿走，問問本姑娘的拳頭答不答應。本姑娘的拳頭要是答應了，還有此處護院頭兒穆羽，妳們再去問問他答不答應。」

楊浩脣邊不禁露出一絲笑意：「姆依可這小丫頭，在我面前溫馴得像隻小貓，想不到在人前竟是這般潑辣，呵呵，是她本性如此，還是在唐家的時候，讓焰焰那丫頭給教壞啦……」

「看看，看看，柳姑娘就說妳不會理事，御下不嚴，手下人一個個不懂規矩，我們這兒跟樓主講話，什麼時候輪到妳來插嘴了？還敢大聲咆哮，聽說妳那小相好一身的武藝？嘖嘖嘖，瞧妳也是一個及笄的姑娘了，怎麼卻找了隻還未長毛的童子雞？」

另一個女人便譏笑道：「童子雞大補嘛。」

「兩位姐姐這可說差了，只怕是因為這女兒國沒有男人，有人飢不擇食吧……」

「妳……妳們這些撒刁耍潑的婆娘，竟敢如此汙言穢語。」月兒氣得聲音都哆嗦起，就聽妙妙的聲音急道：「月兒，莫要動手。三位姐姐，妙妙承老爺所命，是絕不敢違背老爺吩咐的，這『女兒國』的帳房，本姑娘絕不會交出去，也不容任何人進來染指，小姐若是不悅，明日妙妙自會去向小姐請罪，我倦了，正要沐浴歇息，妳們出去吧……」

聽起來，妙妙似乎也生了火氣，一個婦人聲音陰陽怪氣地道：「喲，下逐客令了？妙妙姑娘好大的威風。哦，不對，現在我該尊稱妳一聲林樓主，林音韶林大姑娘，妳好大的派頭啊，我們奉了柳姑娘的差遣而來，妳一句要沐浴歇息就想打發我們離開？」

楊浩冷笑一聲，推門便走了進去。

「未經通報，誰敢……老爺！」月兒吼到一半，抬眼看清是他，不由歡叫一聲，一把便撲了上來，抱住他一條胳膊，又蹦又跳地道：「老爺，您回汴梁了，什麼時候回來的？也不說一聲，奴婢好想老爺……」

楊浩拍拍她胳膊，往室內掃了一眼，只見三個脣薄削臉、稜眼凜凜的女人正站在一張書案前，書案後面一個少女白衣勝雪、冉冉如蓮，雙手扶案站直了身子，那俏美清麗的臉蛋滿蘊激動之色，嘴脣輕輕翕動著，一個字也說不出來，只是一雙美目蘊滿了驚喜的淚，氤氳如波光瀲灩。

聽見月兒這麼一叫，那三個女人也都曉得楊浩身分了，頓時便生起怯意。三人面面相覷，露出慌張神色，彼此對視一眼，便訕訕地同時向他福身見禮：「如雪坊帳房見過大官人。」

「罷了，都起來吧，本官剛剛回京，身子正覺疲乏，現在不想聽什麼，也不想見什麼人，妳們給我出去。」三個女人臉色一白，慌忙答應一聲，忙不迭地逃出房去。

妙妙仍立在案後，痴痴望著楊浩，眼見朝思夜想的男人就在眼前，她驚喜之下幾疑身在夢裡，生怕一出聲美夢就會醒來，是以只是痴痴望著他，脈脈久久竟不敢語。

楊浩向她微微一笑，柔聲道：「這些日子『一笑樓』可是招納了很多新人吶，許多生面孔我都不認識，就連我們家妙妙，如今也變成了林大姑娘了，呵呵……」

妙妙這才醒過神來，慌忙閃出書案向他施禮，福身已畢，悄悄立起，有些難為情地拈著衣角應道：「那是……那是奴家父母所起的名字，多年不曾用過，奴家想著，如今既為大官人做事，再不是如雪坊的一個丫頭，所以……所以就用了本名。」

「嗯……林音韶，好名字，很有詩意。」

楊浩呵呵地笑著，想要讚美兩聲，卻想不出這名字有詩意在哪兒，沒有信口拈來的詩句應和，於是只得作罷。

他仔細端詳了一下，妙妙本就是一張可愛的瓜子臉，大眼睛、雙眼皮、挺直的鼻梁、小巧的嘴巴，生得非常卡哇依，如今看去，雙眼更大，下巴更尖，簡直就成了一個卡通美少女了。

楊浩的眉頭不由微微一蹙：「妙妙，我離開汴梁似也沒有多久啊，妳看起來可比我離開以前瘦的太多了。」

妙妙見到了他，歡喜得不能自已，眉宇間的落寞神情早已一掃而空，聽他這麼一說，不禁笑道：「奴家頭一次打理這麼大一幢樓的生意，頗覺吃力，怕辜負了老爺的託負，思慮的自然要多些。再加上盛夏炎炎，不想進食，所以……清減了少許。」

「清減少許？」楊浩看看她的嬌軀，柳腰被一根帶子束得細細的，簡直是盈盈欲折，真怕被風一吹就要斷了，目光稍稍上移……幸好，不該瘦的地方此刻還沒有瘦下來，似她這般年歲，蓓蕾般的酥胸發育的也算可觀了，楊浩不禁搖頭道：「何止是清減少許，再這麼瘦下去，我看就只瘦下皮包骨頭了。」

妙妙眼圈一紅，抿了抿小嘴沒有說話，一旁月兒已忍不住氣憤地道：「打理這樓中生意，辛苦固然是辛苦了些，可是妙妙姐幹的很是得趣，每日歡歡喜喜的倒不嫌累呢。可是自打如雪坊的那位柳大小姐插手進來，月兒看妙妙姐就沒有一日露出過歡喜的顏色。

「那位柳姑娘隔三差五地便來尋妙妙姐的麻煩，今兒在這安插一個人，明兒對那裡指指點點，妙妙姐若是賠著小心答應便也罷了，稍不如意就把臉一沉，拂袖而去，許多人便要責罵妙妙姐忘恩負義，蔑視舊主，妙妙姐就得上門賠罪請安。折騰得妙妙姐飯也吃不下、覺也睡不著，不瘦那才怪了。」

楊浩的臉色登時一沉，妙妙不安地道：「月兒，不要胡說。」

她請楊浩坐在案後，為他斟了杯茶，小心地捧到面前，說道：「妙妙初承大任，許多事體不甚了了，小姐常來指點，只是出於呵護關懷，怕妙妙出了什麼紕漏，小姐的指點對妙妙是大有裨益的。妙妙偶有心事，只是因為初次掌理這麼大的家業，難免忐忑不安，可與小姐並無干係。」

楊浩微微一笑，並不接她的話，他起身行於室內，負手徘徊片刻，望著壁上一幅蘭花站住了身子，笑道：「妙妙，妳這房中布置甚是雅致呢。」

月兒走上前道：「老爺，這幅畫是妙妙姐親手所畫呢，你看可漂亮嗎？」

「呵呵，漂亮，自然漂亮。」

楊浩信步踱去，忽見隔壁房門開著，探頭往裡一看，只見房中放著一只大桶，水面上水氣氤氳，桶邊放著踏板，一旁還有衣架、凳子。登子上放著澡豆、皂角、杏仁粉、桃花泥等洗浴之物，看樣子是妙妙正要沐浴便被那三個女人糾纏起來，這水都盛上了卻還未用。

妙妙被楊浩看見了自己沐浴之物，臉上不禁發熱，幸好自己的褻衣、肚兜等貼身之物還不曾取出來掛在衣架上，女子的褻衣除非是正穿在身上，否則連自己的男人都忌諱看到的，往日裡這兒從無男子往來，著實大意了些，要不然若被老爺看見自己那些小衣小褲，可真要尋條地縫鑽進去才能遮得住這羞顏了。

楊浩掃了一眼便不再多看，他轉身走回書案之後，順手抓起一本帳簿來胡亂翻看著，信口問道：「小羽呢？不是說他也在這裡，我怎未見到他？」

「他呀，他現在忙著呢。」

月兒掩口輕笑起來：「咱們這樓中，三樓盡是貴重的珠寶首飾，平素不准男人進入，又是日夜開張的，本無多大危險，可是為了以防萬一，總不能沒個人照應，反正他整天無所事事，妙妙姐便委了他一個差使，著他訓練了一批人，隨他做這『女兒國』的護院，老爺方才上樓來，想是他不曾看見的，不然早就跟來了。」

這時，門外有人說道：「楊大官人在嗎？我家柳姑娘得知大官人回京，不勝之喜，特意趕來探望。」

楊浩正翻帳簿的手一停，他頓了一頓，將帳簿闔起，往桌上輕輕一丟，緩緩站起身來，面無表情地說道：「剛剛回京，滿身風塵的有些乏了，妙妙，老爺我借妳這地方沐浴一番，可好？」

「啊？」妙妙小嘴張成了O形，吃驚地看著他，一時不知該如何作答。楊浩微微一笑，覷起眼道：「怎麼，不樂意嗎？林樓主……」

「不不不不……」妙妙把頭搖得跟撥浪鼓似的，楊浩嘆了一口氣，促狹地道：「妳既然不願意，那我走便是了。」

「不不不……」妙妙又搖了幾下頭，隨即便跟小雞啄米似地不斷點頭：「行行行……」

楊浩哈哈一笑，轉身便向內室行去，妙妙反應過來，不禁急白了臉，連忙隨在他的身後，楊浩到了門口，「詫異」地回轉身道：「怎麼，妳要侍候老爺我寬衣沐浴？」

「不不不……」妙妙把頭搖了幾搖，忽地頓足嗔道：「老爺就會捉弄妙妙，小姐……小姐正在門外候著，老爺你……」

楊浩笑了笑，淡淡地道：「叫她候著吧。」

三百二五　取捨

柳朵兒聽說楊浩回京了，真的是喜出望外，這段時間她聲名日隆，每日公卿往來，應酬不斷。因她名聲太過響亮，不管何等權貴，對她也不敢有所失禮，「千金一笑樓」的生意也是蒸蒸日上，夢想中的一切都掌握住了，當真是春風得意。

可是夢想雖然達成，滿足之餘，芳心深處總不免還有一些寂寥空落，那種不甚快意的感覺她也說不清道不明，她不知道自己夢寐以求的名望、地位皆已到手，還有什麼不快活的？及至聽到楊浩回京，歡喜得不能自已，她才曉得自己心中隱隱約約地仍是割捨不下這個初次走入她心扉的男人。

而且，楊浩教她那幾齣戲如今已風靡整個東京城，真是家喻戶曉，「山寨版」已經開始在各個瓦子、妓舍開始上演，如果不能及時推出新作，要不了多久就會失卻熱度，現在急需新作來保持「一笑樓」獨一無二的聲名。

她自己與幾位才女試著創作過幾部戲曲，一來不及楊浩所傳授的曲目情節精彩，二來這戲曲一齣曲目至少也要演上一個時辰，每一句唱詞、每一段唱腔都要如琢似磨，絕非一日之功，倉促間所創作出來的曲目哪裡經得起推敲？如果不及前作，那還不如不演，以免自砸招牌。

她正著急呢，救星就回來了，心中焉能不喜？若是再得楊浩傳她幾個曲目，那麼她就有充足的時間完善自己創作的新曲目，是以一聽到楊浩回京的消息，柳朵兒她歡天喜地地奔了來，那三個帳房的說話，她也沒有太往心裡去。

「他回京了，不去看我，卻先來探望妙妙這小丫頭，在他心裡，難道我還及不上妙妙嗎？」

到了妙妙門口，柳朵兒心頭才忽地浮出這個問題來，心裡頓時有些不自在起來，這才沒有直接推門進去，而是使人通報名姓，盼著楊浩出門接她。可是貼身丫鬟通報完了，房中卻沒有一點動靜，柳朵兒正暗暗納罕，妙妙躊躇地走了出來，向她福身施禮道：「妙妙見過小姐……」

「罷了，柳朵兒可不敢再受林樓主的大禮。」柳朵兒一側身，冷冷說道。曾經親密無間的一對主婢，因為地位的變更，悄悄埋在心底的一絲裂痕越來越大，如今兩人的關係早已不復當初，一見她出來，柳朵兒的俏臉登時冷了下來：「院使大人呢？」

「他……老爺……正在沐浴，小姐請入房去，暫且喝一杯茶，稍候片刻。」妙妙硬著頭皮答道。

柳朵兒勃然色變：「正在沐浴，在妳房中，此刻沐浴？」

妙妙漲紅了臉，惶然應了聲「是」便垂下頭去，再不敢與她對視。

柳朵兒氣得面皮發紫，自己剛得消息便趕來，這才多大工夫？他匆匆跑來，是借妙妙的房間沐浴，還是有意給我個下馬威來著？

柳朵兒把衣袖一拂，一言不發掉頭便走，妙妙慌了，趕緊扯住她衣袖，惶恐地道：「小姐，老爺剛剛返京，風塵僕僕，身子疲倦，恰見妙妙備了熱水，這才借去沐浴，絕非有意怠慢小姐，小姐若就這麼走了，老爺知道了一定會怪罪妙妙失禮。小姐……」

妙妙說著，便在她身邊跪下，哀求道：「小姐……」遠遠的許多店員見自家樓主向人下跪，不免交頭接耳起來，面上俱露出不忿的神色。

柳朵兒氣得胸膛起伏，幾次三番欲拔腿離去，終是有一線無形的東西牽絆著她的雙腿，使她邁不得腳步。她不知道那是對楊浩還若有若無的一絲情愫，還是與他公開決裂的恐懼感。

他為什麼要這麼對我？他為什麼要這麼對我？我哪裡做過一件對不起他的事？目光從跪在地上的妙妙身上掠過，柳朵兒眸中始露出一抹恍然：「這個賤婢！定是她在院使大人面前告了我的黑狀。」

妙妙哪知她心中想法，苦苦哀求道：「小姐……」

柳朵兒慢慢轉回身來，嘴角噙著一絲冷笑：「好，我等他！」

妙妙大喜，忙道：「小姐請入內寬坐，妙妙給您沏杯茶，也不用多少時候的。」

柳朵兒將雙袖慢慢移往臀後，雙手一背，昂然而立，淡淡地道：「妳起來吧，此間樓主無端向我下跪，教人看見是要說閒話的，妳這麼跪著，倒像是本姑娘上門欺負妳似的，這不是陷我於不義嗎？」

「是是是……」妙妙趕緊起身，柳朵兒目不斜視，寒著面孔道：「妳回去吧，我，就在這兒等他！」

妙妙聽了又是一呆……

* * *

水溫正好，楊浩泡在水中，微微闔著雙眼，渾身放鬆，真是自在得很，旁邊凳上放著澡豆、皂角、沐浴膏和洗面藥，那沐浴膏和洗面藥是用白芷、川芎、瓜蔞仁、皂莢、大豆、赤小豆等物研成細末製成的，可以清潔汙垢、祛風活血，藥物滲透於肌膚之後，還有悅澤容顏的作用，聞起來淡淡藥香更是沁人心脾。但他此時泡在熱水裡，懶洋洋的連指頭也不想動一下，只欲歇歇乏。

楊浩身心放鬆，正閉目養神，妙妙悄悄地走了進來，一眼瞧見楊浩赤裸結實的胸膛，妙妙的俏臉登時變成了一塊大紅布，她在門口悄悄站了半晌，這才咬咬牙，躡手躡腳地走到楊浩身後，不敢去看他身體，便自架上取下毛巾，扭臉望向一邊，輕咬著薄唇他搓揉起身體來。

「嗯？」楊浩霍然張開雙眼，仰臉瞧見妙妙的臉蛋，彷彿一朵熟透了的石榴花，不禁笑了笑，又閉上眼睛道：「妳進來做什麼？還是出去吧，免得教人說妳閒話。」

「奴家……奴家不怕……有那說閒話的，也……也早就……早就開始說了……」妙妙結結巴巴地說著，手隔著毛巾，滑向楊浩胸口。

楊浩嘴角露出一絲冷笑：「我猜也猜得到，這世上永遠不乏嚼舌根的蠢貨。」

「奴家不厭她們嚼我舌根……」妙妙臉蛋更紅，趕緊岔開話題道：「老爺，小姐在門口候著呢，老爺還是早些出去吧。妙妙從小侍候小姐，深知小姐外柔內剛，也就是老爺您，才能讓小姐受這樣的委屈……」

「哼！我就知道，妳進來，就是為了催我趕緊出去。」楊浩任她搓著自己燙得發紅的肌膚，舒服地閉著眼睛，過了半晌，忽然若有所思地道：「妙妙，我還真未打聽過妳的身世，林音韶……這名字雅得很吶，妳家……原本不是小門小戶的人家吧？」

「嗯，奴家的父親，本是閩國泉州刺史，閩國內亂時，大將連重遇殺閩王王延羲，擁立王延政，未幾，朱文進又殺王延政以自立，隨後唐國就揮兵攻閩。閩國亡了，閩國各路諸侯紛紛割據，戰事頻起，家父的官做不成了，他是讀書人，經商務農皆不在行，家門破落，後來生了重病卻無錢延醫就治，爹爹死後，母親生計無著只得改嫁一個小商賈，便將我……賣進了如雪坊，那時奴家才幾歲年紀。」

妙妙說的簡單，內中辛酸卻是一言難盡，楊浩嘆了一口氣道：「寧做太平犬，不做亂世人。妙妙，我原也料到妳必有一番坎坷，想不到竟是這般模樣……」

妙妙悄悄拭去眼淚，說道：「還好，妙妙命好，先是遇到了小姐，後又遇到了老爺，對妙妙都呵護備至。老爺，小姐如今正在門外候著……」

「不用提她！」

楊浩打斷了她的話，沉默片刻，喃喃說道：「不是一路人，那就當斷則斷吧，何必藕斷絲連呢？」

「老爺……」

楊浩往前移動了一下身子，妙妙會意，繞到旁側，為他搓起了肩背，楊浩趴在桶沿上，心中暗自思忖：「柳朵兒或許對我沒有什麼惡意，她也無法和我抗爭，但她的權力欲太重，拿我沒辦法，卻無法容忍她身邊昔日一個侍候起居的丫頭，如今竟與她分庭抗禮，這些時日我不在京裡，恐怕妙妙沒少受她欺辱。

「唉，她這種性格太過偏激，一旦受到挫折，很難說會採取什麼手段。道不同不相為謀，我和她終於是越走越遠，竟然一至於斯。罷了，如今我既打定主意要離開汴梁，更加不宜和她糾纏過深，藉這樁事教訓教訓她，省得她以來再來干涉『女兒國』的事也好，否則一個不慎，連我的假死計畫都要洩露。

「我要假死脫身，有兩樣東西是萬萬動不得的，一是那幢宅子，二就是我在千金一笑樓中的產業，如果我帶著一雙嬌妻美妾『意外身故』，家產竟也早早地變賣了，那這事任誰也瞞不過去了。那幢宅子倒沒什麼，這『千金一笑樓』中的股份卻不是一筆小數目，該如何處置呢？

「嗯，得尋些名目，能拿走的得提前支走，妙妙對我忠心耿耿，絕不會有所質疑。至於該捨的，我一定要捨去，只是……我把妙妙從朵兒身邊要來，給了她自信，恢復了她昔日身分，若我就此撒手而去，她該怎麼辦？

「救人上天堂容易，再把她推下地獄，那就是我的罪過了。如今朵兒與她顯然再無半點情誼，若我就這麼丟下她，教她一個可憐女子如何是好？唔……這『女兒國』是拿不走的東西，不如就留給她如何？」

「可……無親無故的，這財產怎麼可能落到她的名下？」楊浩心思一轉，忽地計上心頭：「有了，這個辦法似乎可行。」他的脣邊露出一絲笑意，暗想：「且不忙說，此事還需與焰焰和娃娃商議，得了她們同意，再囑咐臊豬兒從旁照料一下也就是了。」

計議已定，楊浩的心情便輕鬆下來，妙妙先前給他擦拭身子，實是羞澀難當，此時漸漸適應，倒是認認真真地給他擦拭起身子來，只是……她的袖管雖然挽得高高的，卻只敢碰觸楊浩的肩背與胸口，水下的部分她連看都不敢去看一眼，更莫提讓她把手探到楊浩腰腹以下去為他搓洗了。

這木桶是她平時沐浴的器物，這毛巾也是她擦拭自己嬌軀的，如今楊浩浸身桶中，又用著她的毛巾，恍惚間，妙妙便覺得自己與楊浩有了一種肌膚相親的感覺，那種微妙的感覺，惹得她情思蕩漾，心神恍惚。

她正猶豫要不要更進一步，乾脆大大方方為他擦拭全身，勇氣一點點聚集，還沒壯起足夠的膽量，楊浩忽道：「好了，我已沐浴完畢，這就出去吧。」說完「嘩啦」一聲，就從水裡站了起來。

「啊！」妙妙尖叫一聲，丟了毛巾，趕緊便去捣臉。楊浩不管不顧，水淋淋地爬出來，趿上妙妙那雙只有他腳一半大小的木屐，踮著腳尖踢踢踏踏便去取衣服。

妙妙面紅耳赤，五指悄悄叉開，從指縫裡悄悄向楊浩一看，就見楊浩穿著一條水淋淋的犢鼻褲，站在衣架旁抖著褲腰向她笑道：「老爺我現在可要穿衣服啦，妳是出去呢？還是再服侍我更衣？」

妙妙二話不說，便在楊浩的豁然大笑聲中狼狽地逃了出去……

*　　　　*　　　　*

「朵兒來了嗎？請進來吧。」

房中突然傳來楊浩清朗的聲音，柳朵兒怔了怔，她萬沒想到自己含羞忍辱在門口站了這麼久，楊浩竟吝於出門迎她，此時再拂袖而去未免顯得做作，柳朵兒咬了咬牙，含忿舉步進去。

就見楊浩端端正正地坐在書案後面，看他模樣，果然是剛剛沐浴，一頭烏髮只懶梳了一個馬尾垂在肩後，脣紅齒白，目朗神清，多日不見，他的氣質是越發出眾了。妙妙和月兒站在他左右，見自己進來，月兒把鼻子一揚，一副不屑的模樣，妙妙卻是一副局促不安的神情。

柳朵兒不禁暗暗冷笑，只當她是有意做作，也不再多看她一眼，便向楊浩福禮道：「大人是今日返京的嗎？奴家事先竟不得半點消息，不然一定要去碼頭相迎大人的。」

楊浩扭頭對月兒耳語幾句，月兒眉梢一揚，喜孜孜地點點頭，便快步走了出去。楊浩這才看向柳朵兒，微笑道：「呵呵，朵兒如今貴為汴梁第一行首，風光較之昔日的娃兒猶勝許多，公卿往來，何等繁忙？碼頭相迎不過是尋常的禮節應酬，不敢勞動大駕呀。」

妙妙自一旁取過椅子來，恭恭敬敬端到柳朵兒身旁，柳朵兒板著臉不去看她，款款落座之後，這才勉強笑道：「朵兒能有今日，全賴院使大人扶持，對大人的恩德，朵兒始終銘記心頭，接迎大人亦是朵兒一番心意，大人這麼說可是見外了。」

楊浩笑了笑，身子微微向前一探，問道：「這段時日，『一笑樓』的生意如何？」

柳朵兒向妙妙盈盈一瞥，嫣然道：「難道妙妙不曾對大人詳細說起過嗎？」

楊浩斂起笑容，一語雙關地道：「妙妙是這『女兒國』主，這『女兒國』中一應事物，自然是俱由妙妙作主的，有什麼事，我自然要問她，她對我也知無不言。但這「一笑樓」，卻是由妳作主，妙妙不曾插手其中，又怎知其詳？」

柳朵兒自然聽得出楊浩弦外之音，笑容便有些勉強：「『一笑樓』，『一笑樓』，院使大人將『一笑樓』和這『女兒國』分得如此清楚，朵兒就不明白了，難道這『女兒國』便不在一笑樓範圍之中嗎？大人！」

「『千金一笑樓』樓分五座，除了這『女兒國』的名字，俱以百字開頭，朵兒蘭心惠質，難道還不明白它們之間的區別？」楊浩似笑非笑地道：「就算真不曉得也沒關係，今天……我應當說得很明白了。」

柳朵兒氣往上衝，額頭青筋一現即隱，她緊咬牙關，半晌才緩緩吁出一口氣道：「是的，朵兒現在明白了。」

「明白就好，妳既來見我，就把『一笑樓』這段時日發展的情形說說吧。唔，大郎呢，近日他不曾到『一笑樓』來？」

妙妙這時怯怯地插了句嘴：「老爺出京之後第三天，大郎便去了青州，說是有件要緊事要等他處理，迄今還未見他回來。」

楊浩點點頭，目注柳朵兒，柳朵兒忍著氣將「千金一笑樓」這些時日的發展一一說了出來。這些時日，「千金一笑樓」的發展只能用「不鳴則已，一鳴驚人」來解釋，「千金一笑樓」建成，在短短時間內，便成了開封的娛樂業霸主，每日財源滾滾、日進斗金，有身分的人宴請客人、慶生賀壽、迎來送往，若不到「千金一笑樓」來花銷一番，簡直就有怠慢客人之嫌，以致許多人想要來花錢，卻訂不到座位，還得多方請人託付。

柳朵兒說的井井有條，楊浩聽的暗暗點頭。雖說他不欣賞柳朵兒這種權力欲、支配欲特別強烈的性格，但是毫無疑問，她的聰明才智，在事業上絕對是一個好夥伴，當然，這也只限於先天上男子地位就高於女子地位的這個時代，如果換作楊浩自己的時代，那她就是一個絕對的女強人。如果與她做事業夥伴，用不了多久，自己都得被她架空，任由她的擺布。

在青樓妓坊這種歡場之中，她爭的是行首、花魁，在商場上，她同樣睥睨風雲，是個做領袖的人物。「千金一笑樓」能有今時今日的地位，固然與楊浩超越別人幾千年的娛樂見識有關，卻也少不了柳朵兒的精打細算和細緻管理。

見楊浩一邊聽著，一邊頻頻點頭，柳朵兒的神色和緩了一些，瞟了妙妙一眼，不屑地又道：「妙妙隨我多年，在我調教之下，比起尋常人來，固然是聰慧許多，但是許多方面，還是缺乏歷練，院使大人一下子便把一座樓交給她打理，可是高看了她。」

妙妙一聽小姐訓責自己，登時又露出不安神色，偷偷看了楊浩一眼，卻不敢分辯一句，只是有些委屈地垂下頭去。楊浩瞧著她清瘦的臉龐，帶著些不健康的白色，與往昔那個滿臉紅暈、神采飛揚，甚至還有稍許嬰兒肥的可愛小姑娘已是判若兩人，心下便生憐惜之意，見柳朵兒當面編派她的不是，心中更是不悅，便冷冷道：「何以見得呢？」

「第一，妙妙御下不嚴。不立威則不服眾，這『女兒國』中數百名女子，俱是年輕活潑的少女，奴家曾來過這『女兒國』，那時這些人談笑說話過於隨便了些，這樣怎能接待那些大戶人家的貴婦千金？須知御下過於寬厚，就會縱容了她們，殺一儆百這一招永遠不會過時，身為一方主人，就必須要讓手下人知道，你是說一不二的，不管有理無理，只能絕對服從。哼！當時若非我幫她辭退了幾個人，扣發了一些人的工錢，現在那些丫頭還不反上了天去？

「第二，做生意講的就是低入高出，妙妙對此卻很是懵懂。有些胭脂水粉、綢緞布疋，乃至珠寶玉器，品質作工相差本來不多，但是產地不同，價格有時卻有天壤之別，妙妙少不更事，不知擇其優而價廉者購入，這一來不知少賺了多少銀錢，奴家看在眼裡，急在心上，有心安排些熟諳此道的人進來幫她，可惜……」

柳朵兒向妙妙冷冷地瞟了一眼，道：「可惜她卻不領情，還道我有心剝奪她的權力，打起院使大人的幌子，牢牢把持大權不放。」

妙妙被她說得面紅耳赤，嚅嚅地卻不發一言，楊浩瞟了妙妙一眼，往椅背上一靠，神色自若地向柳朵兒笑道：「呵呵，妳也不看看妙妙才幾歲年紀，能做到這一步已是殊為不易了，有些東西，總是要她慢慢來學才成。有妳幫她，為她操心，固然是好的，可她本就是妳貼身的侍婢，若是有妳來插手，那她就會更加地依賴妳，最後就會一步步退化回去，仍然是個事事皆須妳來拿主意的小丫鬟，那時還如何為我做事啊？」

柳朵兒眉梢一挑，緊緊攥住了雙拳，抑制不住憤怒道：「院使大人的論調著實有些奇怪，難道奴家能替大人把生意打理得更好，卻也堅決不用，寧肯現在吃些虧，也要把她扶持起來？大人你……你根本信不過朵兒……是嗎？」

說到後來，她眼圈一紅，險險掉下淚來，妙妙霍地抬起眼睛，猛地望向柳朵兒，心中只想：「小姐一直針對我，莫非……莫非不是為了攬權，而是恨我奪去了老爺對她的關愛與呵護？小姐她……到底喜不喜歡老爺？」

「朵兒，妳想得太多了。」

楊浩端起茶，垂下眼皮抹著茶葉，淡淡地道：「諸葛亮足智多謀，料事如神，但他『唯恐他人不似我盡心』，從政一生，事必躬親，大權獨攬，小權也不肯分散，於是阿斗們應運而生。大大小小、年輕力壯的『阿斗』們，都倚在諸葛亮這棵『大樹』下吃喝玩樂，坐享清福。

「武侯自己固然是夙興夜寐，活活累死，手下也未培養出一個可用的人才，以至於當他抱憾而逝的時候，竟然蜀中無大將，廖化作先鋒，偌大朝廷沒有一個堪任將帥之才，前車之鑑啊。

「雞犬牛馬，各司其職，事事以身親其役，不亦勞乎！一個人能有多少力量、多少時間？即使妳是天下第一，也要有天下第二、天下第三的人來幫助扶持，妳才會成功。倘若疏士而不用，任妳天縱英明，一番忙碌下來，怕也一事無成。何況，我說過，『女兒國』交由妙妙全權負責，就算妳有不滿，也該等我回來再說。」

楊浩雙眼微微一抬，凜然問道：「誰允許妳擅作主張，指手畫腳的？」

柳朵兒再也按捺不住，騰地一下站了起來，憤怒地道：「院使大人這麼說，分明就是有意針對我！」

「妳不服？」

「不服！」

楊浩放下茶杯，緩緩站了起來，直視著她的眼睛，慢慢說道：「方才，妳有一句話說的很對，不立威則不服眾，身為一方之主，必須要讓手下人知道，妳是說一不二的，不管有理無理，只能絕對服從。我在上，妳在下，這一點，妳永遠也改變不了，所以妳只能服從，不服……也得服從。」

妙妙見二人劍拔弩張的，卻實在不明白二人到底是為了什麼緣故鬧到這步田地，在一旁惶惶然喚道：「老爺，小姐，你們都消消氣，有話好好說……」

柳朵兒聽她一叫，更是火上澆油，把袖子一拂，冷聲道：「還有什麼好說的？我們走！」說罷轉身便行。

「慢著……」楊浩喚了一聲，堪堪走到門口的柳朵兒立住身子，卻不回頭，冷聲道：「大人還有何吩咐？」

楊浩慢條斯理地道：「妳安排進來的人，我已叫月兒全都喚去，現在樓外等妳，妳把她們帶走，一個也不許留下，以後，『女兒國』中的事，妳也一概不得插手，記住了！」

「你……你好、你好……」柳朵兒氣得渾身哆嗦，兩行熱淚終於忍不住流了下來。

望著她匆匆離去的背影，楊浩暗想：「今天終於鬧翻了，我早知道我們會越行越遠的，也好，以妳高傲的個性，這一來不管妙妙是成功也罷、失敗也罷，妳都不會再沾『女兒國』一根手指頭了，只是不知……有朝一日妳聽到我的『死訊』時，是會快意呢？還是會傷心？」

妙妙不安地道：「老爺，何必為了些許小事與小姐爭吵？不如……不如妙妙去代老爺向小姐賠個不是，請她回來，老爺與小姐再好好說話……」

「賠什麼不是？走就走了，早晚都要走的，早走早乾淨。」楊浩若無其事地繞回案後，喝了口茶，瞟她一眼道：「方才朵兒訓斥妳的那番話，把妳的想法說給老爺聽聽，妳為什麼要那麼做？」

妙妙站住腳步，小聲說道：「奴家招來的這些人，都是些年輕的女子，本來就愛說愛笑，其實只要不過分，客人也是喜歡的，所以奴家沒有刻意約束，否則……一整天站下來，每個人沒精打采的，奴家覺得……未必……未必就是好事。奴家剛剛管著這麼多人，過於寬鬆也是有的，小姐訓斥的對，後來奴家已有所改進了。」

「唔，那……明明質地相差不多，卻不知擇其價廉物美者購入，又是何故？」

妙妙鼓足勇氣道：「老爺，小姐說的本來沒錯的，可是奴家曾經與月兒走過開封大小坊市，發現各處坊市的胭脂水粉、首飾頭面、綢緞布疋，大多都是按著這一方法來採購，我『女兒國』若也這般去做，那便與眾人泯然無異矣。老爺不是說，出奇方能制勝嗎？

「奴家就想，不如反其道而行之，不管什麼貨物，我『女兒國』都只買最地道的、生產的商家最有名的，哪怕價錢貴上一些，但是長此下去，咱『女兒國』就能打出一塊響噹噹的金字招牌，讓滿東京的人都曉得，咱『女兒國』賣的東西，才是最地道、最名貴的。吝嗇慳貪的人當然不會來買咱們的東西，不過豪門大戶、官紳人家的夫人小姐，但想挑選最好的珠寶首飾、頭面布疋、胭脂水粉時，就必得來買咱這印著『女兒國』招牌的東西，所以……所以……」

「喔……」楊浩沉思有頃，微笑起來：「走精品路線，創獨特品牌？呵呵，不錯，真的不錯，」他望了妙妙一眼，笑道：「方才當著朵兒的面，妳怎不解釋？」

妙妙拈著衣角不敢作答，楊浩搖了搖頭：「妳對的，就要堅持，不可因她是舊主而卑不敢言，妳並不欠她什麼，妳現在是在替我做事，這一點，妳要記住了。」

妙妙漲紅著臉道：「是，奴家記下了，老爺……你認為……奴家這般想法是對的嗎？」

楊浩笑道：「其實朵兒說的沒有錯，妳也沒有錯，不過成功之路，本無一定之規，這就叫小雞不撒尿，各有各的道……」

楊浩說著，展顏一笑：「妳做的不錯，真的不錯，『女兒國』交給妳，我如今才算是真正地放了心。」

妙妙被他一讚，也不禁露出了甜甜的笑容，靦腆說道：「奴家還想，恐做得不合老爺心意，請老爺回來之後就另請賢明呢。」

「不不不，這『女兒國』以後就是妳來管，旁人誰也插不得手。」楊浩深深望她一眼，一語雙關地道：「這『女兒國』，妳就管上一輩子吧，行不行？」

妙妙被他深深凝視那一眼，芳心怦然而動，脫口便道：「只要是為老爺打理『女兒國』，別說一輩子，就算三生三世，再苦再累，奴家也甘心情願。」

楊浩揚起雙眸，只看見一雙含情脈脈的眼睛……

三百二六　釣餌

大清早，朝房裡已滿滿當當坐了一屋子人，有人喝著茶聊天，有人倚坐在那兒打著瞌睡，還有幾位聚在一起，興致勃勃地議論著什麼，側耳一聽，議論的竟是「一笑樓」上演的幾齣戲文的優劣。

楊浩衣袍整齊，也不找個座位，就在串糖葫蘆似的一溜朝房裡，邁著八字步踱來踱去，一副心神不寧的樣子。有些官員見了，便與旁人耳語笑談：「瞧瞧，那個愣頭青也曉得此番立了大功回來，官家必有賞賜的，呵呵，已經沉不住氣了。」旁邊便傳來一陣竊竊低笑。

這些官員去碼頭上送過一次，又去迎過一次，楊浩記不住他們，他們對楊浩多少卻是有些熟悉的，有的官員見了他便拱手道賀：「哈哈，楊院使，此番糧草安然運抵京師，楊院使功不可沒，今日臨朝，官家定有賞賜的，本官這裡先行恭喜，恭喜楊院使高陞啊。」

「承您吉言，哈哈哈……此番運糧，群策群力，是魏王之功、朝廷之功，楊某可不敢居功自傲，我只是盡了自己的一分力量罷了，當不起這個讚譽，當不起啊。」

「嗳，楊院使厥功至偉，何必自謙呢？說起來，楊院使如今官至右武大夫、和州防禦，這官陞的速度之快，在我大宋已是數一數二，這一次不知又要陞個什麼官，哈哈，楊院使如此年輕，仕途便是一帆風順，真是羨煞旁人了，此番官家若再許你一個優差，那可是盡善盡美了。」

「哦？」楊浩神色一動，趕緊問道：「楊某入仕時日尚短，許多事情不甚了了，請教大人，不知這什麼衙門的官才是優差呢？」

那官員笑道：「這第一等的，自然是外放出京，做一方大員，牧守一地的主吏。要在京裡做官的，那自然就是樞密、中書一類手握大權、炙手可熱的衙門，或者三司使那樣掌管我宋國稅賦錢米的財神爺嘍。」

楊浩擺手道：「嗳，這些都不痛快，有什麼衙門，是專門和地方上和其他國家打交道的，能在他們面前擺足咱宋國官員的排場，那才威風八面，吐氣揚眉。」

那官一呆：「院使大人是說禮部主客司、四方館一類的迎來送往的衙門？那……那有什麼好的？」

楊浩奇道：「怎麼不好？出入總是擺著最大的排場，那還不夠威風？咱宋國如今越來越是強大，周邊諸國誰不敬畏三分？做了這樣衙門的官，手持節鉞，代天出使，就連他們的皇帝都得以禮相待，嘿嘿，本官是做過欽差的，此番又隨魏王千歲巡狩江南，發現這樣的官最是威風。想當初在蘆嶺，我這官猶如夾在風箱裡的老鼠，受夠了西北強藩的窩囊氣，現在做個威風八面的大官，教他們見了我也得卑躬屈膝，那才快意。」

旁邊一個官正在眼熱楊浩的陞遷速度，聽他這麼一說，簡直就是個大棒槌，偏生這大棒槌的官運比自己好了許多，便揶揄地開玩笑道：「哈哈，那楊院使不如就向官家請求，來我鴻臚寺做官吧，我鴻臚寺的官不但威風，平常還清閒。一旦奉旨出京公幹的話，還有錢糧補助，地方官員、館驛都得好吃好喝地招待，不管到了哪兒，你都代表著大宋朝廷，沒人敢輕易地惹你，正合院使大人所求。」

楊浩雙眼一亮，趕緊問道：「這位大人高姓大名啊？也在鴻臚寺做官嗎？不曉得這鴻臚寺都負責些什麼，竟然有這般威風？」

那官員見這大棒槌對朝廷官制竟是如此無知，忍不住笑道：「本官是鴻臚寺丞，姓焦，名海濤的便是，閩地人。咱們這鴻臚寺，掌管諸國朝貢之事，當然威風啦。什麼四夷朝貢、宴勞、給賜、迎送，什麼四夷君長使價朝覲呀，頒詞賜見、封冊誥命呀，往來出使、交聘禮物呀，這些都是很風光的事，論起地位來，我鴻臚寺卿位列九卿之一，那也是絕不遜色於人的。有時候，蠻夷小國的君主來我大宋晉見，都要向我鴻臚寺官員行禮，你想想，大小那也是一國之君吶，風不風光？」

「風光，風光，果然是一等一的好衙門。」楊浩連連點頭，惹得周圍聽見他們對話的那些官員忍俊不禁。一旁侍候的兩個小黃門也聽清了他們的對話，見楊浩如此受人捉弄，還傻乎乎的不解其意，也不禁笑成了掩口葫蘆。

「咳。」門口傳來一聲輕微的咳嗽，就像一陣風穿過松林，整個朝房裡迅速安靜下來，楊浩扭頭一看，就見趙普冠帶整齊，非常沉穩地走了進來。

「趙相公，見過相公，恩相今兒來的可早……」一堆人紛紛向趙普見禮，趙普微微頷首示意，直至看見了楊浩，臉上才微微露出一絲笑意：「楊院使，此番南下，屢立大功，今日還朝，官家必然嘉勉，恭喜，恭喜。」

「趙相公誇獎了，下官愧不敢當。」

「呵呵，當得，當得，有什麼當不得的？」趙普撫鬚往左右一看，微笑道：「此番南行，巡視各方風土人情，不知楊院使有什麼所得呀？」

「下官……」

「上朝還有些時間，來，咱們坐下慢慢談。」趙普舉步便向朝房深處走去，楊浩聞言只得跟在後面，這朝房是一溜兒的排房，越往裡去，官員的職等越高，也就不嫌擁擠了。到了最後一間房，裡邊靜悄悄，竟是一個人也沒有。

這樣的地方，在朝房裡已經形成了約定俗成的一種規矩，只有宰執一級的人物才能進來，如今有這資格的人很少，除了趙普，只有樞密使李崇矩、三司使楚昭輔和副相薛居正、呂餘慶等人才有資格進來。

李崇矩這幾日身體不適，正告假休養，楚昭輔在南邊避禍還未回京，薛居正、呂餘慶等人雖是參知政事，分屬副相，其實只是閒差，根本不用到署衙辦公的，若非官家特殊召見，也不需要上朝，所以這裡邊就成了趙普專屬的休息場所。

「呵呵，不必拘謹，你坐吧。」趙普在黃梨木的圈椅中坐下來，看著楊浩在下首規規矩矩坐下，拈鬚微笑道：「開封若是斷糧，國本也要動搖，此番楊院使輔佐魏王南巡，順利解決了這樁難題，厥功至偉呀。」

楊浩欠了欠身道：「相公謬讚了，楊浩愧不敢當。」

趙普微微一笑：「當然，這功勞嘛，主要是魏王千歲運籌帷幄，統籌全局，代天子巡狩於江淮，起到了砥柱中流的作用，事情才能辦得這般圓滿。唉，老夫是輔佐了官家多年的老臣，有從龍之功，官家視普若股肱心腹，普對官家是竭盡忠誠，如今皇長子品德高尚、年輕有為，官家後繼有人，老夫也甚是欣慰啊。」

楊浩微微一笑，應道：「相公說的是，魏王千歲雖是皇子，卻有謙謙君子之風，禮賢下士，勤於國政，聰敏睿智，人中之龍，下官對魏王千歲也是景仰得很。」

趙普讚道：「楊院使這番讚譽發自肺腑，說的真是太好啦。魏王以前從未離開過京城，能否擔此重任，當初官家頗為擔心呢，老夫大力舉薦，魏王千歲這才得以成行，呵呵，魏王這一遭立下大功，順利完成使命，老夫真是老懷大慰呀。這番南行，老夫對你們的所作所為有所耳聞，詳情卻還不甚了了，如今尚有餘暇，楊院使不妨說來聽聽。」

楊浩便把一路經歷揀主要的向趙普說了一遍，其中自然要大大肯定魏王趙德昭在每一樁案件中的主要作用，這也是為官之道，一個明擺著即便搶功也不可能與他個人仕途產生競爭的上司，傻瓜才會去得罪他。

趙普用心聽著，不時在關鍵處打斷他再作明確的詢問，聽到泗州糧案時，趙普眉頭微微一蹙，沉聲問道：「老夫聽說，魏王與泗州知府鄧祖揚之女曾因私情而有意枉法私縱這個貪官，朝中現在有些風言風語，不知可有此事？」

楊浩一呆，心中急急一轉，並不正面回答，應道：「朝中竟有這樣的傳言嗎？下官在泗州時，按千歲的吩咐查辦泗州糧案，卻是不曾得到過魏王千歲要下官對鄧家網開一面的暗示或提醒，所以也不明這些消息據何而來。泗州糧案了結，鄧祖揚畏罪自殺，鄧家小姐還曾欲當街刺殺下官洩憤，下官憐她一孤苦弱女，父母雙亡，激憤之下神智不清，這才沒有計較。似此，可為千歲佐證？」

趙普露出滿意的笑容，頷首道：「嗯，楊院使親身所歷，自然是大有說服力的，任何時候，朝中都不乏宵小，需要他們為朝廷做事的時候，就縮頭縮尾，旁人去做大事的時候，他們就在那兒說三道四。若是官家對此也有耳聞，那時還需楊院使為魏王正名啊。」

「理所當然，下官敢不從命。」楊浩連忙答應一聲，心中卻道：「趙普呀趙普……你這老狐狸打了一輩子雁，這一遭也要讓雁啄了眼睛，趙老大屬意的人不是趙德昭，而是趙德芳呀，就算沒有趙老二從中作祟，他也與皇位無緣的，這一回你可抱錯了大腿……」

心裡想著，楊浩卻畢恭畢敬地道：「楊浩職微言輕，朝堂之上，恐難有下官置喙的餘地。不過，對魏王千歲的功績和能力，下官是由衷佩服的，如果官家問起，下官一定知無不言、言無不盡。」

趙普露出滿意的笑容，說道：「當然，楊院使的功勞也是不容抹煞的，如今三司使副使已然去位，三司使楚昭輔縱因糧厄已解，能免死罪，這三司使也是做不得的。朝廷賦稅重地，不可沒有一個得力的人吶，老夫對楊院使很賞識呀，擬向官家進言，讓羅公明還朝任三司使，這三司副使嘛……」

他笑望楊浩一眼，問道：「不知楊院使可有興趣？」

楊浩聽了頓時一驚，財政部副部長？

這個趙普……還真敢封官許願啊，他是宰相，舉賢任能是他的責任，何況自己又是南衙屬官，南衙與相府一向不合，他舉薦自己，不但能撈個外舉不避仇的賢相聲名，也必能因此挑撥了自己與南衙的關係，把自己拉到他的門下，更可藉此向百官證明他的手腕，一舉三得。

而且這個釣餌實在誘人，換了誰，驟然能得此至關緊要衙門的計相權位，會不為之動心？趙普真是下了大本錢吶。可惜，我楊浩已經要搖頭擺尾脫鉤而去了，總給你們當成外人利用來利用去的，你給我個副皇帝當，我也不幹了。

楊浩連忙起身，誠惶誠恐地道：「這……這怎麼使得？萬萬使不得，楚大人是有擁君立國之功的從龍之臣，羅大人為官多年德高望重，楊浩有什麼資歷聲望，能與他們比肩為官？三司使副使，楊浩萬不敢受，萬不敢受。」

趙普一見他模樣，只道他是被自己許他的這個大官給驚嚇住了，不禁哈哈大笑起來：「嗳，楊院使年輕有為，這三司副使有什麼做不得的呢？不過你太過年輕這倒是真的，要你任職三司使的話，只怕阻力重重。」

他笑微微地瞟了楊浩一眼，又道：「不過……魏王千歲對你青睞有加，在本官面前對你是大加讚譽啊。魏王千歲是皇長子，是理所當然的皇儲，是我宋國未來的天子，楊院使有魏王的信賴，再有本官的賞識，這個位置必然能坐得穩穩當當的，有什麼好擔心的呢？」

「下官……」

「好啦、好啦。」趙普笑吟吟地看了看滴漏，一語雙關地道：「時候差不多了，官家馬上就要臨朝了，咱們走吧，這個三司副使你能不能做得，一半靠人力，一半還要看運氣，能否成功，尚在兩可之間，若你表現殊異，真的做了這三司副使，呵呵……凡事有魏王和老夫給你撐腰，有些人、有些事，你是不必擔心的……」

三百二七　加官晉爵

今日早朝，文武百官真是一團和氣。

魏王首航順利抵京，後續糧草正源源不斷地輸運開封，開封八大官倉日夜都有糧米入項，米倉像蓄水一般一間間正在儲得滿滿當當，官家聞訊眉開眼笑，原本對孤軍奮戰於閩南的軍隊，他的指令是穩紮穩打，要做到進退自如，如今後顧之憂已解，他已連夜傳旨，已八百里加急軍情的速度，號令討伐漢國的軍隊全力進攻，務必在今冬之前澈底削滅漢國。

大宋軍隊在閩南近一段的戰鬥勢如破竹，節節勝利，如今沒了後顧之憂，一舉踏平漢國指日可待，皇帝龍顏大悅、滿心歡喜，誰會在這時候去觸他楣頭，說些惹他不開心的話？趙官家喜歡丟玉斧砸人，這個壞習慣滿朝文武可是無人不知。

王相之爭更是隱晦，並無楊浩所預料的當著皇帝的面劍拔弩張、脣槍舌劍的場面，趙普一派的人發動了許多官員向官家敬獻賀表，只是著重對魏王的功勞大加褒揚而已，而趙光義一派的人也早得了趙光義的暗示，不斷強調楊浩從籌劃、執行各方面所立的功動，突出了楊浩的功動，自然也就弱化了趙德昭的作用。

至於一些對魏王不利的風言風語，只能透過其他管道很巧妙地傳進皇帝耳中，是不會有人不識趣地當著滿朝文武提出來的。趙普和趙光義兩個大佬更是不曾親自出馬，派的都是些無關痛癢的蝦兵蟹將，這一來，場面更加無聊。

楊浩對這種暗戰把戲毫無興趣，聽得昏昏欲睡。做為當事人之一，皇帝向他問起南行經歷時，楊浩便也上前稟奏，皇帝面前，他自然沒有說皇子壞話的可能，這一點趙光義當然理解，而趙普卻認為他是被自己許諾的那張「大餅」所惑，心中自然大為滿意。

而皇帝問起趙德昭時，趙德昭對楊浩同樣是不遺餘力地大加褒揚，看在百官眼中，卻是魏王與楊院使惺惺相惜，兩人都在向對方推功，更顯得品德高潔，於是皆大歡喜。

一番歌功頌德之後，便要論功行賞，這時穩穩當當站在那兒的趙普方始出班，高聲奏道：「陛下，魏王德昭年少睿智，機敏幹練，此番南狩，已然證明了他的才幹。但臣以為，魏王年輕，雖具才幹，卻乏歷練，如今魏王已然成年，陛下應予魏王一些具體的差遣，那對魏王是大有裨益的。」

「唔，趙卿所言有理……」趙官家今天心情真的很好，他笑咪咪地撫著鬍鬚問道：「那麼，依趙卿之見，德昭該做些什麼差遣合適呢？」

趙普躬身道：「皇長子貴為王爵，已至人臣之巔，封賞是談不上的，任何官職，都是為了讓魏王能夠有所歷練，更加不必計較高低。臣以為，雖以魏王之尊，也不必許之以高官，否則就失去了讓魏王多加歷練的作用了。」

趙匡胤哈哈大笑：「那是自然。」

趙普不動聲色地道：「魏王此番南狩，對風土人情、地方百官，已經有所了解。陛下戎馬半生，武功卓著，正所謂虎父虎子，是故，臣以為，不如就封魏王為禁軍殿前司都虞侯，讓魏王在軍事方面再有所涉獵學習，成就文武雙全的一位賢王，不知陛下以為如何？」

趙光義聽了這話臉上騰地一紅，紅光剛剛泛上額頭，唰地一下整張面皮又白了，顏色變幻之快，就如唐焰焰在普濟寺時的「柳眉倒豎」一般，都是楊浩以前只有耳聞不曾見過的神奇功夫，楊浩不禁嚇了一跳：「我靠，趙老二這練的是什麼內功？紫霞神功嗎……」

難怪趙光義有這樣的表情，趙普這番話一出口，朝堂上已經有許多官員露出了詭異的神色，目光在官家、相爺、晉王三者之間開始逡巡起來。一些新進的官員不知其中緣故，還不以為然，殿前都虞侯是禁軍殿前司的第三把手，算得上是個高級武官，可他上邊還有殿帥和副殿帥呢，趙德昭是皇子親王，何等尊貴的身分，屈尊做個禁軍都虞侯有什麼了不起的？

可是朝中一些老臣，尤其是大宋立國之初就是朝中官員的人，卻知道涉及王相恩怨的一樁舊事，此刻聽趙普這麼一說，登時勾起了他們的回憶，表情可就有點古怪了。

這樁舊事，應該算是趙普與趙光義交惡的第一個衝突。立國之初，趙匡胤把素無軍功的胞弟趙光義封為了禁軍殿前司都虞侯，不久又把開封這個最重要的根基之地交給了他，封他為開封府尹。

趙普當時還不是宰相，卻是比宰相更得趙匡胤信任的重臣，他立即上本，強烈反對，堅決要求官家做個選擇：要嘛讓趙光義做殿前都虞侯，要嘛讓他做開封府尹，武將與文臣之間，只能選其一。

趙普的理由很充分，開封府一座城池當時幾乎占據著宋國一半的財力、物力和人力資源，掌握了開封府，就是掌握了半個大宋的資源。而禁軍殿前司呢？當時的禁軍分為侍衛親軍司和殿前司，並稱二司，其中侍衛親軍司統領侍衛親軍馬軍司和侍衛親軍步軍司；殿前司統領殿前諸班以及馬步諸軍。殿前司、侍衛親軍馬軍司和侍衛親軍步軍司並稱為三衙，三者之中最核心的京都拱衛力量就是殿前司。

讓趙光義掌握了這兩支力量那還得了？就算他是皇帝的親兄弟也不行！趙普犯顏直諫，據理力爭，最後到底讓趙匡胤收回成命，把趙光義禁軍殿前司都虞侯的頭銜給拿了下來，從那以後，趙光義再也沒有機會沾禁軍的邊。

當時的趙光義血氣方剛，年輕識淺，在禁軍中還沒有培植出自己的親信，如今費盡心思，也只能和禁軍一些中下級官員保持比較友好的關係而已，這都是拜趙普所賜啊。現如今趙普卻主動建議讓魏王擔當這個軍職，這是什麼意思？這簡直是當眾給他一記響亮的耳光！

可是趙普說的冠冕堂皇，趙光義又不便反駁，甚至不方便讓自己的人出面反駁，那一來就算趙德昭做不成殿前都虞侯，也難保不會引起官家對他的警覺，未免得不償失。趙光義只能打落牙齒和血吞，把恨深深壓在心頭。

趙光義沒有表態，他這一派的人雖不出面附和，自然也不便出面反對，趙匡胤卻似乎完全不曾記起這樁舊事，他緩緩掃視了群臣一眼，捋鬚沉思片刻，點頭道：「好，那朕就封德昭為禁軍殿前司都虞侯，讓他去學學行伍中的本領吧。」

趙普聽了，嘴角便悄然漾起一抹神祕的微笑，這不過是一個試探而已，現在，他自信已經明白了官家的心意，那麼他就可以從容布置下一步棋了。

趙匡胤提起精神，又道：「此番順利解決了開封糧荒，南衙院使楊浩功不可沒，亦當嘉獎。論功行賞，諸位愛卿以為，應該對楊院使加封何職啊？」

楊浩精神一振，腰桿悄悄挺直起來，趙匡胤話音剛落，剛剛歸班的趙普和趙光義就不約而同地閃身出班，二人對視一眼，已經占據上風的趙普微微一笑，故作姿態地道：「趙大人，請。」

趙普是宰相，百官之長，趙光義在公開場合一向以謙卑的態度示人，如何能與之爭？只得拱手謙謝道：「趙相公先請。」

趙普已然歸位，含笑又向他做了個揖讓的動作，趙光義這才深吸一口氣，緩步上前，向趙匡胤躬身施禮，說道：「楊院使本出身行伍，曾奉陛下所命，率三千虎賁，護衛五萬黎民西遷於宋境。在蘆嶺州知府任上，又曾出兵剿滅犯境羌人，於武功一道實有所長。

「然楊院使自得官家賞識，入朝為官以來，雖官封右武大夫、和州防禦，做的卻一直是文官之事。如今楊浩與魏王德昭做為欽差正副使節，南巡於江淮，共赴國難，解此大圍，於朝廷上立下了大功，彼此之間也是珠聯璧合、相得益彰。臣以為，如今魏王既受封為殿前都虞侯，不如……把楊浩也調入禁軍殿前司，不知官家以為如何？」

趙匡胤聽了眉頭微微蹙了一下，趙普注意到了趙匡胤不經意的一蹙，不禁微微一笑，出班奏道：「官家，臣有異議。」

「哦？」趙匡胤鬆了一口氣，欣然道：「你有何異議？+講來。」

趙普道：「官家，禁軍人才濟濟，猛將如雲，不缺一個楊浩。然而，朝廷中一個緊要的衙門如今卻急需幹練之才補充，既如此，何必置此賢才於禁軍之中，而使用人之處無大才可用呢？」

趙匡胤忙道：「趙卿，你說的是……」

趙普拱手道：「官家，一國都城，朝廷根本，存糧難以為續，竟然遲至今日才能發覺，楚昭輔責無旁貸，定然是要去職的。如此一來，三司使衙門可沒有一個得力的官員了，臣身為宰執，對此甚是憂慮，臣以為，可以把羅公明調回京來，讓他將功補過，擔任三司使一職，至於這三司使副使一職，臣舉薦南衙楊浩。」

「嘩……」朝堂上頓時一片譁然，楊浩是什麼出身來歷？甫及弱冠之年，又非科舉出身，這一個野路子的官，趙相公竟然舉薦他做大宋的副財神，這……是不是太荒唐了？

趙光義聽了也忍不住失笑，方才官家的反應他也看在眼裡，他沒想到官家對楊浩敏感的身分仍是這般戒備，自己舉薦他入禁軍做官，實在是冒失了，心中正後悔呢，趙普就來解圍了，趙光義瞟了趙普一眼，頭一回瞧這面目可憎的傢伙有點順眼了。

趙光義未經深思熟慮，便舉薦楊浩入禁軍，也是心情過於迫切的緣故，他以皇弟之尊，苦心經營開封十年，整個開封已牢牢控制在他的手中，無一處沒有他的耳目，就連禁宮之內也不例外。

唯獨禁軍，就是在他眼皮子底下這支最強大的軍隊，卻如一座城中之城，他始終無法涉足一步。權力，是一種癮，當它不知不覺滲入他的骨髓當中，他才知道權力是一種比女人、比財富更令人飄飄欲仙的東西。

他掌握了權力的同時，權力也掌握了他，官場如逆水行舟，不進則退，他要保住權力，就只有不斷地擴大權力，這也是不得已而為之。

趙匡胤聞言果然躊躇難決，趙光義已經從容起來，便悄悄向自己的人使了個眼色，當即便有人出班以楊浩年輕識淺、資歷不足為由進行反駁，趙匡胤從善如流，馬上微笑道：「開封斷糧之事，朕至今仍有餘悸啊，楊浩雖是幹練之才，畢竟年紀尚輕，不夠老成持重，驟然秉此大權，恐怕不太妥當。」

「是。」趙普捧笏退下，睨了面露微笑的趙光義一眼，心道：「老夫以進為退而已，你道老夫下了一手昏棋嗎？真是一個蠢材。」

趙匡胤轉向楊浩，微笑道：「楊卿，你這次為朝廷立下大功，朕是一定要賞的，朕想知道，你願意到什麼衙門做事啊？」

楊浩立即欣然出班，高聲答道：「陛下，微臣願到鴻臚寺做官，尚請陛下恩准。」

趙光義正在高興，一聽這話眼珠子差點沒瞪出來：鴻臚寺？他去鴻臚寺那種無所事事的地方去幹嘛？這是哪個王八羔子給他出的主意！

「咳咳咳咳……」文官班中忽然有個官員岔了氣，連聲咳嗽不止，憋得面紅耳赤，正是那個鴻臚寺丞焦海濤，他沒想到自己隨口開個玩笑，楊浩這個大棒槌竟然當了針（真），等他知道鴻臚寺只是個表面風光、毫無實權的衙門，還不恨死了自己？這仇結的，真他娘的冤枉。

趙匡胤也呆住了，雖說他對楊浩仍有忌憚，可是……可是他在南衙，至少也是個有實權的官，如今立下這麼大的功勞，卻把他調去鴻臚寺那種清水衙門，就算是他自己要求的，自己要是答應了，那也有點太不厚道了，如此對待有功之臣，文武百官會怎麼看？

一見趙匡胤坐在那兒發怔，內侍都知張德鈞忙湊上去，對他悄悄耳語了一番。在朝房裡侍候的小黃門，都是他轄下的人，每日有什麼見聞，都要稟知於他的，如果大臣們有要緊的事，他就會提前告訴官家一聲，讓官家有所準備。這件趣聞他聽小黃門說過了，當時只是哈哈一笑，覺得楊浩實是一個妙人，倒未把這個笑話說給官家知道，如今見官家一臉困惑，這才把緣由說與他聽。

趙匡胤這才明白楊浩是受人捉弄，竟以為鴻臚寺是個炙手可熱的衙門，去鴻臚寺做官是一等一的優差，不禁又是好氣又是好笑，他咳嗽一聲，善意提醒道：「楊卿，鴻臚寺掌四夷朝貢、宴勞、給賜、迎送之事，多承外事，當怒時卻要你笑，直言時卻要你曲，平素事情又不甚多，楊卿精明幹練，才能出眾，若去鴻臚寺為官，不免委屈了你，不如……」

「臣不覺得委屈，既然官家問起，臣不敢欺君，自是知無不言，臣願意到鴻臚寺受個差遣，為陛下竭誠效力、為我大宋竭誠效力。」

「呃……」趙大叔拈著鬍鬚，有些無奈地看著楊浩，忽然覺得自己有點對不起這個老實人了。

楊浩又是一揖，朗聲道：「請陛下恩准。」

「趙普……」

趙匡胤轉向趙普，趙普出班應道：「臣在。」

趙匡胤無奈地嘆了一口氣，說道：「擬旨，封楊浩為鴻臚寺少卿，加爵……開國男。」

趙普是正二品，趙光義是從三品，楊浩這個鴻臚少卿是從五品，說起來官不算小了，陞遷的速度更是令人瞠目，可是去鴻臚寺做個外交大使……在那個朝代，外交大使實在算不得什麼優差，多少官員寧可做個有實權的小官，也不樂意選擇這種品秩雖高、卻沒什麼實權的衙門，楊浩功勞不是不小，而是太大，讓他屈就鴻臚寺，趙大也有些過意不去，於是又封了個男爵給他，讓他多拿一份俸祿做為補償。

一旁張德鈞趕緊小聲提醒道：「官家，現如今鴻臚寺卿、少卿、丞、主簿四官都是齊備的，沒有空銜啊。」

「那就再增設一個少卿。」

宋初官制尚未穩定，加官裁官都是皇帝一句話的事，趙匡胤道：「鴻臚寺設左右卿使，楊浩任左卿使，原來的少卿任右卿使，這不就行了？」

唐宋尚左，左卿官職還在右卿之上，張德鈞趕緊記下，一會兒好說與趙普知道。

趙匡胤一錘定音，楊浩就成了大宋外交部的二把手了，外交對象基本上就是契丹、南唐、南漢、北漢、吳越。

契丹基本上帶兵來的時候比外事交涉的時候多，南唐和吳越基本上暗中交通中樞大臣比官方往來的多，南漢馬上就不需要外交了，至於北漢……宋國也像契丹一樣，帶兵去的時候多，跟他們講廢話磨牙根的時候少。

所以……楊浩現在基本上就是灶王爺的待遇，平時貼在牆上熏得跟小鬼似的也沒人想得起來他，等到臘月二十三上天言好事的那一天，他就突然變成一家之主了。問題是，灶王爺有臘月二十三，他呢？

此刻，吳越的密使剛剛渡過長江，帶了十罈子「海產」，可人家的行賄對象是宰相趙普；唐國正在準備國書、挑選美人和珠寶，可人家的進獻對象是趙匡胤；也別說，很少遣使來朝的契丹此刻派了一位氣勢洶洶的信使，攜帶著御前女官羅冬兒措詞強硬的一封外交國書正風塵僕僕地奔汴梁而來，開國男爵楊左使若是有閒工夫，倒能和她打打嘴仗……

三百二八　黑材料

早朝一散，趙光義便拂袖而去，連話也沒和楊浩多說一句，直到回了南衙，在清心樓中坐定，這才餘怒未息地罵了一句：「這個蠢材，自作主張，也不與我商量一下。去鴻臚寺？去鴻臚寺那種地方混吃等死嗎？虧得本王如此栽培，真是不成器！」

宋琪訝然道：「王爺今日上朝不是楊院使請功嗎？這是何人惹得王爺大怒？」

「還不就是那個楊浩！」趙光義憤然道：「就算禁軍進不去，也可安排個重要的職司，他可倒好，也不知是受了何人蠱惑，居然主動要求去鴻臚寺做官。進了鴻臚寺，早晚磨去稜角，把他變成一個油滑無為的胥吏，唉！這個人算是廢了，枉費本王一番心血。」

宋琪聽了也不覺發怔，喃喃自語道：「這人時而聰明、時而蠢笨，真是教人難以捉摸，那……今晚王爺為他召開的慶功宴還有必要嗎？」

趙光義苦笑一聲，搖頭道：「宴會還是要開的，哪怕他沒有一點用處了，這功夫也得做足了，不管怎麼說，他是陞官了，不管怎麼說，他都是我南衙的人，如果冷冷清清的無人相賀，我南衙面上也不好看。再說……」

他咬牙切齒地罵道：「等這蠢貨明白鴻臚寺是個什麼衙門，就會轉過身來求我把他調走了，到時候，這個人還是有用處的。」

宋琪見趙光義悶悶不樂，忙挑些高興的事說，對他笑道：「王爺，唐威在小西湖已督造出了一批戰艦，我朝水軍戰力不及唐國，在戰艦上就得多下功夫，唐威雇來大批能工巧匠，所造的戰船各具妙用，下官今日去看過了，有一種專門用來焚燒對方巨艦的小船，船頭裝有鐵製尖刺，釘入對方船體便萬難以撓鉤撐桿推開，這時候搬開船體上的楔木，後半截船就可以變成一條獨立的小船，使那操船放火的兵士可以原路逃回，真是獨具匠心，這些各具奇用的大小戰艦一旦使用，對我水軍必然大大有利。」

趙光義聽了果然轉嗔為喜：「哼！趙普不想讓我沾禁軍的邊，嘿嘿，不沾軍隊的邊我也照樣能立軍功。唐威這人確實能幹，今晚設宴把他也請來吧，這些富可敵國的豪紳巨賈肯為本王效力，圖的就是有一個親近、傍一個靠山，倒不可冷落了他。」

「是，下官遵命。」

當晚在「千金一笑樓」設宴，南衙的功曹以上級別官員全部參加，又邀請了許多仕紳名流，給足了楊浩面子。這個勢，還是要造的，因為今天的朝會，並不是王相之間這場爭端的終結，而是矛盾全面爆發的開始。

*　　　*　　　*

「老夫容忍他十年，如今……是該動手的時候了！」趙普環顧左右一眾心腹，沉聲說道。

「是的！」一個青袍士子頷首贊同：「皇長子已長大成人，封皇長子為王，遣皇長子代天巡狩，今日朝會又讓皇長子德昭任禁軍殿前司都虞侯，官家的意思已經表示的很明白了。」

他微微一笑，說道：「兄終弟及，畢竟是不得已而為之的事，如今皇長子已然成人，而且顯露了他的才幹，官家這番舉動，已是明白地告訴我們，他要立儲了，而這皇儲……不是皇弟，而是皇子！」

眾幕僚摩拳擦掌，一臉振奮，只有坐在趙普下首的一個皓首夫子撫鬚不語，趙普向他微微一瞟，問道：「郭翁以為如何？」

這皓首夫子姓郭名永，與慕容求醉同是相府幕僚中趙普最為倚重的左右手，此刻慕容求醉不在京師，趙普便問起他的意思。

郭永拈著鬍鬚，蹙緊眉頭苦苦思索半晌，方沉沉說道：「相公，諸位，官家或有培植魏王之意，卻未必有扳倒晉王之心吶，晉王苦心經營開封多年，他的潛勢力著實不小，要扳倒這棵大樹，未必是那麼容易的事，尤其是……官家有沒有這個心？如果官家不想動他，那咱們傾力一擊，徒然暴露咱們的實力，引起官家的戒心，那可是偷雞不成蝕把米了。」

趙普本是心思沉穩的人，聽他這麼一說，衝動的心情平復了一些，沉思片刻，趙普肅然問道：「那依郭翁之見，我們應該怎麼做呢？」

郭永道：「官家有意於子嗣之中立儲，這該是無疑的了，子繼父業、家國相傳，這是人之常情，帝王之家也不能免俗。但是，官家對晉王的兄弟之情也毋庸置疑。官家春秋正盛，並不著急為皇儲掃清一切障礙，也未必沒有慢慢培植，讓魏王羽翼漸漸豐滿，直至水到渠成的打算。如果是那樣，他就不會動晉王。這一點，我們不可不慮。」

另一個相府幕僚呂奉孝按捺不住問道：「那依郭翁之見，咱們就繼續容忍他專權跋扈，時時凌駕於我相府之上？」

郭永微微一笑：「奉孝不必著急，老夫不是這個意思。老夫以為，趁著官家意動，有意扶植皇子，這南衙是要削一削它的銳氣的。但是，咱們得想清楚，這一棍子砸下去是成還是敗，成則如何？敗則如何應對？這一棍子下去，要打出幾分力？要是連官家也打痛了，那咱們必然一敗塗地，是以最重要的還是要摸清官家的心思。」

趙普道：「本相追隨官家多年，對官家的心思脾氣最是了解，官家是有心動一動晉王的，這一點你們不必懷疑。在兄弟和兒子之間，如果要選擇一個繼承人，官家必會選擇皇子，皇長子德昭品行出眾，才幹能力亦自不俗，我看官家是屬意於他了，他是皇長子，而且他又是官家元配夫人賀皇后的嫡子，繼承大統乃是實至名歸。」

「好！」郭永頷首道：「那咱們就砸，接下來，咱們就得看看，晉王那邊到底有多少力量，咱們這邊能使出多大的力量，要嘛不動手，動手就要澈底把他扳倒，教他收拾收拾離開南衙，從此做一個有名無權的閒王，這才能永絕後患，這些年晉王苦心經營，許多實力都沒有搬到檯面上來，咱們大意不得啊，如無十分把握，就一定要留有後手，以免反受其制。」

趙普哂然一笑道：「這些年來，晉王的確利用開封府尹和皇弟的雙重身分拉攏了一些人手，可是……他開封府尹的身分，就限制了他能交結的人脈，那些下九流的人物，拉攏的再多又怎麼樣？

「朝堂上說的上話嗎？參知政事薛居正、呂餘慶，唯老夫馬首是瞻，是不敢從中作梗的。至於樞密使嘛……呵呵，那是老夫的兒女親家。再有一個，就是三司使了，楚昭輔這個官是做到頭了，老夫已保舉了羅公明回京……」

相府幕僚之一的江塵易像牙疼似地咧了咧嘴：「相公，羅公明那老狐狸，是個不見兔子不撒鷹的主兒，相公保舉他回京，他也未必就感念相公這分恩德，死心踏地地站在相公這一邊。」

趙普微微一笑，說道：「羅公明明哲保身而已，卻非不識時務的人，本相保舉他回京，至少他不會站過去與本相作對，只要咱們壓倒了晉王，那時候，羅公明就算再不情願，也得伸出一隻腳來，幫咱們踩一踩晉王。」

他環顧一班幕僚，捋鬚微笑道：「中書在本相掌握之中，樞密在本相的兒女親家掌握之中，中書、樞密二府把持著我大宋的文武二權，再有掌握財權的三司使不置可否，就算是官家見了如此聲勢，那時也必須在朝廷社稷的平穩和晉王之間做一個選擇。如果你是官家，你會怎麼選擇？」

「怎麼選擇？」幕僚們略一沉思，紛紛露出會心的微笑。

中書、樞密，代表的是滿朝文武，而滿朝文武就是朝廷的根本，就算是皇帝，就算是傳承百年之後、承平天下已久的太平皇帝，也不敢為保一個兄弟，和滿朝文武對立。更何況，這個皇帝本就有意削弱兄弟的權柄，確保兒子順利上位。在這種情形下，滿朝文武不過是請求皇帝讓他的兄弟放棄官職，去做他的太平王爺，以確保皇子能穩穩當當地做太子，哪個皇帝會不順水推舟？

郭永道：「既然如此，那咱們現在……就得先找到那根能打倒晉王的棍子。」

趙普微笑道：「晉王做事謹小慎微，很少遺人把柄，他交結朝臣的事我們雖然清楚，卻很難捉住他的真憑實據，更無法叫那些受其賄賂或拒其賄賂的朝臣出面來指證，唯有另圖他計，本相叫你們來，正是想要你們去想方設法地給本相把那根棍子……找回來！」

看著幕僚們一一告辭離開，趙普志得意滿地站了起來，趙光義一倒，他就是天子之下第一人，再也沒有人能夠挑戰他的權威。而且，一朝天子一朝臣對他將毫無作用，下一朝天子時，他仍將是天子之下第一人。

他等了這麼多年，就是在等著皇子長大成人，等著官家生起立子為儲之心，只要官家隱隱約約有這麼一分心思，那就足夠了，其他的事，他會去替官家做的。就像……當年在陳橋驛，親手為他披上那件黃袍……

三百二九　外交大使

這裡是千金一笑樓。

絲竹雅樂聲如仙樂綸音，汴梁第一流的樂師奏出的樂曲，令人賞心悅目。一襲雪白的衣裳，細細一條青色絲帶繫在腰間，窈窕的倩影，正隨著那節奏翩躚起舞，其形翩若驚鴻，婉若遊龍，彷彿兮若輕雲之蔽月，飄飆兮若流風之回雪。身影偶一回轉，眉不描而黛，脣不畫而朱，杏眼含煙，膚如凝脂，淺笑嫣然，宜喜宜嗔，這玉一般的人兒，正是汴梁花魁柳朵兒。

自她一出場，就成了全場的焦點，所有的喧譁聲都停止了，所有的目光都投注在她身上，就連晉王趙光義，一雙眼睛都瞬也不瞬地隨著她倩麗的身影移動，臉上露出欣賞陶醉的神情。

全場或許只有兩個人沒有把注意力放在翩躚起舞的柳朵兒身上，一個就是楊浩，坐在趙光義不遠處，臉衝著臺上，似乎正陶醉於朵兒豔驚全場的歌舞，他的眼角卻在窺著一個正持杯向他靠近的人，唐三少。

「楊少卿，恭喜榮陞。」唐威用腳尖勾過一條椅子，在楊浩身邊坐了下來。左右看看，見無人注意，忽地壓低嗓音，惡狠狠地道：「請問少卿大人，舍妹在什麼地方？」

「令妹？」楊浩一臉訝然：「唐兄這話從何說起？令妹在什麼地方，怎麼問起我來了？」

「哼！」唐威臉衝著臺上，彷彿正在欣賞歌舞，聲音很小，卻很清晰地道：「真佛面前不燒假香，楊少卿就不必搪塞了吧。舍妹和你楊少卿之間的事，唐某並非一無所知。前番提醒了你一句，本料你會知難而退，誰知……

「這一次舍妹赴京途中私自逃走，我們唐家派了大批人手，幾乎是掘地三尺，都沒有找到她的一絲蹤跡。我就想，會不會舍妹已經尋到了大人？於是派了人去探查大人行蹤，大人是宣撫副使，想要找你卻是不難，結果……果然被我的人看到。楊大人，你仕途一番風順，屢屢陞遷，可謂春風得意，其中未必不是貴人扶持，今番你要是以朝廷命官的身分，誘引民女，壞人婚姻，這於你的名聲仕途可是大大不利呀，何況舍妹要嫁的本是晉王，楊大人……這世上不是什麼人都可以得罪的，你是聰明人，還需要唐某說的更明白些嗎？」

楊浩臉色凝重地點了點頭：「不必，我明白你的意思。」

唐威神色一緩：「那就好，舍妹在哪裡？」

楊浩向他側了側身，低聲說道：「唐兄既然把話說明白了，那楊某也就不打馬虎眼了，焰焰的確在我這裡……」

唐威展顏道：「楊兄果然識時務，好吧，只要你把舍妹交出來，唐某既往不咎，這件事，就是你我之間的祕密，唐某絕不會再讓別人知道。」

楊浩嘆了一口氣，說道：「難了。」

唐威奇道：「難在何處？」他突有所悟：「莫非舍妹不願……這個不勞楊兄操心，只要你把她交出來，剩下的事我來處置。」

楊浩很同情地看著他，說道：「這件事，恐怕唐兄也處置不了啦。」

唐威急道：「此話怎講？」

楊浩掩著口咳嗽一聲，慢吞吞地道：「實不相瞞，楊某與令妹已經做了夫妻，令妹已非完璧之身，唐兄有膽子把她嫁與晉王做側妃嗎？」

唐威臉色大變：「這種事可開不得玩笑，楊大人你……」

「當然不是開玩笑，我算算啊……」楊浩煞有介事地掐起了手指頭，唐威愕然道：「你算什麼？」

楊浩自顧自掐著指頭，隨口答道：「我算算你什麼時候能做舅舅。」

唐威一聽幾乎從椅子上出溜下去，失聲道：「舅……舅舅？」

「是啊，焰焰已珠胎暗結，為恐她行程勞累，我才沒有讓她隨著我急急趕路。

唔……屈指算來，明年年中上下，唐兄應該就能做舅舅了，不知唐兄開不開心？」

唐威急了，結結巴巴地道：「我……我開……我開個屁的心，你……你好大膽子，勾引良家少女，未婚而有孕，我一紙狀子告上衙門，教你官也做不得，人也流放了去，你……」

「啪！」楊浩在唐威肩頭一拍：「那……焰焰怎麼辦？豈不是守了活寡？」

「我……你……」

楊浩自他手中取過杯來，品了品滋味，將那杯酒一飲而盡，輕笑道：「舅哥，你也是聰明人……」

「舅……舅哥？」

「是啊，三舅兄。」楊浩向他眨眨眼，笑道：「毀了我楊浩，也就是毀了令妹，至於和晉王攀親，也是全然沒有指望，竹籃打水一場空，這種蠢事，像三舅哥這樣的聰明人，怎麼可能去做呢……」

唐威咬著牙根道：「那我現在應該怎麼做？」

「很容易選擇呀，要嘛認了這個鴻臚少卿的妹夫，我這身分，也不委屈了唐家。要嘛，一拍兩散，大家完蛋。」

「晉王那裡……」

「那就得看舅兄你的巧妙手段了，咱們如今是一家人了，舅兄還得多多維護妹婿才是。喔，我算清楚了，呵呵，頭一回當爹，難免手忙腳亂，見笑，見笑。準確地說，明年七月，你那白白胖胖、聰明可愛的小外甥就要橫空出世了，唐家富可敵國，這喜蛋喜餅，想必都該是金子鑄的，舅兄回去向各房知會一聲，早早開始準備，禮物莫要太寒酸了，拿不出手。再說，我是個清官……」

「你……我……晉王他……」

「你們在說什麼？」趙光義笑咪咪地扭過頭來，唐威趕緊換了一副臉色，陪笑道：「唐威正慶賀楊少卿榮陞之喜。」

「哦，呵呵，臺上柳大家正在歌舞，小聲些，小聲些。」

「是是。」

趙光義又扭過頭去，楊浩把空杯塞回唐威手中，笑吟吟起身道：「楊某有些內急，失陪一會兒。」說罷抬腿便走。

捨得一身剮，敢把皇帝拉下馬。楊浩都是要「死」的人啦，還怕騎了他趙光義的馬去？唐威望著他的背影又氣又急，舉起杯來狠狠喝了一口，這才發現杯是空的，他氣極敗壞地把杯往桌上一頓，無緣無故就被扣了一口大黑鍋的趙光義扭過頭來，嗔怪地瞪了他一眼，豎指於脣，做了個噤聲的動作，唐威趕緊換了一副笑臉，訕訕地道：「恕罪，恕罪……」

*　*　*

第二天一早，壁宿回來了，他風聞欽差宣撫使一行人馬回京，於是就沿汴河追了回來，未曾追上楊浩，卻與焰焰等人相逢，因汴河糧船絡繹不絕，其他船隻都要讓行，所以一路行程耽擱，娃娃恐楊浩擔心，讓他先行趕回報個信。

楊浩聽說娃娃她們還有兩日才回來，怕自己那番話騙不了唐三少，他會派人去劫焰焰回去，便讓壁宿和小羽帶了府中幾名驍勇的侍衛趕回去接應，又親筆書信一封寫與焰焰，兩下裡通通聲氣，免得萬一碰上唐家的人說走了嘴。

這裡安排妥當，他才更換官袍，去鴻臚寺走馬上任。鴻臚寺是個清閒衙門，卻也是個講究體面的衙門，那門臉建的十分壯觀，長長一溜兒琉璃照壁、三丈多高的府門，兩扇朱漆大門漆得能照清人影，一對雄偉的石獅盤踞左右，威風凜凜。

鴻臚寺卿姓章，有個很風雅的名字，章臺柳。但是這位章臺柳年紀可不小了，如今已年逾七旬，身子骨不大好，再加上衙門裡沒什麼要緊事，每日都只是到衙門裡來點個卯就走。

今兒楊浩新官上任，章大人特意多等了他一會兒，楊浩拜見了大鴻臚，又由大鴻臚引見，見過了典客丞焦海濤、司儀丞曹逸霆、主簿寧天色以及一干屬員。大鴻臚笑道：

「楊左使，咱們鴻臚寺就是這些人啦，主事的就是卿、少卿、丞、主簿，喔……如今官家設了左卿使、右卿使，所以老夫之下，就以你為尊了。老夫身子不太好，官家恩准，平日沒有要緊事的時候不用來坐衙當班，鴻臚寺中一應事物，你和高右使商量著做就是了。」

楊浩四下瞅瞅，奇道：「大人，咱們那位右使呢？怎麼不見他的人影？」

章臺柳拈鬚笑道：「高右使今日家中有事，已向老夫告假，咱們這位右使名叫高翔，乃是一位博學之士，為人也很好相處，你無須擔心。焦寺丞，等高右使到了，你給楊左使引見引見。咳咳，老夫約了牛太醫，還要去看看病，少陪啦。」

「恭送大鴻臚。」

送走了章臺柳，心中對他有愧的鴻臚寺丞焦海濤便與一眾屬官各自回了自己的辦公之所，楊浩回到自己的簽押房，左顧右盼，自我感覺十分良好。枯坐片刻，楊浩便正襟危坐，喚過錄事官，向他問道：「咱們鴻臚寺有些什麼亟待處理的公文？拿來我看。」

鴻臚寺哪有什麼要緊公事？那位錄事又不好對他說咱們這衙門就是一壺清茶坐到下班，只好隨意取了些典章制度、來往公文讓他去看，楊浩翻了半晌，不見有什麼出公差的機會，不禁大失所望。

這時堂下一個功曹冷冷瞟他一眼，與人低語幾句，便走上堂來。這人是原鴻臚寺少卿高翔的心腹，高翔本來做著少卿，章臺柳年事已高，他再熬幾年，論資歷順順當當就能當上大鴻臚，誰曉得橫空殺出一個楊浩來，少卿分了左右，他反要屈居人下，所以鬧了情緒，今兒是故意不來見他。

這位功曹早聽說過「楊大棒槌」不學無術之名，有心讓他出醜，以後諸事不敢作主，所以到他面前，畢恭畢敬行一個禮，說道：「卑職柳林西見過左卿使，今日高右使不曾到署衙辦公，現有一封北國契丹的國書，您看……」

楊浩一聽與出差無關，便捏著鼻子，忸忸怩怩地道：「本官初來乍到，諸事還不熟悉，既是國書，事體不小，還是等高右使來了再說吧。」

柳林西故作為難地道：「可……茲事體大，十分緊要，萬一要是耽擱了……」

「唔……那你取來，本官先瞅瞅。」

柳林西稱一聲喏，立即趕去，片刻工夫取來一封國書遞與楊浩，楊浩打開一看，不禁拍案驚笑：「這誰呀這是，指鹿為馬，顛倒黑白，真是豈有此理。人善被人欺，馬善被人騎呀，待本官修書一封，噎他個兩眼翻白。」

柳林西雖是小吏，可鴻臚寺的人哪個不是飽讀詩書的，聽見楊浩說話如此粗俗，柳林西大為不屑，面上卻越發恭敬：「卑職為左使研墨。」

楊浩抓起毛筆，瞟了他一眼，忽道：「算了，你別光研墨了，唔，我說，你寫，草擬一封回信。」

柳林西呆了呆，忙應道：「卑職遵命。」他研了研墨，取過紙筆，在側案旁坐了，提筆等著，看看楊浩這封國書會寫出些什麼可笑的話來，楊浩卻重又翻開契丹來信，仔細琢磨起來。

這封國書，與前不久的山東官員叛逃案有關，因為此案，還曾被折子渝利用，讓官家疑心東南東道轉運副使羅克誠與北國亦有交往，停職查辦。此案詳細情由朝廷早已發了邸報，楊浩因為關心羅家一案，對此也是知之甚詳。

事件的起因是北國奸細扮作商人，誘變了山東棣州兵馬都監傅廷翰和提轄官莫言，但是事機不密，被棣州知州、右贊善大夫周渭及時發覺，派兵捉住了傅廷翰，而棣州提轄莫言卻成功地逃到了北國，洩露了棣州附近的防務，迫使朝廷不得不對棣州附近的軍事部署做了大幅度的調整。

當時，北國派了一支百人小隊潛到兩國邊境約定俗成的中間隔離區，試圖接應叛官一行人馬逃走，事先已經得了消息的棣州知州周渭派了大隊人馬追擊，把這個百人小隊打得落花流水。

這封蓋著北國皇后蕭綽璽印的國書，氣勢洶洶地向宋國問難，譴責宋國無端殺死北國商賈，又在邊境伏擊誤入中立地區的巡弋小隊，主動挑釁，試圖在兩國之間製造事端，要求宋國交出兇手，向北國賠禮道歉，否則必提兵南下，用武力討還一個公道。

這副嘴臉著實無恥，分明就是倒打一耙，楊浩看了心頭火起，當即就想回信嘲罵一番，但是當柳林西提起筆來，楊浩卻冷靜下來，他現在是外交官啊，一個合格的外交官，不該是直筒子脾氣，被人牽著他的喜怒走，而應該是矯己過飾敵非，最好氣得對方鼻孔冒煙，還說不出一句理來，唔……這封信，我該怎麼寫呢？

三百三十　修國書

「哈哈哈，有趣，有趣，朕還是頭一次看到這樣的國書，這是楊浩寫的？」

「是。」

「朕見過楊浩的字，似乎……」

「哦，楊左使的字實在是……這是一位功曹的代筆。」高翔欠了欠腰，嘴角露出一絲不易察覺的笑意。

「原來如此。」趙匡胤點了點頭。

柳林西把楊浩擬就的國書交給稱病在家的高右使，高翔一看如獲至寶，當即事也沒了，病也好了，揣起楊浩的另類國書，冠帶整齊的就直奔皇宮了。

這時候夕陽如血，彩霞滿天，趙匡胤一家人正在吃晚飯，不過自打那一回用玉斧打掉了進宮言事的官吏門牙，被那官威脅要把此事寫入皇帝起居錄，害得趙匡胤一個勁地賠禮道歉之後，再有官員不在朝會時間入宮言事，除非禁宮已經上了鎖，否則他都會接見的。

「唔，你放在這兒吧，朕再好好看看。」

「是，那……微臣告辭了。」

高翔拱手告退，心中微微有些失望，因為皇帝雖說露出了嘲笑的意味，卻沒有當面把楊浩貶個一文不值，直接擲還擬稿，駁他個灰頭土臉。

楊浩這封信，從詞藻修飾上來說，太過淺顯直白，完全沒有泱泱大國那種雍容華貴、優美高深的措詞和文風，柳功曹有意把他的原話照錄下來，沒有進行任何修飾，高翔把它拿來，就是要讓皇帝看看：陛下所託非人啊，就他那水平，當得了鴻臚少卿？

另一個，他們這些做外事的官，一言一行最是敏感，有什麼交涉的時候一向有事說事，絕不東拉西扯地牽涉太多，做事的宗旨就是大事化小、小事化了，天下無事，那就大功告成。可楊浩呢，楊浩這封信唯恐天下不亂，簡直是沒事找事，官家如今正對南漢用兵，真要把契丹人招來……楊浩這樣沒輕沒重，皇帝不惱才怪，可是……

高翔搖搖頭，只能喟然一嘆：帝心難測啊。

楊浩這封信洋洋灑灑，內容是天馬行空，簡直是想到哪兒說到哪兒，措詞用句淺顯直白，國書大意就是：首先回顧了兩國歷史，北國契丹，較之宋國立國早了五十年，是一個歷史悠久、民風淳樸的友好國家，中原大亂，諸侯爭霸的時候，契丹也沒有趁機狩獵中原，是有著光榮的和平傳統的。

宋國立國之後，契丹承認了宋國的合法地位並遣使建交，兩國開始朝著健康和平的方向發展，當然，兩國之間也發生過一些不愉快。主要原因是由於北漢，北漢與宋國和契丹都有著歷史淵源，為了它，我們的皇帝陛下和貴國皇后陛下曾經交過手、打過仗，實為一樁憾事。

幸好，雙方君主都愛好和平，彼此都保持了克制的態度，此後兩國交往日益密切，如今民間通商頻繁，榷場買賣興隆，兩國互通有無，對兩國的稅收都有莫大好處，前不久我們還從貴國購買了大批牛羊，有力地支援了貴國的經濟建設。

東拉西扯一番之後，楊浩才繞到正題，開始解釋對方的指責。楊浩沒有指出所謂契丹商人的奸細身分，反而承認他們是正當商人，並且承認他們是被宋國官員害死的，但是否認是宋國朝廷所為。在他的解釋中，這是山東棣州兵馬都監傅廷翰和提轄官莫言貪贓枉法、謀財害命，擄奪了契丹商人財產，並且殺死了他們。

宋國朝廷為此，已將山東棣州兵馬都監傅廷翰押解進京，當眾處死，至於從犯棣州提轄莫言，已經逃之夭夭，為了嚴肅綱紀，以正國法，維護兩國友好關係，還契丹守法商人一個公道，宋國正在鍥而不捨地緝拿兇手。現在我們宋國得到消息，這個通緝犯莫言已經逃去了貴國，希望貴國能協助我們緝捕兇手，將他繩之以法。

至於貴國的邊防小分隊受到我邊防軍伏擊，傷亡慘重的事，朝廷對此十分重視，立即派員對此事進行了調查，現將調查結果通報如下：貴國巡邏小分隊是誤入雙方不設置武力的隔離地區才受到伏擊的，儘管這個隔離區只是雙方約定俗成的一個隔離帶，並非兩國磋商設置，卻是受到兩國邊防軍的一致遵守的，貴國巡邏軍士誤入中立地帶，引致我方誤會，才造成這起衝突，我國政府對此深表遺憾，並致以十二萬分的歉意。

經過我方細緻認真的調查，發現這起誤會的根本原因，是由於貴國境內的一些不友好部落時常武力越境「打草穀」，殺人擄命，搶掠浮財，引起我邊區軍民極大憤慨，我邊防軍嚴陣以待，本是為了對付這些不遵守貴國法律、破壞兩國和平的強盜。

因貴方巡邏人員服裝沒有明顯標誌，才導致了這次不幸的發生，對貴國死難將士，我們致以最誠摯的哀悼，並保證盡快將這些英靈的遺骸歸還貴國，讓他們落葉歸根。藉此機會，我們也請求貴國政府能夠本著和平友好、共同發展的宗旨，從兩國長遠利益出發，嚴厲打擊日益猖獗的馬匪，避免類似不幸的再次發生……

楊浩脣槍舌劍，明嘲暗諷，趙匡胤把信又看了一遍，看得眉毛亂跳，最後忍不住一拍桌子，放聲大笑，宋皇后奇道：「這封國書很有趣嗎？官家很少這般暢快大笑了。」

趙匡胤忍俊不禁地笑道：「這個楊浩，真是一個妙人，我還是頭一回看到鴻臚寺的人寫得出那些統兵將帥才具備的豪邁血氣。」

「楊浩，又是楊浩？」永慶公主滴溜溜一轉眼珠，好奇地道：「那個大棒槌說什麼了？」

「永慶，一個女孩兒家，又是一國公主，說話要注意自己的身分。」宋皇后馬上責備了她一句。

趙匡胤笑道：「說的很有趣，很有趣，尤其是這最後一段：『我主以德綏天下，天下歸心；以武掃中原，所向披靡。以此英明之主、虎賁之師，使之眾戰，誰能禦之？使之攻城，何城不克？』哈哈，這一句是從哪本古書上扒下來的來著？唔，有些忘記了，不過……改得妙，改得妙，可比他那不倫不類的〈出師表〉強多了。」

永慶公主俏巧地翻了個白眼，撇嘴道：「我當他說了什麼，原來是大拍馬屁，拍得爹爹龍顏大悅。」

趙匡胤橫了她一眼，復又展顏笑道：「我還沒說完呢，下面一句更加精彩：『我主寬厚仁德，素與貴國皇帝友好，希望貴國皇帝能夠平心靜氣地解決這樁事情，人不犯我，我不犯人；人若犯我，我必犯人。誰若把我主當敵人，我主則必是他最稱職的敵人！』妙啊，妙啊……」

宋皇后抿嘴輕笑，嫣然道：「『誰若把我主當敵人，我主則必是他最稱職的敵人！』原來是這句話搔到了官家的癢處，說的實是有理，官家雄才大略，一代英主，誰敢視我官家為敵，官家自當成為他最不敢忽視的強敵，呵呵……」

趙匡胤在房中踱步半晌，忽地停下身子向門口招呼道：「張德鈞，傳旨，令鴻臚左卿使楊浩速來見駕。」

楊浩來了，進皇宮，入內廷，站在福寧殿的御堂上。

趙匡胤疑惑地看著楊浩，楊浩一身嶄新的官袍，規規矩矩站在那兒，倒也沒有什麼不妥，只是……他手裡捧著的是什麼玩意兒？半尺多寬，一尺多長，像個官員們見君時記事用的笏板，可是大了不少，又不太像……

趙匡胤忍不住問道：「楊卿，你手裡拿的……是什麼東西？」

楊浩畢恭畢敬地道：「回官家，臣手裡拿的是笏板。」

趙匡胤一窒：「你的笏板，怎麼比常見的笏板大了這麼多？」

「回官家，臣……」楊浩很忸怩地道：「朝臣們議事，咬文嚼字的過於生僻，臣記不住，而且……臣寫的字比較大，笏板太小了的話……記不下……」

趙匡胤差點沒憋住，忍了忍笑，才滿面春風地掂了掂手上那封國書，問道：「楊浩，這封國書是你草擬的？」

楊浩愕然道：「臣是擬了一封國書，本想明日朝會再奏請陛下御覽，怎麼……現在就到了官家的御書案前？」

趙匡胤也是一愣，隨即就明白了其中原由，他微微一笑，對臣下們之間的這種小伎倆也不說破，只道：「朕看過了，寫的很好，不過，做為國書，措詞造句未免太不雅觀，你原還打算請人修飾一番的嗎？」

楊浩道：「回官家，臣沒有這個意思，臣也知道，自己筆墨粗淺，寫出來的東西太過直白，可是也得看它是給誰看的，詩詞佐酒，那是咱們漢人文官的嗜好，臣久居北地，素知北人豪爽，這樣說才合他們的脾氣，若是修飾得文謅謅的，那就太雅了，也失了味道。」

「唔，有道理……」趙匡胤笑容可掬地睨了他一眼，此人不學而有術，果然有才，且不說最後那句馬屁拍得這位戰功赫赫的馬上皇帝飄飄欲仙，這封國書中綿裡藏針處也是大合他的脾胃。比如國書中特意提到了北漢之戰，契丹出兵為北漢解圍，兩國君主正面交鋒的事情，就絕非東拉西扯，無的放矢。

那場戰役雖然是宋軍後撤，契丹追擊，但是宋軍是基本完成了戰略目標後主動撤退，他們不但成功地把北漢居民遷到了宋境，而且尾隨而來的契丹人也吃了大虧。你們北人不是說，如果處理結果不能令你們滿意，就要派兵來攻嗎？就算你們的皇后陛下御駕親征，又是在我軍久戰兵疲之後，戰果也不過如此，你們派兵來就能討了好去？

趙匡胤反覆思量，對這封甚合自己胃口的國書是越想越滿意，又經一番對答，眼看禁宮就要上鑰封門，這才意猶未盡地道：「好啦，這封國書你帶回去吧，朕已經閱過了，不需增刪一字，就照此謄錄，用璽，發還契丹使節。」

「臣遵旨！臣告退！」楊浩雙手高舉，恭恭敬敬接過國書，倒退出殿，出了福寧殿，楊浩行出不遠，後邊忽有人叫道：「喂，前邊那個，可是楊浩？」

楊浩止步停身，扭頭一看，見是一個宮裝少女，濃眉俏眼，略帶慧黠，身後跟著兩個宮女，卻不曉得她是誰人，忙道：「正是本官，不知姑娘是？」

「楊浩大膽，胡言亂語，宮裡面哪有什麼姑娘？這位是永慶公主殿下。」

一個宮女嬌斥一聲，永慶公主卻白了她一眼：「妳才胡言亂語，本公主不是姑娘是什麼？」

「這……公主，婢子是說……宮裡面除了侍女，能梳未嫁雙髻的自然就是只有公主，他明知故問，忒也無禮……」

「什麼有禮無禮的？妳不知道他是鼎鼎大名的楊大棒槌？他看得出來才怪。」永慶公主說的洋洋得意，楊浩聽的好笑，卻不便置喙，只好躬身道：「原來是永慶公主殿下，下官這廂有禮了，不知公主喚住在下，可有什麼事嗎？」

永慶公主舔了舔嘴脣，笑嘻嘻地道：「你剛從江淮一帶回來吧？」

「呃……正是……」

永慶公主更開心了：「那麼你可曾捎回一些糟白魚來？那是淮南特產，本公主最喜歡吃了，可是已經很久沒有吃過了。」

「堂堂公主，喚住我就為了這個？一國公主，居然是隻饞嘴貓，還要向臣子討東西吃，實在是有些好笑。」

楊浩忍不住笑道：「殿下喜歡吃糟白魚，著地方定時呈送就是了，何必以公主之尊向臣索取呢？」

永慶公主瞪起杏眼道：「公主之尊怎麼啦？本公主也就是偶然看見了你，忽地想起這件事來，你不捨得那就算啦，爹爹早已定了規矩，宮中不得向地方索要食物的，我要是能向地方官府索要，還用得著問你？」

她轉身就走，一邊悻悻地道：「大哥明知道我喜歡吃糟白魚，出去一趟兩手空空地就回來了，也不說給我這妹子捎點東西。」

楊浩怔了怔，欲待喚她，永慶公主已憤然走遠，楊浩吁了一口氣，回首看向矗立在金色夕陽下的那座福寧殿，目中露出幾許敬意。

三百三一　來使

鄂巴多是契丹使節，精通漢語和中原的風俗民情，他還為自己取了個漢人名字，叫許操。

如今諸國外事衙門都是最清閒的，不過出公差時例外。鄂巴多做為契丹使節，倨傲地來到開封遞交了國書，便住進了禮賓院。宋人的伙食做得精細，在他看來已是最精美可口的食物，當然，這只是他私下的想法，當著禮賓院的人，他卻是橫挑鼻子豎挑眼，一百個不滿意的。

午飯時候，他又尋釁了，喚來了禮賓院的小吏，許操義正詞嚴地譴責禮賓院款待他這個契丹使節的飲食規格不夠，弄出來的食物難以下咽，簡直是豬都不吃，等他威風耍夠了，把那可憐的小吏趕出去，這才美美地享用起豐盛的午餐來，撐得小辮朝天。

吃過了午飯，許操抱著一壺茶，正美美地用牙籤剔著牙齒，手下幾個隨從就跟作賊似的，大包小裹地扛了回來。

「大人，今天又採買了些東西回來，我看差不多了，再買車子可裝不下了。」

「唔唔……」許操跳了起來，那幾個侍從打開包裹和匣子，只見裡面都是精美的絲綢、薄如蟬翼的瓷器等昂貴華麗的中原物產，不能怪他們，北國雖比宋國立國早五十多年，工商業也算發達，但是絕對造不出這麼美輪美奐的產品。

好不容易出一趟公差，立場上當然是要堅定的，行動上當然是不能有損契丹國格的，但是……千里迢迢而來，幾個隨從給自己的家人買一兩件紀念品，不算丟人吧？東西太多，都能開店了？廢話，人家家裡親戚多，不行嗎？

許操滿意地盤點著商品，心裡估算著捎帶回去之後轉手一賣，能撈幾倍的利潤，忽地又想起一事，忙道：「嗳，羅尚官交代的，要咱們捎買的釵子可曾買來了嗎？」

「買來了、買來了，大人你看，這裡滿滿一匣子，全是鳳釵，回去就讓羅尚官挑選，她要喜歡，都送她也成。羅姑娘貴為尚官，乃皇后娘娘身邊最得寵的女官，她要是一高興，幫大人你美言幾句，下回有這差使，還是大人你的。」

許操連忙搶過匣子，「嘩啦」倒了一桌子，逐個撿起來看，看了半天，許操惱將起來，劈頭蓋臉衝著他們就是一通打：「你們這些不成器的混帳東西，大人我說的還不夠明白？不要金釵、不要銀釵、不要玉釵，是要……是要……」

許操漲紅了臉，比畫半晌，才氣極敗壞地大吼道：「是要假的鳳頭銀釵，你們明白？得是木頭的，漆了層銀的，那鳳珠要松脂的，羅尚官千叮嚀萬囑咐，你……你們這麼點事情都辦不好？」

那幾個隨從被他劈頭蓋臉一通打，搗著腦袋訥訥地道：「我……我們打聽過的，可是沒有那種釵子賣嘛，賣首飾頭面的人聽說我們要買那樣廉價的釵子，都笑話我們，說那是鄉下地方才有得賣的廉價貨，賺不了什麼錢，開封城裡哪有得賣？這些釵子比起大人說的釵子要貴了百倍，羅尚官見了哪有可能不喜的……」

另一個隨從兩眼一亮，拍手道：「是啊，大人，依小的看，恐怕羅尚官想要的釵子是越貴越好，只是不好意思跟大人說，所以才指明要什麼漆銀的木釵，這一定是反話。俺那婆娘說過，女兒家就好說反話，不要就是想要，討厭就是喜歡，木釵就是金……」

「啪！」他還沒說完，腮幫子就挨了一記響亮的耳光，許操大罵道：「放你娘的狗屁，羅尚官反覆叮囑，還能有假？大人我連是不是反話都聽不出來？去，都別吃飯了，統統給我滾出去，別挑賣貴重貨物的地方去呀，人家想誆你買貴重的首飾，能不說沒有這廉價貨嗎？往小巷子裡鑽，找挑擔賣貨的小貨郎、小經紀去，今天要是還買不來，你們他娘的就別回來，一群蠢材呀……」

許操罵得痛心疾首，幾個隨從急忙抱頭鼠竄，他們剛走，外邊就響起禮賓院小吏諂媚的聲音：「鴻臚寺柳功曹，求見契丹國使鄂巴多大人。」

「哦？」許操跳將起來，趕緊把那大包小裹的全堆到床上去，看看那一桌子首飾來不及撿拾，乾脆用桌布一兜，全都扔到了床上，然後放下帷幄，跑回桌旁正襟危坐，從容說道：「進來吧。」

柳林西沉著臉走了進來，站在門口向他拱了拱手：「鄂巴多使者，我國國主已經看過了貴國國書，現已寫下回書，著令本官送來，交予使者。」

「嗯？」鄂巴多詫然站起：「已經寫好了回書？宋國皇帝不見見我嗎？我國皇帝陛下可是詔令本使者，務必要等到貴國確實的消息方可回轉，這一來一往大為不易，還請柳功曹明白示下，貴國皇帝是個什麼意思？」

柳林西怎麼也沒想到，皇帝居然同意了楊浩草擬的國書，甚至不易一字，就謄抄下來，加蓋了璽印，心中悶悶不樂，聽他一問，便將楊浩的話揀些重要的對他說了一遍，然後翻翻眼睛，冷哼道：「我宋國皇帝，就是這麼個意思了，煩請貴使回稟貴國皇帝陛下，為敵為友，全在他一念之間，我國皇帝靜候回音便是。」

「人不犯我，我不犯人；人若犯我，我必犯人。誰若把我主當敵人，我主則必是他最稱職的敵人！」鄂巴多重複了一句，嘶地吸了一口冷氣，頷首道：「好，好氣概，我主……請問柳功曹，這代貴國朝廷擬寫國書的是什麼人？」

柳林西沒好氣地道：「他嘛……乃是我鴻臚寺左卿楊浩。」

鄂巴多蹙眉道：「左卿，那就是還有一位右卿了，貴國鴻臚少卿不是高翔高大人嗎？什麼時候設立了兩位少卿？」

柳林西木然道：「昨天。」

「昨天？」鄂巴多驚訝道：「昨天？未知這位楊左使是個什麼來頭？」

柳林西把嘴一撇，將楊浩來歷向他簡單說明，然後將國書奉上，不陰不陽地道：「鄂巴多使者……」

鄂巴多一把搶過去，冷笑道：「我記住了！」

＊　＊　＊

「噢噢噢噢噢……」

隨著呼喝聲，馬蹄急如驟雨，一群驍勇的騎士呼嘯而過，迅速與其他幾路合攏過來的騎士組成了一個嚴密的包圍圈，這個圈子很大，驚慌失措的野獸被驅趕到這個圈子裡，越來越往中間密集，哪怕是天敵之間，在人類這個共同的大敵面前，現在也要並肩作戰、負隅頑抗了。

「傳令，西路讓開！」

包圍圈越來越小，無處可逃的一群群野獸兇性大發，試圖主動反攻了，居高臨下看著狩獵場面的一個俏麗女子端坐馬上，嬌聲發出命令。

大旗揮動，四面合圍的騎士們將這個女子所在的山坡方向讓了開來，無數的大小野獸彷彿找到了宣洩口的洪水，向這個方向亡命奔來，那女子一提馬韁，嬌斥一聲便向山坡下猛撲過去，同時反手自背後箭壺中取箭。

在她身後，是一群人如虎、馬如龍的女兵，俱都是身披銀白色戰袍，個個明眸皓齒、花容月貌的大姑娘，卻都身手矯健、殺氣騰騰，衝在最前面的那個女子，身穿銀白色一襲戰袍，頭上是一頂白狼頭皮製成的帽子，狼頭雙耳高高豎起，眼窩裡不知鑲了什麼，烏黑發亮，看起來栩栩如生。

但是這位姑娘卻是生得水一樣柔媚，肌膚嫩得能滴出水來，以此花容相襯，頭頂雪白的狼頭帽子也像一隻小狗狗般可愛了。可這女子姿容雖然嫵媚，但她策馬而馳，張弓搭箭的英姿，卻於嫵媚中透出三分颯爽，絲毫不遜於那些狩獵的男性武士。

箭如驟雨，許多兇狠地撲來的野獸被釘死在地上，隨即整個衝鋒向前的馬隊迅速向右劃著弧形飛馳，避開了與野獸們的正面衝突，同時不斷發箭阻殺。那些野獸對百十匹駿馬組成的馬陣同樣懷有懼意，趁隙向左側奔馳。

然而另一標人馬卻從坡後突然冒了出來，為首者也是一員女將，身披火紅色戰袍，胸前有一方明閃閃的護心寶鏡，兜鍪及護項上飾著純白色的銀狐毛，頭頂銀盔上一束長長的雉羽飄揚。在她身後，是一支俱著火紅戰袍的女兵隊伍。

她們就像是前一波巨浪尚未平息時再度湧起的又一個浪頭，向那群野獸迎面衝去，與此同時，那個銀白戰袍的女子已兜馬回轉，如同一把鑿子，把獸群一截為二，遠處，那支合圍隊伍已經向她們馳來，再度形成合圍之勢，如此反覆絞殺，獸群漸戰漸稀，已全無抵抗之力，兩隊女將縱騎退出狩獵場，合圍上來的騎士擎出了雪亮的鋼刀，開始了刈草般的最後一戰……

那名銀白戰袍的女將掀下了頭上的狼頭帽子，額頭汗津津的，幾綹秀髮貼在白皙的額頭，臉上露出一副與她方才的英武不相稱的羞澀笑容：「娘娘……」

那個全副披掛的紅衣美少女策馬到了她的身邊，讚許道：「不錯，冬兒果然天姿聰穎，頭一次指揮狩獵，沒有讓朕失望。」

這銀白戰袍，胯下馬，肋下刀，手中提弓，背後荷箭的美貌女子竟是羅冬兒，聽了蕭綽的讚揚，羅冬兒道：「可不及娘娘神勇，方才冬兒心中忐忑得很，生怕指揮失當，放走了野獸，會讓姐妹們笑話呢。」

蕭后爽快地大笑：「妳是朕的尚宮，誰敢笑妳？來，野物讓他們去打掃吧，咱們走。」

二女並轡而行，蕭綽道：「你們漢人兵法中有一句話，叫作『圍師必缺』。我們契丹人未曾讀過你們漢人兵書前，就知道這個道理。受傷被圍的野獸是最可怕的，適時開一道口子讓牠們產生逃跑的希望，在包圍之外，布下真正的陷阱，能夠在狩獵牠們的時候，最大程度地減少自己的傷亡。寓兵法於獵，於狩獵中悟兵法，我們草原人的戰術戰法就是此中悟來的。」

「嗯，娘娘的教誨，冬兒記下了。」冬兒俯頭順了順頭髮，錦袍中露出半截粉頸，頸子線條柔潤，纖細秀美，微帶透明的肌膚和柔美流暢的曲線，一頭青絲隨意地垂在頸側，此刻的她柔婉盡顯，雖是一身戎裝，卻已看不出一點征戰沙場的味道。

蕭綽微笑著看了她一眼，提韁漫聲道：「我們草原中人從狩獵中習兵法，從獵物那裡學習兵法，戰爭就是狩獵，只不過它狩獵的是人，不是野獸罷了。我們學的最多的是狼的戰術。狼群圍攻獵物時，會很認真地觀察獵物，耐心等候最好的出動機會，一旦進行攻擊，牠們大多採用合圍之法，以確保目標不會逃走。進攻時，頭狼一定會仔細觀察目標的反應，在最需要牠的時候，身先士卒，發起全面攻擊，同時，所有的狼，對頭狼的命令，會堅定不移地執行，不打絲毫折扣。」

蕭綽頓了頓，又微笑道：「我們的戰術主要就是習自狼的戰術，講的是先發制人，不等敵人拔箭，就先射穿他的喉嚨，這是最犀利的進攻，我們的戰術就是：進攻、進攻、進攻！永遠把戰場建立在敵人的地盤上。

「這種戰術是因為我們沒有太多的物資打消耗戰，同時，我們擁有大量馬匹，我們的速度保證了我們擁有絕對的主動權，騎兵並非沒有天敵，但是傻瓜才會站在那兒不動，等著弓手、槍兵和投矛手和我們決戰，我們能拖垮他們，我們的速度能保證我們在對手沒有建立起足夠的抵抗陣形之前投入戰鬥，最大限度地發揮我們的優勢，來如天墜，去如電逝，就能保障我們的勝利！」

羅冬兒柔柔地笑道：「娘娘的話，冬兒記不住了。冬兒只是娘娘身邊侍候的人，打打獵就好，也沒有機會打仗的，倒是用之不上。」

蕭綽嗔怪地道：「怎麼就用不上了？我們草原上的女兒家，並不比男兒遜色。皇上他……唉，皇上體弱多病，許多事都要朕來維持，妳未必就沒有機會上戰場，妳可是朕親自調教出來的人，到時候，一定不要讓朕失望啊。」

「我？」冬兒目光微微一閃，看似隨意地問道：「冬兒是個漢人，也有機會為娘娘統兵嗎？」

蕭綽眉梢一揚，揚聲說道：「朕用人，素來不拘一格。中原人選擇千里馬，要學什麼《相馬經》，我們草原人不需要，賽一賽自然就明白了。真具才幹的，那就用，不管他原來是貴族還是奴隸，不管他是契丹人還是回紇人，抑或是羌人、漢人、渤海族人，唯才是舉。你們漢人先生不是說海納百川，有容乃大？」

蕭綽嘴角輕輕一撇，不屑地道：「可是這麼說的是他們，瞧不起所謂蠻夷，自高自傲的也是他們。」

冬兒唯唯稱是，微微側轉了頭，回望南方，低聲問道：「娘娘會因為這次被宋人襲殺我軍士卒、處死扮商賈的細作而出兵伐宋嗎？」

蕭綽的一雙黛眉微微地蹙了起來，輕輕嘆了一口氣：「皇上又病了，連著半個多月不能上朝理事，一些賊心不死的部落又開始蠢蠢欲動了，朕此時必須坐鎮上京，焉能再動干戈？妳提議不動刀兵而修國書，倒是個全了咱們體面的好辦法，且看宋國皇帝如何應對吧，就算談崩了，現在也不能動兵，現在……」

蕭綽把馬鞭徐徐一指，淡淡地道：「現在，朕得先把這後院收拾乾淨！」

回到皇宮，見到如今充作尚宮府管事的羅克敵，羅克敵笑道：「看妳臉色，這次親自指揮狩獵，應該沒有丟了皇后的臉面。」

冬兒微笑道：「娘娘指點得仔細，又有四哥暗中教誨，冬兒是個笨徒弟，但是融合了你們兩位兵法大家的精髓，狩獵一場，娘娘還是滿意的。」說到這兒，她笑容一斂，幽幽嘆了一口氣，又道：「可是……雖說越來越得娘娘的歡心，取得了她的信任，可一時半晌她還不會放我外出做事，對你們雖放鬆了戒備，但是現在也還沒到能夠離開而不引人警覺的地步，你們始終不得離京，不能熟悉南返的路徑，這可如何是好？」

羅克敵蹙起了眉頭，沉吟半晌，苦笑道：「四哥叫妳取信於蕭后，本意是想讓他們放鬆警惕，誰料弄巧成拙，如今蕭后對妳甚是倚重親密，皇帝病體衰弱，這位娘娘孤枕寂寞，晚上睡覺都要來與妳同眠，須臾不讓妳離身，這倒是難辦。不過，她越來越信任妳，這是個好的開始，我們再尋找……」

他剛說到這兒，院中傳來一個少女的聲音：「羅尚宮，令兄可在嗎？我想找他陪我賽馬去。」

羅克敵語氣一窒，羅冬兒不禁掩口輕笑：「四哥，我現在被娘娘纏得脫不了身，你還不是一樣？這位公主殿下，怕是喜歡了你。」

羅克敵訕訕地道：「不要胡說，這位公主……只是喜歡玩耍罷了。我是大宋的將領，如今是契丹的囚奴，和她能有什麼往來？」

「四哥，且虛於委蛇，多結交些皇族貴人，總是方便咱們離開的。」羅冬兒勸了一句，忙揚聲道：「是雅公主嗎？冬兒正向他交辦些事情，雅公主來了，怎不進來……」

冬兒說著，已迎出門去，只見一個少女站在院中，正百無聊賴地一下下揚著馬鞭，這位少女就是皇帝耶律賢的親妹子耶律雅公主，十六、七歲年紀，濃眉大眼、五官端正，線條柔和的脣瓣，脣上一抹淡細的處子汗毛，是個活潑開朗的姑娘。她的肌膚光澤細緻，彷彿汲飽陽光的麥子，身段不同於羅冬兒的纖細窈窕，體態豐滿結實，但是蜂腰長腿，自有一種健美味道。

聽見冬兒的話，耶律雅公主失望地道：「羅克敵有事要做？那不能陪我去皇苑玩了……」

冬兒淺笑道：「也不算什麼大事，雅公主既要出遊，叫他且陪公主去皇苑一行便是。四哥……」

冬兒回頭瞄了羅克敵一眼，羅克敵吸了一口氣，硬著頭皮走了出去，耶律雅一見羅克敵，立即喜孜孜地迎上來，拉起他便走，同時揚聲道：「羅尚宮，謝啦。」

羅克敵訕訕地道：「殿下，放手，殿下，克敵只是一介奴僕，殿下……」

「少廢話，快走、快走，今天約了三兄、四兄賽馬射箭呢，你可得幫我打壓一下他們的傲氣……」

冬兒望著他們的背影悠悠一嘆，抬首望向一角宮牆：「浩哥哥帶著漢國百姓可安全地逃回宋境了嗎？浩哥哥吉人天相，一定沒事的，可是卻不知他現在怎樣，冬兒好不容易才取得了蕭后的信任，唯恐功虧一簣，這次遣使往宋，都不敢託使節打聽你的消息，浩哥哥，你現在可還好嗎？」

浩哥哥現在很不好，他快變成過街老鼠了，愛他的人恨不得打一塊長生牌坊，把他供起來一天三炷香，恨他的人剪個紙人，拿鞋底子使勁地抽，恨不得把他千刀萬剮。

因為糧米源源不絕運往開封，朝廷這段時日為了購蓄糧草，高價買入糧米的開銷已經太大了，趙官家恨得直咬牙：朝廷缺糧，開封百萬居民危在旦夕，可是那些糧商倒比朝廷還有辦法、效率還高，糧食運的比朝廷還快，他們不但從江淮運糧，就連西北、山東的糧食也賣著命地往開封運，哪管當地會不會缺糧，就圖大大撈取一筆，現在是該埋坑的時候了。

所以趙官家迫不及待地宣布，京師糧米已然充足，如今還在源源不斷透過運河運來的糧食做為朝廷的儲備，將蓄夠三年以上的存糧，不過目前糧危已解，糧食敞開了供應，你能買多少，官倉就賣你多少，京師缺糧前一斗糧食七十文錢，糧荒消息散布開來後，糧價節節攀升，如今已漲至一斗糧食二百文，從即日起，官倉售糧恢復原價，仍是七十文。

那些耗費大筆家財，搶購了大批糧食，把家裡的缸、甕、甚至竹簍、炕坑都塞滿了糧食的富紳大戶傷心得捶胸頓足，喜孜孜地高價購買大批糧食運到京師準備大發橫財的奸商們更是痛哭流涕，跳河的心都有了。

渾然不知其事的楊浩一大早又到衙門裡上班，施施然地到了鴻臚寺門口，他忽然一拍額頭轉身就走，娃娃和焰焰兩個購物狂從江淮一帶買了許多土特產，其中正有糟白魚五斤，怎麼竟然忘了拿了。

三百三二 販木

楊浩本想一早把糟白魚帶來，由進宮言事的本衙官員給永慶公主捎去，誰想早上走得匆忙，竟然忘記了，好在昨日在鴻臚寺坐了一天，他是親眼見到了這個衙門平素是如何地無所事事，官員小吏們告假蹺班的比比皆是，楊左使下行上效，也沒和衙門裡的人說一聲，便掉頭往回走。

楊浩這位大人，一直是步行上班的，因為他的家就在汴河岸邊，距鴻臚寺不算太遠，家裡招募幾個轎夫抬轎上衙原也不妨，只是這麼近的路實在犯不著，再加上隨著功力的逐漸精深，內息吐納需要的時間比練外功的時間還長，而呂祖所授的吐納之法並不需要盤膝入定，走路時一樣能夠練功，正是兩全齊美。

當然，不坐轎子的話，穿官衣、戴官帽走在路上未免不便，所以他昨日就把官衣留在了衙門裡，只著便袍，到了衙門再作更換。此刻，楊浩便是一身寬鬆舒適的道服，雙手捏著手印，左手抱日月，右手攬乾坤，大步流星，矯健的步伐伴著他綿長的呼吸，彼此配合得天衣無縫。

出了朱雀門，過了龍津橋，往武學巷裡一拐，恰見路旁坊市中一陣嘈雜，楊浩站住身子看了兩眼，卻是路旁一個棚子賣大木的商販和巡弋的兵丁正在爭辯。

「誰敢抄沒？誰敢抄沒？」那商販見士兵們一擁而上，要抄沒他的貨物，登時大怒，他爬上堆積如山的一堆大圓木上，臉紅脖子粗地道：「你們誰敢動？知道我是什麼人嗎？我是趙普趙相公府上的外管事，誰敢抄沒我的木材，借你一個潑天的膽子！」

楊浩本不欲理會這些事情，可是剛一抬腿，聽說事涉當朝宰執，不禁又站住了腳步。

那些士兵一聽，氣焰頓時消退，面面相覷半晌，竟無一人上前，旁邊百姓見了不免議論紛紛，這時一個聲音慢條斯理地揶揄道：「這真是宰相門前七品官啊，趙相公固然了得，趙相公府上一個管事，居然也是這般威風。」

「誰？陰陽怪氣的，有本事站出來說話！」那人站在木料堆上咆哮道。

「本官就在這裡，低下你的狗眼看清楚！」

木料下面，高大的士卒左右一分，現出後邊一個人來，比起旁邊身材魁梧的士兵來，這人身材矮了些，生得比較文弱，一副南人面相，頷下三縷微髯，看年紀五十上下，身上穿著一襲軍服。

那管事問道：「你是哪個？」

木堆下面那位將軍慢條斯理地道：「本官左監門衛趙玭，奉旨巡弋京城。官家早有旨意，禁運秦隴大木，禁用大木造宅，你竟敢違抗詔令嗎？」

那管事跳下木材堆，湊到趙將軍面前，上上下下打量他一番，倨傲地拱了拱手道：「趙將軍，你與我家相爺是同朝為官的，彼此也當有個照拂。不過是販賣些木料罷了，偌大的開封城，哪能面面俱到呢？將軍你抬抬手，這事就過去了。」

趙玭冷顏道：「官家詔書明令禁止販運秦隴大木建宅，你等私運巨木進京，已然是違旨了，若是自家蓋房子那也罷了，偏偏還拉到坊市間販賣，這麼多雙眼睛看著，你讓本官如何照拂？」

那管事一聽，不陰不陽地笑了起來：「好教趙將軍得知，我們相爺家正在起一幢大宅子，這些木料，就是造宅子剩餘的，因為家裡用不了，傅老管家才吩咐小的把它們拉到坊市上販賣，傅老管家侍候了一輩子趙家人，他的吩咐……這背後自然就是我們家老爺了，趙將軍，你要是覺得我們老爺違旨了，那你就把木料拉走吧，小人只是一個小小的外院管事，您要捉我入獄，我也只能受著，沒話說。」

他把雙手向前一伸，很光棍地道：「來，趙將軍儘管把我捉去便是。」

趙玭本以為是相府下人私自販賣木料，這樣敗壞主家行為的事，趙相公要是聽說了也必然大怒，他本打算扣下這批木材，回頭再親自去向趙普說明情況，徵得他的諒解，如今人家說得很明白了，販賣木料，就是趙相公的意思，這官腔還怎麼打？

抬頭看看那堆積如山的所謂建宅剩餘下來的邊角料，趙玭面有苦色，四周百姓見他模樣，便曉得他是怕了趙普，一陣竊笑聲傳來，臊得趙玭臉上紅一陣白一陣，那管事一看趙玭萎了，膽氣復又壯了起來，冷笑一聲道：「怎麼？可是趙將軍覺得小人罪不當捕？將軍要是沒什麼事，那小人可就走了，相爺今晚要吃雀舌羹，小的還得抽空去給老爺買百十隻雀兒回去。」

那管事說罷，對手下人擺擺手吩咐道：「去去去，都勤快著點，做買賣得會吆喝，瞧你們一個個都跟喝了啞藥似的，本管事去採買點東西，你們可別給我偷懶。」說完，他把袖子一甩，大剌剌地走開了。

趙玭被他如此藐視，臉色氣得鐵青，他本是蜀國降官，並非趙宋嫡系，所以做事一直謹小慎微，能忍就忍，但這不代表任何人的輕蔑他都能夠接受，如果那相府管事給足了面子，好好央求一番，他原也可就坡下驢，可是沒想到相府一個管事，竟也如此跋扈，是可忍孰不可忍？

待趙玭把怒氣值蓄滿了，那位管事早已揚長而去，此時他若衝著那些苦哈哈的下人擺威風反而落了下乘，趙玭騎虎難下，卻又動手不得，最後把牙根一咬，冷笑一聲轉身便走：「老子這些年忍氣吞聲，腌臢氣也受得夠了，如今你相府的一個小小管事也敢向老子擺威風了，好！好！好！格老子的，我找皇帝老兒評評理去！」

楊浩看到這一幕，也不禁暗蹙眉頭，趙家的人實在是跋扈慣了，在盱眙縣，給趙家運木料的人撞翻官府糧船，就敢揚長而去。開封鬧市街頭，趙家的人敢公然出售朝廷違禁貨物，視巡弋將領如無物。

不過一想到趙普在自己的政事堂中放了一個大陶壺，無論中外臣僚給皇帝的奏章，只要他看不順眼，就往壺裡一扔，攢滿了就一把火燒掉的傳聞，這些人的跋扈那便相形見絀了，如此上行下效，正是趙氏門風。

*　　*　　*

楊浩回到府邸，取了早已包好的糟白魚，四下看看，詫異地向門子問道：「兩位夫人呢？」

老門子答道：「兩位夫人說老爺新官上任，公務忙碌，擔心老爺累壞了身子，所以親自上街採買菜蔬去了，說是今晚要給老爺烹調幾道佳肴美味。」

楊浩皺了皺眉，自那日誆騙唐三之後，唐家一直沒有什麼動靜，他也不知瞞過了唐家的人沒有，萬一唐家不信，來個當街擄人，他們擄的是唐家人，自己手中又沒有婚書，這官司可不好打。

楊浩吩咐道：「等兩位夫人回來告訴她們一聲，這些天暫且不要上街，以免橫生枝節。」

那老門子聽得莫名其妙，也不知會橫生什麼枝節，只是唯唯應著，楊浩便提了那包糟白魚去了鴻臚寺。契丹使節已經回去了，來的時候鄂巴多大人帶著十幾騎侍衛飛馳而來，回去的時候大包小裹裝了七、八輛大車，想快也快不起來，也不知他幾時才能趕回去。這時節不比後世，有個電報的話，和契丹皇后陛下你來我往打打嘴仗挺解悶的，如今再等契丹回信卻是曠日持久，鴻臚寺又清閒下來。

不過楊浩原也沒指望剛一上任馬上就有機會出公差，如果自己太快「出事」，容易引人疑竇，他還需要在這裡蟄伏一段時間的，有了這種認知，他倒也隨遇而安，並不焦躁。

楊浩趕回鴻臚寺後，便向人打聽今日誰會進宮，以便託他把這包糟白魚給那隻饞嘴貓送去。可是像鴻臚寺這種清閒衙門，平素進宮見駕的機會實在太少，今日竟沒一個進宮呈送公文的。

楊浩掂了掂那包糟白魚，心道：「說不得，尋個機會去見魏王，請魏王送進宮去吧，唔……不成，私下走動，一旦落到晉王眼中……要不找個人給魏王送去？也不妥，我哪來那麼大的架子？一包糟白魚而已，還敢大剌剌地使人送去，讓魏王跑腿？那也太不像話……」

正躊躇間，鴻臚丞焦海濤陪著笑臉走了進來。自打楊浩那封國書，官家不刪不減一字便全文照抄，加蓋璽印發還契丹使者之後，高翔高右使就乖乖回衙門辦公了，鴻臚寺的官員們也都對楊浩收起了輕視之意，言語之間增添了幾分敬意。

本就覺得有愧於楊浩的焦寺丞更是一見他就笑，未語先哈腰，那一股諂媚勁把不明原因的楊浩弄得渾身不自在。不過這一來二去的，他兩人倒成了關係最熟絡的。

一見楊浩，焦寺丞便點頭哈腰地笑道：「楊左使，咱們鴻臚寺平常是清閒得門可羅雀呀，一年下來也不見有一件事情做。現在可好，楊左使來的那天，這屋簷下的喜鵲就嘰嘰喳喳叫個不停，果不其然，自打楊左使您這位貴人來了，咱鴻臚寺那真是喜客盈門，忙碌得很吶。」

楊浩翻了個白眼，看著筆架上的蛛網道：「焦寺丞，你別扯淡了，就這還叫忙？」

焦寺丞自袖中摸出一封信來，諂笑著遞上去道：「怎麼會不忙呢？您瞧，契丹使者剛走，吐蕃使者的信又到了。」

三百三三　上兵伐謀

楊浩一聽，急忙問道：「喔？吐蕃人因為何事來信？」

吐蕃自亡國後，勢力四分五裂，雖然仍是宋國周邊一股強大的勢力，但是其政權形式已還原成了部落聯盟方式，不再是一個國家，是以吐蕃與大宋的往來雖然也是透過外事管道，規格上卻不能稱為國書，楊浩便也只稱之為信。

他知道吐蕃部落大量的生活必需品需要從宋國進口，牛羊產物則銷往宋境，而宋國也依賴吐蕃諸部的力量牽制蠢蠢欲動的夏州李氏，造成西北勢力均衡，同時宋國所需的馬匹，很大一部分也依賴於從吐蕃部落進口，所以吐蕃和宋國的關係如今比較密切。

而且焦寺丞方才也說了，自打自己來了之後，喜客盈門。契丹使者是來打架的，怎麼也稱不上什麼喜客，莫非吐蕃人卻有什麼喜事報來？

焦海濤喜孜孜地道：「這封信是涼州六谷蕃部的羅丹族長寫來的，抗議我朝誣指走私鋼鐵，囚禁了他的姪子和與之通商的一名漢人商賈，信中說，自吐蕃部奉我宋國為中原正統，建立朝貢關係以來，吐蕃部一直向宋國供奉健馬，對宋國恭訓卑服，如今我宋國如此作為，令吐蕃諸部太過寒心，如果我們不予釋放這些人，吐蕃不得不考慮和我朝斷交，從此不相往來。」

楊浩翻了翻白眼道：「焦寺丞，這就是你說的喜客？這……這是喜事嗎？」

焦海濤眉開眼笑地道：「左使，這要是換個衙門，鬧糾紛，生事端，那不是好事，可咱鴻臚寺是幹什麼的呀？事鬧得越亂，架吵得越兇，咱們鴻臚寺才有用武之地呀，這不是好事嗎？」

楊浩：「……」

焦寺丞窺他臉色，忙咳了一聲，收斂笑容，打起官腔道：「左使大人，吐蕃諸部對我朝一向恭敬友好，向我朝提供了大批急需的戰馬，並立足涼州，為我朝牽制素有野心的夏州，保證了西北諸藩之間互相牽制，唯皆依賴於我宋國的局面，如今只為走私小小事體，若是鬧得雙方不和，於我朝大為不利，此事不可不慎，如何妥善處置，還請大人決斷。」

楊浩一想，對啊，吐蕃鬧事，萬一朝廷派我去安撫……楊浩立即轉嗔為喜，一拍焦寺丞肩膀，眉開眼笑地道：「焦寺丞所言有理，他們鬧得越兇，咱鴻臚寺才有事可做，哈哈，把信給我，我來看看詳情。」

「呃……」焦海濤沒想到楊浩變臉的速度比他還快，他苦笑著取出吐蕃來信交給楊浩，楊浩展開一看，待看清了那被囚的宋人名字，臉色不由一變，忙咳嗽一聲，低聲喝茶。好在他掩飾得快，一旁站著的焦寺丞不曾發現什麼異樣。

「大人，你看這事該如何處置？擬好了得體的對策，才好稟奏官家，著令有司衙門配合，咱們……」

楊浩把信匆匆收起，袖入懷中，然後急急起身，戴正了官帽，說道：「備轎，本官馬上進宮。」

焦寺丞瞠目道：「左使，咱們不再好好議議這件事了嗎？」

楊浩道：「不用議了，本官已有主意，這就去稟報官家，請官家定奪。」

焦海濤一聽，忙大拍馬屁道：「大人真是了得，古有曹植七步成詩，今有左使一步定計，大人胸懷韜略，睿智無雙，學富五車，滿腹經綸，上通天文，下知地理，風流倜儻，傲然不俗……」

楊浩跑到門口，焦寺丞拍著馬屁一路跟到了門口，楊浩忽然想起了什麼，趕緊回來，焦寺丞讚語如珠地也追了回來，楊浩抄起桌上那包糟白魚摟在懷裡，對焦寺丞一本正經地道：「焦寺丞，我知道你對本官的景仰如滔滔江水，連綿不絕，不過這些知心話，等本官回來再說吧，失禮失禮，告辭告辭。」

楊浩心急火燎，急急出門登車直驅皇宮，到了大內，楊浩一路疾行，猶自想著心事，不知不覺間被引到了集英殿，前邊帶路的小黃門站住腳步向殿上唱道：「陛下，鴻臚少卿楊浩求見。」

楊浩這才清醒過來，就聽殿中一個沉穩的聲音宣道：「叫他進來吧。」楊浩不及多想，便邁步進了大殿。

殿中，趙匡胤剛剛發了一通脾氣，左禁門衛大將軍趙玭直接把事情捅到皇上這兒來了，皇帝一聽勃然大怒，他下的令，不許私販秦隴大木，這墨跡還沒乾呢，當朝宰相就率先破壞綱紀，這還得了？

此刻正是午後時分，皇帝開經筵正聽學士講學，今天給皇帝授課的是前宰相王溥。聽趙玭說明經過，趙匡胤把他打發下去，隨即怒不可遏地一拍桌子，對王溥道：「趙普是越來越膽大妄為了，竟敢公然違抗聖旨，一至於斯，宰相犯法，該當何罪？王卿，你說！」

王溥瞇起眼睛，四下裡看了看，抬頭看看天，又低頭看看地，拱手微笑道：「官家息怒，趙相公一向公忠體國，怎會縱容家人行此不義之舉？依臣看來，趙玭性情狂躁，不能容人，必是因為與相府家人生了嫌隙，是以誣告宰相。」

趙匡胤先是見他動作，有些莫名不解，細細揣摩他神情動作、措詞語句，心中不由一凜，驀然冷靜下來，他不置可否地唔了一聲，在殿中踱了幾步，換了語氣說道：「不錯，趙普的為人，朕是知道的，怎麼可能行此不法之事？趙玭誣告大臣，朕險些上了他的當了，此人用心險惡，不可不懲，張德鈞，傳旨，趙玭攀誣當朝宰執，應予嚴懲，就貶去……汝州，做個牙校吧。」

嘴裡這麼說著，趙匡胤兩腮的肌肉卻突突地跳了幾下，王浦看在眼中，只作兩眼昏花，不曾見著，張德鈞剛剛出去，門口便傳來小黃門的稟告。

楊浩快步入殿，餘怒未息的趙匡胤一瞧這位鴻臚少卿，前日來時抱著個比常人大一號的笏板，今日又換了個包袱，不禁詫異地道：「楊浩，你懷裡抱的是什麼？」

楊浩一路想著心事，忘了懷裡還抱著東西，趙匡胤這一問，楊浩猛地警覺，不禁暗暗叫苦：「壞了壞了，怎麼直接抱到殿上來了？告訴皇帝，這是我送給你女兒的禮物？漫說外臣交結後宮，本就是大忌，而且……不是說女兒是父親的前世情人嗎？就算女婿初次登門，老丈人大概也看不大順眼吧，何況我算什麼身分？老趙要是知道我給公主送魚，還不把我先炸了？」

楊浩情急智生，連忙應道：「回官家，這是魏王千歲巡狩江淮時，為永慶公主殿下買的幾斤糟白魚，當時就放在臣的船上，回京之後整理採買的一些土特產品，臣才想起來，本來是要給魏王千歲送回去的，因為遇上一樁大事，急於請官家定奪，所以先奔了皇宮，呃……竟然把它忘記了……」

趙匡胤一聽他如此勤於國事，顏色便和緩了些，便道：「罷了，既是送給公主的東西，何必還繞上一個圈子送去魏王府？」他向一旁內侍示意一下，自有人上前接過，退下殿去。

趙匡胤這才說道：「出了什麼事要朕定奪？又是契丹人生亂不成？」

楊浩忙道：「並非如此，是涼州吐蕃因為和地方官府的一樁糾紛，遣使來信，向官家訴苦。」

趙匡胤神色一動，肅容道：「吐蕃？因為何事起了糾紛？」

楊浩輕描淡寫地道：「吐蕃族人巴汨羅與一漢人行商李興，私販了兩車精鐵運往涼州，途中被我朝地方官府查獲，將他們都下了大獄。本來，這只是一樁普通的緝私案子，可是事涉吐蕃，事情就複雜了。涼州六谷蕃部的羅丹族長來信對此大表不滿，歷數吐蕃對我朝的恭敬馴服，不滿地方官府如此對待吐蕃族人，請求官家為他作主，釋放他的姪子和那個漢人商賈。」楊浩說著，將書信呈上。

趙匡胤看了一遍，蹙眉道：「精鐵乃軍需物資，未得朝廷允許，私自販運於外國的，一車精鐵便當處以殺頭之罪，如今只是將他們囚禁，已是法外施恩，他一封信便要朕罔顧國法？」

王浦和楊浩都不作答，趙匡胤自言自語一陣，心中暗自衡量，朝廷倚重吐蕃諸部的地方太多，大批的健馬需要從那裡輸入，還要借助吐蕃人的勢力壓制夏州李氏的野心，為了區區兩車精鐵、幾個走私商人，鬧到雙方交惡的話，實無半點好處，沉吟半晌，他心中已然有了定計，卻轉首對楊浩道：「楊卿，此事來龍去脈你已清楚，依你之見該當如何？」

楊浩一直盯著他的臉色，這時才躬身道：「官家，臣以為，不過是幾車精鐵而已，實不應當據此與吐蕃交惡，涼州六谷蕃部大族長親自寫信向官家求告，朝廷應當向他示以寬宏之恩，這人……是應該放的，至於這貨物，也不妨大方地發還予他，吐蕃部求一而得二，對官家必然感激。」

「哦？」趙匡胤看看他，笑了笑道：「契丹人飛揚跋扈，你的回書卻比契丹人還要跋扈，絲毫不怕觸怒了他們。吐蕃力弱，你反要示之以恩，生怕惹惱了他們，這是何故？」

楊浩躬身道：「官家，正因契丹勢強，縱然朝廷示之以恩，誠心招攬，它也不會歸順我朝，相反，我朝越是謙卑，他們越是囂張，會縱容他們的野心不斷膨脹。而吐蕃力弱，多有依賴我朝處，大節不虧的話，此小節處就不應和他們計較太多，所以宜用懷柔手段，才會令其歸心。」

趙匡胤大悅，呵呵笑道：「楊卿性情雖然莽撞，心智著實不虧，哈哈，朕正是這個意思，就按這個意思措詞擬旨吧，朕會令有司配合你們鴻臚寺辦好此事。還有，你在回書中不妨直言，若是吐蕃缺鐵，可向朝廷求告，朝廷會酌情給付，毋須私運違法，呵呵呵……」

「臣遵旨，告退。」

楊浩緩步出了宮殿，立在高大的廊柱下長長吁了一口氣，背上的冷汗這才消去，此李興正是彼李興，是那個一品堂造弓造箭的匠人，義父的堂弟。他怎麼和吐蕃人勾搭上了？蘆嶺州那邊到底發生了什麼事？不成，回去就得令壁宿與「飛羽」聯繫，問清其中緣由。

楊浩本以為西北太平，自己鑽進這個清水衙門就是為了假死遁身，從此逍遙世外，可他忽然發覺自己成了網中的一隻蜘蛛，任何一個方向有點風吹草動，都不免要牽涉到他，而他……張開了網，於是自己也陷身於網中，有些掙脫不開了。

* * *

西北，蘆嶺州，木氏牧人大帳。丁承宗與李光岑並肩而坐，面前站著幾個看似粗獷，眼神卻盡顯精明的漢子，丁承宗道：「我要說的，就是這麼多了，你們馬上分頭趕赴夏州，以不同的身分為掩護安頓下來，所需一切，我們都會提供。

「你們唯一的使命，就是想辦法接近拓跋氏貴族，如果能得到夏州李氏的信賴，就助他們倒行逆施，如果能得到拓跋氏其他貴族的信任，就想方設法加劇他們之間的矛盾，這是唯一的宗旨，具體的方法手段，我已經教過你們許多了，你們也可以隨機應變、各顯其能。做得好，你們一個人頂得上一個驍勇善戰的萬人隊，去吧！」

「是！」十幾條大漢齊齊拱手，又向李光岑躬身施禮，然後退了出去。

李光岑憋了半天，待他們一出去，忍不住劇烈地咳嗽起來，喘息未定，便又舉杯喝酒，丁承宗不禁微微蹙眉道：「李老還是少喝一些吧。」

「習慣了，現在不喝，死的更快。」李光岑淡然一笑，又抿了一大口酒，說道：「你對夏州用間，老夫覺得這個主意很好，可是資助吐蕃，甚至連一品弓也毫不藏私地拿出來，現在自然不妨，可是將來他們會不會對我們不利？」

丁承宗沉穩地一笑，說道：「李老儘管放心，他們沒有那個能力。一件利器，固然可以增強吐蕃的實力，但是國戰絕非一件利器能夠左右勝敗的，我敢斷定，沒有統一的政權，沒有清明的吏治，沒有賞罰分明的軍紀，沒有雄才大略的英主，不要說四分五裂、一團散沙的吐蕃，就算是契丹、大宋，擁有『一品弓』這樣的利器，一樣會吃敗仗，一樣做不了憑仗。

「二弟巧施手段，令夏州李氏與吐蕃人兩面開戰，消磨他們的實力，吸引他們的注意，這是一個好機會，我要最大程度地對它加以利用，擴大它的影響。敵人的敵人，就是我們的朋友，我們怎可不全力相助？不過一件弓器罷了，若是我們祕技自珍，把一件死物視作唯一的倚仗，那也太無自信了些，那樣的話，所謂倚仗，其實就是毫無倚仗。

「我們對夏州用間，可以造成拓跋貴族間的不和，從內部擊垮他們；資助吐蕃，是加強他們敵人的力量，從外部壓垮他們。他們是在替咱們打仗啊，這個時候，我們則在秣馬厲兵，待到夏州內憂外困，那時候我們登高一呼，搖搖欲墜的夏州就可一舉而克！只是……他何時才能回來主持大局呢？」

《步步生蓮》卷十二蓮花分秀萼完

GOBOOKS
& SITAK
GROUP©